BASTEI
LÜBBE

BASTEI LÜBBE

ROBERT RANKIN IM TASCHENBUCH-PROGRAMM:

24 225 Der Garten unirdischer Gelüste

DER ELVIS-ZYKLUS
24 278 Band 1 Armageddon – Das Musical
24 285 Band 2 Armageddon – Das Menü
24 292 Band 3 Armageddon – Das Remark

DER HUGO-RUNE-ZYKLUS
24 201 Band 1 Das Buch der allerletzten Wahrheiten
24 204 Band 2 Jäger des verlorenen Parkplatzes
24 210 Band 3 Die größte Show jenseits der Welt
24 216 Band 4 Der wundersamste Mann der jemals lebte

BRENDTFORT-ZYKLUS
24 246 Band 1 Der Antipapst
24 247 Band 2 Die Akte Brentford
24 255 Band 3 Jenseits von Ealing
24 264 Band 4 Kohl des Zorns
24 271 Band 5 Das Kettenlädenmassaker

ROBERT RANKIN

DER TANZ DER VOODOO-TASCHE

Roman

Ins Deutsche übertragen von Axel Merz

BASTEI LÜBBE

BASTEI LÜBBE TASCHENBUCH
Band 24 307

1. Auflage: Oktober 2002

Vollständige Taschenbuchausgabe

Bastei Lübbe Taschenbücher
ist ein Imprint der Verlagsgruppe Lübbe

Deutsche Erstveröffentlichung
Titel der amerikanischen Originalausgabe:
The Dance of the Voodoo Handbag

Lektorat: Gerhard Arth/Stefan Bauer
Titelillustration: Arndt Drechsler
Umschlaggestaltung: QuadroGrafik, Bensberg
Satz: Heinrich Fanslau, Communication/EDV, Düsseldorf
Druck und Verarbeitung:
Brodard & Taupin, La Flèche, Frankreich
Printed in France
ISBN 3-404-24307-2

Für meine guten Kumpels
auf der anderen Seite des Wassers

Jams, James und Michael

Und zur Feier der Eröffnung des
Fliegenden-Schwein-Bücherladens

Hipp hipp hurra.

1

Paranoia ist ein Zustand
erhöhter Bewusstheit.
Die meisten Menschen werden
stärker verfolgt, als sie es sich in ihren
kühnsten Albträumen ausmalen.

Claude Steiner

Der Doktor meinte, ich sei ein paranoider Schizophrener.

Nun ja, er hat es nicht wirklich *gesagt.* Aber *wir* wissen, dass er es gedacht hat.

»Erzählen Sie mir von dem Schmetterling«, sagte der Doktor.

»Welchen besonderen Schmetterling meinen Sie noch gleich?«, fragte ich.

Der Doktor konsultierte meine Krankenakte. »Den Schmetterling der Chaostheorie«, sagte er.

»Ah, den.«

»Ja, genau den. Würden Sie mir von ihm erzählen?«

Ich zuckte die Schultern. »Es ist nur eine Theorie. Sie wissen schon. Ein Schmetterling in Acapulco flattert mit den Flügeln, und England verliert die Europameisterschaft.«

Der Doktor nickte nachdenklich. »Und Sie glauben daran, glauben Sie?«

Ich zuckte erneut die Schultern. »Ich kann es glauben, aber ich kann es auch lassen. Es interessiert mich nicht weiter.«

»Und doch ...«, weiteres Krankenaktenblättern, »... und doch behaupten Sie, wenn ich das richtig interpretiere, dass Sie selbst über derartige Kräfte verfügen?«

»Ich? Nie im Leben!«

»Tatsächlich?« Der Doktor hob eine Augenbraue und zeigte mir einen Zeitungsausschnitt. »Aber hier habe ich einen Bericht über Ihren Bühnenvortrag ›Carlos der Chaos-Kakerlak‹.«

»Das war doch nur Comedy.«

»Aha? Und doch haben Sie in einem von mir aufgezeichneten Gespräch vom Anfang des Monats behauptet, Sie könnten große Ereignisse in Gang setzen, indem Sie einen Kugelschreiber in Ihre Brusttasche oder eine Büroklammer an Ihr Ohr stecken ...«, weiteres Krankenaktenblättern, »... Fluktuationen an der Börse, Regierungsumstürze, sogar den Weltfrieden herbeiführen.«

»Kann sein.«

»Kann nicht, ist.« Der Doktor rückte seine Brille zurecht. Es war eine kostspielige Designerbrille, ich hatte auch mal so eine. Obwohl nur mit Fensterglas, meine Brille, reine Imagesache. Ich will hier nicht weiter darauf eingehen.

»Aber haben Sie diese Kräfte nicht benutzt, um für eine Woche Präsident der Vereinigten Staaten zu werden?«

»Das war eine Fehleinschätzung meinerseits. Ich habe mich bei jedermann entschuldigt. Ich habe mich entschuldigt, oder nicht?«

»Aber Sie hatten die Macht.«

»Ja, zugegeben, ich hatte sie. Aber ich habe sie nicht mehr.«

»Die Tabletten helfen also?«

»Tabletten helfen immer. Deswegen gibt es sie doch, oder?«

Der Doktor nickte.

»Wie Gott sagte.«

»Gott?«

»Wie Gott zu Moses sagte. ›Nimm immer schön deine Tabletten.‹«

»Sollte das ein Witz sein?«

»Schon gut möglich. Das müssen Sie Gott fragen.«

»Tut mir Leid, dass ich diesen Bühnenauftritt von Ihnen versäumt habe. Er muss recht amüsant gewesen sein.« Dem Tonfall des Doktors ermangelte es eindeutig an Aufrichtigkeit.

»Hm«, sagte ich.

Der Doktor studierte weitere Krankenblätter. Er hatte schrecklich viele Krankenblätter. Eine ganze Menge Krankenblätter. Notizen. Einen richtig dicken Stapel Notizen. Beeindruckend viele Notizen. Und alles in einer wahnsinnig dicken Akte mit meinem Namen auf dem Deckel. Nun ja, mit *einem* meiner Namen. Ich benutze so viele.

Seufzend (leise und unauffällig) lehnte er sich in seinem Sessel zurück. »Erzählen Sie mir von diesem Rosenkohl«, sagte er.

»Rosenkohl? Was für ein Rosenkohl?«

»Harry, glaube ich.«

»Harry?«

»Nein, Barry. Der Rosenkohl, der in Ihrem Ohr gelebt hat.«

»Er hat nicht dort gelebt. Barry ist nicht lebendig.«

»Er war ein toter Rosenkohl?«

»Er war eine Theophanie.«

»Und was genau ist eine Theophanie?«

»Eine göttliche Manifestation, eine Erscheinung, die, obwohl sichtbar, nicht notwendigerweise materiell sein muss.«

»Also konnten Sie ihn sehen?«

»Nein. Ich konnte ihn hören. Er war mein heiliger Schutzrosenkohl.«

»Wie ein ›heiliger Schutzengel‹?«

»Ganz recht. Verstehen Sie, es gibt mehr Menschen auf der Erde als Engel im Himmel, deswegen muss Gott improvisieren. Er verteilt die Produkte seines Gartens. Sie haben wahrscheinlich ein Radieschen. Oder möglicherweise eine Steckrübe.«

»In meinem Kopf?«

Ich nickte. »Es ist ein wenig wie die Stimme Ihres Gewissens. Nur Sie allein können sie hören.«

»Also hat dieser Barry zu Ihnen gesprochen, und nur Sie allein konnten ihn hören?«

»Korrekt. Hat mich in eine ganze Menge Schwierigkeiten gebracht.«

»Dieser Barry, spricht er jetzt auch zu Ihnen?«

»Nein. Sie sprechen zu mir.«

»Gut. Sehr gut. Wir machen Fortschritte.«

»Heißt das, ich kann bald wieder nach Hause gehen?«

»Wir werden sehen.«

»Was halten Sie davon, wenn Sie mich von dieser Zwangsjacke befreien?«

»Alles zu seiner Zeit.«

»Hören Sie!«, sagte ich. »Ich habe Ihre Fragen beantwortet. Ich habe Ihnen alles über Barry erzählt. Barry war eine Illusion, so viel weiß ich heute. Es geht mir schon viel besser. Ich möchte eigentlich nur noch von hier weg und wieder an die Arbeit.«

»Ah. Ihre Arbeit.« Der Doktor beschäftigte sich einmal mehr mit Notizen- und Krankenblattstudien. »Sie arbeiten als Privatdetektiv, ist das zutreffend?«

»Ist es, ja.«

»Und was genau macht so ein Privatdetektiv?«

»Oh, kommen Sie! Jeder weiß, was ein Privatdetektiv macht.«

»Aber was genau haben *Sie* gemacht, als *Sie* ein Privatdetektiv waren?«

»Nun, ich ...« Ich musste darüber nachdenken. Es war eine verzwickte Frage. »Die meiste Zeit habe ich in irgendwelchen Bars herumgehangen und eine Menge alten Mist gequatscht.«

»Und das ist es, was Privatdetektive so tun?«

»Nein. Das ist es, was *ich* getan habe.«

»Und Sie nannten sich ...«, weiteres verdammtes Notizen- und Krankenblattstudium, » ... Lazlo Woodbine?«

»Nach dem legendären Detektiv in den Romanen von P. P. Penrose, ja. Manche nannten ihn Laz, wissen Sie?«

»Möchten Sie, dass *ich* Sie Laz nenne?«

»Ich möchte, dass Sie mir ein Taxi holen und mich meiner Arbeit nachgehen lassen.«

»Sie meinen, in Bars herumhängen und eine Menge alten Mist quatschen?«

»Nein, meinen Fall lösen.«

»Und der wäre …?«

»Der Fall der Voodoo-Handtasche. Bitte lassen Sie Ihre Notizen beiseite.«

»Bringt Sie die Konsultation meiner Aufzeichnungen durcheinander?«

»Dazu dient sie doch, oder nicht?«

»Selbstverständlich.«

»Dann funktioniert es nicht.«

»Also, dieser Fall, an dem Sie arbeiten – könnten wir das noch einmal durchgehen?«

»Lieber nicht – falls es Ihnen nichts ausmacht.«

»Warum nicht?«

»Weil ich diesen Fall schon ein Dutzend Mal mit Ihnen durchgegangen bin. Ich habe es allmählich satt, Ihnen immer wieder das Gleiche zu erklären. Und Sie müssten es eigentlich auch satt haben, sich immer wieder die gleiche Geschichte anzuhören.«

»Ich habe niemals etwas satt«, sagte der Doktor. »Ich bin ein Doktor. Wir haben Tabletten gegen so was.«

»Wenn ich es Ihnen noch einmal erzähle, nehmen Sie mir dann die Zwangsjacke ab?«

»Wir werden sehen.«

»Wer ist ›wir‹?«

»*Ich* werde sehen.«

Ich zuckte die Schultern. Ein Schulterzucken war alles, wozu ich imstande war.

»Der Fall hat mit dem Gesetz der Offensichtlichkeit zu tun. Und bevor Sie erneut in Ihren Aufzeichnungen nachschlagen, es ist das Hugo-Rune-Gesetz der Offensichtlichkeit, welches da lautet: ›Alles muss irgendwo sein, und nichts kann jemals irgendwo anders sein als da, wo es ist.‹«

»Klingt logisch.«

»Es mag logisch klingen, doch das heißt noch lange nicht, dass es wahr ist.«

»Würde es Ihnen etwas ausmachen, das genauer zu erläutern?«

»Meinetwegen. Ich bin sicher, Sie akzeptieren die Tatsache, dass detektivische Arbeit mit einer gewissen Kunstfertigkeit einhergeht? Der ›Kunstfertigkeit der Deduktion‹, wie Sherlock Holmes sie einmal genannt hat. Die Arbeit eines Privatdetektivs besteht hauptsächlich darin, wiederzufinden, was vermutlich verloren gegangen ist. Jemand oder etwas. Sagen wir einmal, sie müssen etwas wiederfinden, das vermutlich verloren gegangen ist. Wo würden Sie als Erstes suchen?«

Der Doktor schüttelte den Kopf.

»Sie würden an den offensichtlichsten Stellen suchen, nicht wahr? Aber wenn es verschwunden ist, dann liegt es nicht an diesen Stellen, oder?«

»Vermutlich nicht, nein.«

»Also würden Sie an den nächst offensichtlichsten Stellen weitersuchen und dann an den übernächsten und drittnächsten und viertnächsten und fünftnächsten und sechstnächsten und ...«

»Erzählen Sie weiter.«

»... bis Sie es gefunden haben. Weil alles irgendwo sein muss und nichts jemals irgendwo anders sein kann als da, wo es ist.«

»Erzählen Sie weiter.«

»Schön. Um nicht unnötig viel Zeit mit der Suche an unendlich vielen Stellen zu verschwenden, wäre der beste Ort, mit dem Suchen anzufangen, der, der am *wenigsten* offensichtlich ist.«

»Das ergibt Sinn.«

»Sollte man meinen. Doch wenn der am wenigsten offensichtliche Ort der offensichtlichste Ort zum Beginnen ist, dann wird er dadurch zum offensichtlichsten. Woraus folgt, dass es keinen am wenigsten offensichtlichen Ort mehr gibt, denn wir wissen nun, dass er der offensichtlichste Ort ist und dass es keinen Sinn ergibt, am offensichtlichsten Ort nach etwas zu suchen, das verschwunden ist. Habe ich Recht?«

»Hatten Sie eigentlich je Erfolg als Privatdetektiv?«, erkundigte sich der Doktor.

»Jede Menge. Nachdem wir also nun den am wenigsten offensichtlichen Ort eliminiert haben, weil er der offensichtlichste Ort für den Beginn unserer Suche ist, lautet die Frage, die wir uns stellen müssen, welcher Ort der am zweitwenigsten offensichtliche zum Suchen ist. Und ich wette zehn Cents auf den Dollar, das ist genau der Ort, wo wir auch nichts finden.«

»Und wo finden wir etwas?«

»Am ursprünglichen offensichtlichsten Ort, weil er der am wenigsten offensichtliche von all den am wenigsten offensichtlichen Orten ist, an dem die verschwundene Sache möglicherweise sein könnte.«

»Aber wenn diese Sache am offensichtlichsten Ort ist, dann ist sie doch wohl nicht verschwunden?«

»Nun, wenn sie nicht verschwunden ist, warum kommen Sie überhaupt hierher und belästigen mich?«

Der Doktor gab ein hustendes Geräusch von sich. »Sie waren auf der Suche nach einer verschwundenen Handtasche, ist dies zutreffend?«

»Einer verschwundenen Voodoo-Handtasche, ja.«

»Und haben Sie diese verschwundene Voodoo-Handtasche gefunden?«

»Ich habe eine Handtasche gefunden, doch es war nicht die, nach der ich gesucht habe.«

»Pech.«

»Überhaupt nicht. Es war die Handtasche, nach der ich in meinem vorherigen Fall gesucht habe. Und weil es die am wenigsten offensichtliche Möglichkeit war, dass ich diese Handtasche finden würde, während ich nach einer ganz anderen Handtasche suchte, war ich nicht im Geringsten überrascht, als ich sie fand. Es war alles absolut offensichtlich, wirklich.«

»Aber Sie haben nicht die Handtasche gefunden, nach der Sie eigentlich gesucht haben, diese Voodoo-Handtasche?«

»Nein, wie könnte ich? Man kann doch nicht etwas finden, das gar nicht existiert, oder?«

»Also existiert die Voodoo-Handtasche überhaupt nicht?«

»Der Fall der Voodoo-Handtasche hat das Hugo-Rune-Gesetz der Offensichtlichkeit widerlegt, welches da lautet: ›Alles muss irgendwo sein, und nichts kann jemals irgendwo anders sein als da, wo es ist.‹ Ich habe bewiesen, dass etwas doch woanders sein kann, als dort, wo es ist.«

»Also existiert die Voodoo-Handtasche?«

»Das ist eine Frage der Definition. Wie kann ein Ding existieren, wenn es nicht dort ist, wo es ist? Sie werden mir wohl zustimmen, dass ein Ding dort zu sein hat, wo es ist, damit es als existent bezeichnet werden kann?«

»Also existiert die Voodoo-Handtasche nicht?«

»Nun, wenn sie nicht existiert – warum nerven Sie mich deswegen?«

Der Doktor gab erneut eine Art Räuspern von sich. »Gibt es nun eine Voodoo-Handtasche oder nicht?«, fragte er sichtlich angespannt.

»Genau das würde ich auch gerne herausfinden. Wenn es nämlich keine gibt, dann habe ich die ganze Zeit über an den falschen Stellen gesucht. Und wenn es eine gibt, dann hab ich an den richtigen Stellen gesucht, doch ich konnte sie nicht finden. Offen gestanden, diese ganze Angelegenheit beginnt mich ein wenig zu verwirren.«

»Sie haben im Internet danach gesucht, stimmt's? Warum haben Sie das getan?«

»Weil man im Internet niemals irgendetwas findet, das man wirklich sucht. Also war das Internet der am wenigsten offensichtliche Ort zum Suchen, was es für die Aufenthaltswahrscheinlichkeit zum offensichtlichsten Ort machte.«

»Aber Sie haben nichts gefunden.«

»Nein. Ich habe etwas gefunden, nach dem ich nicht gesucht habe. Offensichtlich.«

»Offensichtlich. Und was haben Sie gefunden?«

»Sie wissen sehr wohl, was ich gefunden habe – oder was ich gefunden zu haben glaube. Und ich rede nicht von der anderen Handtasche. Ich rede von der *anderen* Sache. Der *großen* Sache. Der Sache, die mich überhaupt erst hierher gebracht hat. Der Sache, die mir niemand glaubt. Die die Leute dazu bringt, mich für verrückt zu halten. Die *Sie* dazu bringt, mich für verrückt zu halten.«

»Ich halte Sie nicht für verrückt.«

»Dann lassen Sie mich aus dieser Zwangsjacke.«

»Alles zu seiner Zeit. Erzählen Sie mir nur in ruhigem Tonfall und mit Ihren eigenen Worten, was das ist, was Sie gefunden zu haben glauben.«

»Meinetwegen. In ruhigem Tonfall und mit meinen eigenen Worten – Sie wissen wahrscheinlich, was Virtuelle Realität ist, oder nicht?«

»Selbstverständlich weiß ich das. Virtuelle Realität besteht aus holografischen Bildern, die von

Computern erzeugt und mit Hilfe von speziellen Brillen, Kopfhörern und Handschuhen zugänglich gemacht werden. Eine synthetische Realität, modelliert von Mathematikern. Eine hypothetische Welt, die gemeinhin als Cyberspace bezeichnet wird.«

»Eine höchst präzise Definition. Doch leider unkorrekt. Es gibt nichts Hypothetisches an der Virtuellen Realität. Sie ist ein realer Ort. Ich war dort.«

Erneut dieses merkwürdige Hüsteln. »Ein realer Ort, und Sie waren dort?«

»Zehn lange Jahre. Ich war dort gefangen, und es ist keine verlassene Gegend. Verstehen Sie, wir haben den Cyberspace nicht erfunden. Wir haben lediglich Zutritt zu ihm erlangt. Er existierte bereits vorher. Es ist der gleiche Ort, den wir in unseren Träumen besuchen oder wenn wir unter dem Einfluss von Drogen stehen oder eine mystische Erfahrung machen. Der Cyberspace ist kein physischer Ort, und doch ist er da. Es ist der *bizarre Ort*, der *Mundus magicus*. Und eine Firma namens Necrosoft pfuscht daran herum. Sie macht *Sachen* damit. Spielt mit seinen Naturgesetzen. Immer das gleiche alte Spiel, die Menschheit bringt das Ökosystem zum Zusammenbruch.«

»Und Sie machen sich deswegen Sorgen?«

»Das täten wir besser alle. Und wir täten besser alle etwas, bevor es zu spät ist. Bevor *sie* etwas gegen *uns* unternehmen.«

»Wer sind ›sie‹?«

»Sie eben. Die Leute, die auf der anderen Seite des Spiegels leben. Ich hab Ihnen doch schon gesagt, dass es keine verlassene Gegend ist. Es gefällt ihnen nicht, was wir tun, und wenn wir nicht damit aufhören, sorgen sie dafür, dass wir es tun.«

»Und das haben sie Ihnen erzählt, wenn ich mich nicht irre? Sie wurden auserwählt, der Menschheit diese Botschaft zu überbringen?«

»Was?«

»Oder war es vielleicht Barry, Ihr heiliger Schutzrosenkohl? Hat vielleicht Barry Ihnen das alles erzählt?«

»*Was?*«

»Ganz ruhig. Erzählen Sie mir von diesen Leuten. Diesen Leuten auf der anderen Seite des Spiegels. Wer sind sie?«

»Sie sind wir. Oder eine Reflexion von uns. Oder vielleicht sind wir eine Reflexion von ihnen. Oder ein wenig von beidem. Was spielt das schon für eine Rolle, Sie glauben mir ja doch kein Wort von dem, was ich erzähle. Und ich muss ebenfalls aufhören, es zu glauben. Es ist der einzige Weg für mich, jemals hier rauszukommen.«

»Und Sie glauben, Sie können aufhören, daran zu glauben?«

»Sicher. Ich hab schon aufgehört. Sehen Sie mich doch an. Ich hab aufgehört, und es geht mir schon viel besser. Kann ich bitte nach Hause gehen?«

»Dazu ist es ein wenig zu früh«, sagte der Doktor.

»Dazu ist es ein wenig zu früh? Ich bin seit Monaten hier!«

»Dinge wie diese benötigen ihre Zeit.«

»Aber die Zeit wird allmählich knapp! Wenn wir die Dinge nicht geregelt kriegen, dann ...«

»Dann was?«

»Dann, äh ... nichts. Ich habe nur noch ein paar Dinge zu regeln, zu Hause, meine ich. Pflanzen gießen, Tanten zu besuchen. Ganz normale, vernünftige Dinge eben.«

»Ich glaube nicht, dass Sie da ganz ehrlich zu mir sind, wie?«

»Hören Sie, können wir uns vernünftig über diese Sache unterhalten? Angenommen, ich würde jedes Wort von dem glauben, was ich Ihnen soeben erzählt habe – was ich selbstverständlich nicht tue, Gott bewahre! – aber einfach einmal angenommen. Was kann es schaden? Die Welt ist voll von harmlosen Irren mit verrückten Ideen. Sie sperren doch wohl nicht jeden ein und setzen ihn unter Medikamente? Die Straßen wären verlassen, wenn Sie das täten!«

»Da haben Sie nicht ganz Unrecht.« Der Doktor strich sich nachdenklich über das Kinn. »Exzentrizität für sich allein genommen ist schließlich kein Verbrechen, nicht wahr?«

»Selbstverständlich nicht. Also, was sagen Sie?«

»Nun ...«

»Ich bin harmlos, oder vielleicht nicht?«

»Nun ...«

»Und ich höre Stimmen in meinem Kopf. Genau wie Jeanne d'Arc.«

»Nun ...«

»Und ich bin technophob. Ich hab etwas gegen Computer. Na und?«

»Nun ...«

»Und ich leide an der Wahnvorstellung, dass nur ich allein die Welt retten kann. Das ist doch wirklich keine große Sache, oder?«

»Nun ...«

»Und ich bin aufrührerisch, stachle Leute auf und sage, man müsste die ein oder andere Computerfirma in die Luft jagen. Und Billy Barnes ermorden, den Monopolisten. Die Geschichte würde mir dafür danken.«

» ... «

»Äh, diesmal haben Sie gar nicht ›Nun ...‹ gesagt.«

»Pfleger!«, sagte der Doktor und drückte auf einen kleinen Knopf auf seinem Schreibtisch. »Pfleger!«

»Warten Sie! Das war doch nur ein Scherz mit dem Aufrührerischen und dem In-die-Luft-jagen und dem Ermorden! Sie glauben doch nicht wirklich, dass ich es ernst gemeint habe, oder doch?«

»Pfleger!«

»Hören Sie, wir sind so prima miteinander ausgekommen. Verderben wir uns doch nicht alles damit, dass wir den Pfleger rufen. Lassen Sie uns über etwas anderes reden. Welches von den Spice Girls finden Sie am besten? Ich mag die verdorbene Schlampe mit den großen Titten. Jede Wette, dass sie ...«

»Pfleger!«

Die Tür des Arztzimmers schwang auf, und ein großer Krankenpfleger streckte den Kopf herein.

»Ah, Cecil!«, sagte der Doktor. »Würden Sie bitte Mr. Woodbine hier in sein Zimmer zurückbegleiten?«

»Mit dem größten Vergnügen, Sir.«

»Nein!«, sagte ich und versuchte aufzuspringen. »Ich will nicht wieder in meine Zelle! Ich muss hier raus! Ich muss wirklich hier raus! Alles hängt davon ab!«

»Möchten Sie, dass ich Mr. Woodbine die verordneten Medikamente gebe, Sir?«, erkundigte sich Pfleger Cecil.

Der Doktor nickte. »Ja«, sagte er. »Nehmen Sie die große Spritze.«

»Nein, nein! Nicht die große Spritze!« Ich kämpfte verzweifelt gegen die Zwangsjacke an. Vergebens. Cecil der Pfleger packte mich entschlossen am Kragen. »Soll ich vielleicht die *ganz große* Spritze nehmen, Doktor?«, fragte er.

»Die ganz, ganz große«, sagte der Doktor. »Mit der extra langen Nadel.«

»Nein! Lassen Sie mich gehen! Sie machen einen schrecklichen Fehler! Sie müssen mich gehen lassen, ich bin der Einzige, der die Wahrheit kennt!« Ich begann in der Kieferregion ein wenig zu schäumen. Ich trat nach Cecil dem Pfleger, doch ich hatte nur meine Krankenhauspantoffeln an, und er hatte seine dicken Schienbeinschützer um. Und seine schweren Stiefel an. Er trat mir auf den Fuß und lachte noch dabei.

»Autsch!«, schrie ich. »Lassen Sie mich gehen! Sie wissen nicht, was Sie tun! Ich bin nicht verrückt! Ich bin nicht verrückt!«

»Kommen Sie mit, Mr. Woodbine«, sagte Cecil der Pfleger. »Seien Sie ein netter Junge, ja?«

»Das ist eine Verschwörung! Sie alle stecken unter einer Decke! Sie stehen ausnahmslos alle auf der Lohnliste von Billy Barnes!«

»Kommen Sie, hier entlang bitte, Mr. Woodbine.«

Ich schrie und trat um mich; vergebens. Ich wurde aus dem Sprechzimmer des Doktors geschleift und weiter durch den langen Korridor. Mitgefangene, Irre, die sich bereits auskannten, wandten den Blick von mir ab, als ich an ihnen vorüberkam, und pfiffen angelegentlich zur Decke hinauf.

»Ihr steckt alle unter einer Decke!«, kreischte ich. »Ihr alle! Ihr steckt alle unter einer Decke!«

»Bitte, Mr. Woodbine, beruhigen Sie sich. Sie verärgern die anderen Patienten.«

»Sie kriegen auch noch Ihr Fett weg! Verdammter Bastard!«

Zurück in meinem Krankenzimmer bekam ich zunächst einmal meines weg.

Cecil der Pfleger führte gewisse unaussprechliche Dinge an meiner hilflosen Person durch. Als er damit fertig war, trat er mich gründlich zusammen, bevor er die extra große Spritze mit der extra langen Nadel ansetzte.

»Gute Nacht, mein Prinz!«, säuselte er, während er die gepolsterte Tür ins Schloss zog und mich allein zurückließ.

Ich lag auf meine Pritsche geschnallt und tobte und brüllte und schimpfte und fluchte, was das Zeug hielt, während ich darauf wartete, dass die Medikamente aus der Spritze zu wirken begannen und ich einmal mehr im Nichts versank.

Doch unmittelbar, bevor es so weit war, hörte ich eine leise Stimme meinen Namen rufen. Im Innern meines Kopfes. Es war die Stimme von Barry, meinem heiligen Schutzrosenkohl. Er bot mir Trost und Tröstung.

»Das hättest du wirklich ein klein wenig besser hinkriegen können, Chef!«, sagte Barry tadelnd.

»Du Arschloch!«, fügte er kurze Zeit später noch hinzu.

2

Die Theorie von Raum und Zeit ist ein kulturelles Artefakt, ermöglicht durch die Erfindung von Diagrammpapier.

Jacques Vallée

Im Jahre 2002 brachte mein Onkel Brian die britische Buchindustrie zum Zusammenbruch. Er hatte nichts Persönliches gegen sie, keinen heimlichen Groll, keine eigennützigen Pläne, kein Kreuz zu tragen und kein Hühnchen zu rupfen. Doch er hatte eine schrecklich große Menge rechter Latexhandschuhe.

Verstehen Sie, mein Onkel Brian hatte eine ganze Ladung Gummihandschuhe von einem Typ im Pub gekauft. Für fünfunddreißig Mäuse. Fünfunddreißigtausend Paar. Damals war es ihm wie das Geschäft seines Lebens erschienen. Eintausend Paar Latexhandschuhe für ein Pfund. Man konnte einfach nur Geld mit so einem Geschäft verdienen. Doch was mein Onkel erst später herausfand: Er war aufs Kreuz gelegt worden. Er hatte siebzigtausend Gummihandschuhe, alles, was recht ist, doch das war zugleich auch das Dumme an der Geschichte. Sie waren alle rechts. Alles rechtshändige Handschuhe.

Und die Methode, die er auswählte, um diese scheinbar nutzlosen Artikel zu verkaufen, brachte die britische Buchindustrie zum Zusammenbruch.

Selbstverständlich werden Sie in keinem Archiv etwas darüber zu lesen bekommen, es steht in keiner Datenbank und auch nicht in der »Geschichte des Zwanzigsten Jahrhunderts«, da können Sie suchen, bis Sie blind werden. Onkel Brian wird nirgendwo erwähnt. Tatsächlich ist die einzige Stelle, an der Sie überhaupt irgendetwas vom Beitrag meines Onkels Brian zum Niedergang der britischen Buchindustrie nachlesen können, das hier und jetzt vor Ihnen liegende Buch.

Und weil alle Bücher in der großen Säuberungsaktion von 2003 vernichtet werden, sollten Sie diese Geschichte hier nachlesen, solange Sie noch dazu imstande sind.

Onkel Brian war ein großartiger Geschichtenerzähler (Ich spreche von ihm in der Vergangenheit, denn er ist schon lange tot, grausam gefällt während einer mysteriösen Begebenheit, bei der ein grasbewachsener Hügel und ein weittragendes Gewehr eine entscheidende Rolle gespielt haben). Ich entstamme einer langen und bedeutenden Linie von großartigen Geschichtenerzählern, und lassen Sie mich gleich zu Beginn energisch betonen, dass das Erzählen Weit Hergeholter Geschichten unter gar keinen Umständen mit Lügen verwechselt werden darf.

Lügen ist eine verschlagene, schamlose, schändliche Angelegenheit, begangen von derbem, niederem, gemeinem Volk, zum Schaden anderer und zu ihrem eigenen Nutzen. Das Erzählen Weit Hergeholter Geschichten hingegen ist im Gegensatz dazu eine edle Kunst, dargeboten von selbstlosen Individuen, dazu gedacht, unser kulturelles Erbe zu bereichern und einer ansonsten durchaus matten Welt ein wenig mehr Farbe zu verleihen.

So ist das.

Mein Vater also war ein großartiger Erzähler Weit Hergeholter Geschichten, wie meine frühesten Erinnerungen an ihn, die ich nun vor Ihnen ausbreite, ohne Zweifel bestätigen werden.

Es war mein erstes Jahr in der Grundschule, und die Lehrerin hatte uns gebeten, ein Bild von dem zu malen, womit unsere Väter ihren Lebensunterhalt verdienten. Ich malte also meinen Vater, und die Lehrerin war so beeindruckt von meinem Werk, dass sie das Bild in der Eingangshalle der Schule aufhängte (eine große Ehre!). Und als eine Woche später der Elterntag war, verwickelte sie meinen Vater in eine Unterhaltung.

»Mr. Rankin«, sagte sie (Mein Vater hieß wie ich). »Ich wüsste zu gerne, ob es möglich wäre, dass Sie in unsere Schule kommen und den Kindern ein wenig über Ihren Beruf erzählen?«

Mein Vater, ein Zimmermann, erkundigte sich neugierig nach dem Grund.

»Nun«, erwiderte die Lehrerin, »ganz einfach. Sie sind der erste Vater an unserer Schule, der als Walfänger arbeitet.«

Verstehen Sie, ein paar Wochen vor jenem Ereignis hatte mein Vater mir einen Walzahn geschenkt und mir eine wunderbare Geschichte erzählt, wie er ihn im Verlauf einer seiner zahlreichen Walfangfahrten persönlich aus dem Kiefer einer erlegten Kreatur gebrochen hatte. Er war in Wirklichkeit in seinem ganzen Leben niemals auf See gewesen; er unterhielt seinen Jungen mit einer gut erzählten Geschichte, weiter nichts.

Jeder »normale Vater« hätte angesichts der Bitte dieser Lehrerin ohne weiteres die Wahrheit gestanden und die Geschichte lächelnd abgetan. Nicht so mein Dad. Er spürte den Ruf der Pflicht. Ohne einen Augenblick des Zögerns stimmte er zu, ging nach Hause, bastelte sich eine improvisierte Harpune, um damit Wurftechniken zu demonstrieren, und kehrte eine Woche später in die Schule zurück, um uns seine Geschichte zu erzählen.

Ich war im ganzen zweiten Jahr auf der Grundschule ein richtiger Held.

Und so ging es weiter, solange mein Vater lebte.

Er wurde irgendwann zum Vorarbeiter ernannt, nichts Besonderes, doch wohin auch immer er kam, verbreitete er Staunen und Wunder. Der Höhepunkt kam erst, als er viele Jahre später seinen letzten Weg antrat.

Seine Apotheose als Erzähler Weit Hergeholter Geschichten kam bei seinem Begräbnis, wo er posthum für seine meisterhafte Beherrschung der

Kunst geehrt wurde. Niemand würde das Begräbnis seines Vaters mit Lachtränen in den Augen verlassen. Niemand, außer mir. Mein Vater hatte den letzten Lacher, und er ließ uns alle daran teilhaben.

Ein etwas surrealer Zwischenfall zu Beginn der Zeremonie bereitete die Stimmung für das, was kommen sollte. Einer der Sargträger war erkältet und zog ein großes rotes Gingan-Taschentuch aus der Hose, um sich zu schnäuzen. So ein Taschentuch hätte niemandem etwas bedeutet, doch mir bedeutete es eine Menge.

Es lag fast vierzig Jahre zurück, dass ich das letzte Mal ein Taschentuch wie dieses gesehen hatte. Mein Tantchen Edna, die Schwester meines Dads, hatte stets so ein Taschentuch in ihrer Handtasche. Es duftete nach Lavendel, und ich liebte diesen Geruch so sehr, dass ich jedes Mal, wenn sie zu Besuch war, vorgab, eine Erkältung zu haben, nur, damit sie mich die Nase damit putzen ließ. Ich vergrub mein Gesicht in diesem Taschentuch und sog die wunderbaren Düfte ein.

Der Anblick des Sargträgers mit seinem roten Taschentuch weckte ein paar längst vergessene Erinnerungen aus Kindheitstagen. Aber es war nicht nur das Gingan-Taschentuch.

Es war das Polo-Pfefferminz.

Als er das Taschentuch aus der Hose zog, fiel es zu Boden. Es segelte ein Stück weit durch die Luft und fiel dann auf den Kirchenboden, wo es sich um seine Achse drehte und davonrollte, bis es unter dem Sarg meines Vaters zu liegen kam.

Dort blieb es während des gesamten Gottesdienstes.

Doch der merkwürdige Zwischenfall mit dem roten Taschentuch und dem Pfefferminz-Bonbon war nichts, absolut *nichts* im Vergleich zu dem, was noch kommen sollte.

Der Vikar war einer von jenen jungen, ernsten, eifrigen Burschen mit dem strahlenden Gesicht eines frisch gebadeten Babys. Warum schrubben sie ihre Gesichter so? Vielleicht, weil Reinlichkeit gleich nach Gottergebenheit kommt? Ich weiß es nicht, doch er kletterte strahlend wie ein frisch gebadetes Baby hinauf auf die Kanzel, raffte seine Robe um sich und begann mit einem Diskurs über meinen Vater.

»Ich bin erst seit neun Monaten in dieser Gemeinde«, begann der Vikar, »daher lernte ich Mr. Rankin erst kennen, als er schon lange krank war. Doch mir wurde schon sehr bald im Verlauf langer Gespräche bewusst, dass er kein gewöhnlicher Mann war. Er hat die Art von Leben gelebt, von der die meisten von uns höchstens in Büchern lesen. Er hat allein und zu Fuß die Kalahari-Steppe durchquert, er ist allein um Kap Horn gesegelt, er hat allein einige der höchsten Gipfel der Welt bestiegen und ist im Zweiten Weltkrieg zweimal für herausragende Tapferkeit ausgezeichnet worden.«

Als ich all dies hörte, ging mein Blick, der bis zu diesem Augenblick unverwandt auf dem Polo-Pfefferminz geruht hatte, nach oben zur Kanzel, und auf meinem Gesicht muss sich ein Ausdruck des

Entsetzens gespiegelt haben. Mein erster Gedanke war, dass der Vikar über den falschen Mann redete. Es war wieder einmal so verdammt typisch; ein alter sterbender Mann sieht für einen jungen Vikar aus wie der andere. Er hat andere Dinger im Kopf, junge Hausfrauen aus der Gemeinde beispielsweise.

Ich wollte mich schon von der Kirchenbank erheben, um mit dem irrenden Kleriker zu streiten, als ich die ersten Trauergäste leise kichern hörte.

Die Kirche war gerammelt voll; mein Vater hatte eine Menge Freunde gehabt, und das Kichern stammte von seinen ältesten Kumpanen. Während der Vikar fortfuhr, von den wagemutigen Heldentaten meines Vaters zu erzählen, von Weltumwanderungen und einem untrüglichen Gespür dafür, stets im richtigen Augenblick am richtigen Ort zu sein, dort, wo Geschichte geschrieben wurde, breitete sich das Kichern aus. Doch nicht bis in die Nähe der Kanzel.

Mein Vater hatte die letzten neun Monate seines Lebens damit verbracht, dem Vikar Geschichten zu erzählen.

Wie gesagt. Ich verließ die Kirche mit Tränen in den Augen. Lachtränen. Doch das Beste sollte erst noch kommen, und fast hatte ich das Gefühl, als hätte mein toter Dad alles genau geplant. Heute, in der Rückbesinnung, bin ich ziemlich sicher, dass es so war.

»Hätten Sie Lust, auf eine Tasse Tee mit zu uns nach Hause zu kommen?«, fragte ich den Vikar.

»Allem Anschein nach haben Sie meinem Vater am Ende sehr nahe gestanden, und ich würde mich wirklich sehr gerne ein wenig mit Ihnen unterhalten.«

Der Vikar stimmte zu, und wir gingen zu meinem Dad nach Hause.

Wir waren noch keine drei Minuten dort, als es passierte.

Der Vikar deutete auf das große Schwertfischschwert über dem Kamin. »Das allein erzählt schon die ein oder andere Geschichte über einen Mann, nicht wahr?«, sagte er an mich gewandt.

Ich sah zu dem Schwertfischschwert auf. Soweit ich wusste, hatte das Ding absolut stumm dort gehangen seit dem Tag, an dem mein Dad es auf einem Flohmarkt in Hastings erstanden hatte. Andererseits, vielleicht hatte es ihm tatsächlich heimlich die ein oder andere Geschichte anvertraut, wer weiß?

»Würden Sie meinem Gedächtnis auf die Sprünge helfen?«, bat ich.

»Selbstverständlich«, sagte der Mann des Gewands und trank einen Schluck von seinem Tee. »Ihr Vater hat mir aus der Zeit erzählt, als er vor den Florida Keys auf Schwertfischfang gegangen ist. Ein plötzlicher Sturm trieb das Boot weit hinaus aufs Meer. Er verlor jeglichen Kontakt mit dem Land, und im Verlauf dieses Sturms, der nach den Worten Ihres Vaters kein anderer als der berüchtigte Hurrikan Flora des Jahres 1966 gewesen war, wurden seine Riemen über Bord gespült.

Ihr Vater glaubte, dass sein letztes Stündlein gekommen sei, und da er ein religiöser Mensch war, empfahl er seine Seele Gottes Gnade. In diesem Augenblick fuhr ein mächtiger Blitz aus dem Himmel ins Wasser, und ein Schwertfisch bohrte sein Schwert – genau dieses dort über dem Kamin – von unten in das Boot. Mit dem Geschick, das er sich in seinen Jahren als Kraftmeier beim Zirkus erworben hatte, gelang es Ihrem Vater, das Schwert abzubrechen. Er steckte den Fuß in das Loch, und mit dem Schwert als Paddel ruderte er an Land zurück.«

Zu sagen, ich wäre sprachlos gewesen, hätte bedeutet ... nun, zu sagen, ich war sprachlos gewesen.

Nachdem der Vikar gegangen war, nahm meine Mum mich still beiseite. »Ich denke, es ist wahrscheinlich das Beste, wenn wir nie wieder darüber reden, meinst du nicht, mein Lieber?«

Ich nickte nachdenklich. »Vertrau mir, Mum«, sagte ich zu meiner Mutter. »Ich werde mit keiner Menschenseele darüber reden.«

Und dieses Versprechen habe ich selbstverständlich gehalten. Bis heute.

Mein Onkel Brian, der jüngere Bruder meines Dads, war weder Zimmermann noch Vorarbeiter. Er war ein Fuchszüchter. Ich hatte nicht einmal gewusst, dass es so etwas wie Fuchsfarmen gab, bevor er mir davon erzählte. Offensichtlich wäre die gesamte britische Wirtschaft ohne die Fuchszucht schon längst zum Stillstand gekommen – und nicht erst im Jahre 2003, mit dem Fall der britischen Buchindustrie und so gut wie allem anderen auch. Doch während der 1980er und 90er Jahre wurde sie durch Fuchszuchten in geheimen Regierungsbetrieben am Laufen gehalten. Verstehen Sie, es gab nicht genug Füchse zum Jagen, und so mussten die Fuchsfarmen mehr und mehr Füchse züchten.

Erlauben Sie mir, das näher zu erklären.

Wie die meisten Leute inzwischen längst wissen, ist die Jagd besonders in jüngerer Zeit zu einem ziemlichen Problem geworden, einem Problem, das die Kluft zwischen den Bewohnern ländlicher Gemeinden und den Städtern noch weiter vergrößert hat.

Es hat stets einen Graben gegeben, doch das ist auch nicht anders zu erwarten, oder? Der Landmensch betrachtet sich von jeher als dem simplen Stadtmenschen überlegen. Der Landmensch fühlt sich näher an der Natur, mehr im Einklang mit ihren natürlichen Rhythmen und als Hüter des Lands für die nach ihm kommenden Generationen. Städter sind seiner Meinung nach nichts weiter als eine Bande Leim schnüffelnder Fußballhooligans, die sich wie Ratten in engen Mietshochhäusern drängen und sowohl mental als auch körperlich verstümmelt sind durch McDonald's auf der einen und das ständige Einatmen von Autoabgasen auf der anderen Seite. Der Stadtmensch ist ordinär, pervers und keine angenehme Bekanntschaft.

Der Stadtmensch auf der anderen Seite neigt zu einer anderen Meinung. Er betrachtet sich als über dem tumben Bauern stehend. Der Stadtmensch hält sich für gebildeter, kultivierter, mit einem besser entwickelten Sinn für die feinen Künste und die Informationstechnologie. Der Stadtmensch blickt auf den Landmenschen als einen ignoranten, inzuchtgeschädigten Schafsficker herab, der Vergnügen an Grausamkeiten und Blutvergießen findet. Der Landmensch ist ordinär, pervers und keine angenehme Bekanntschaft.

Beide Seiten irren sich natürlich gewaltig, auch wenn man feststellen darf, dass das Schafsficken eine nahezu ausschließlich der Landbevölkerung vorbehaltene Freizeitbeschäftigung ist.

So ist es denn auch nicht weiter überraschend festzustellen, dass der Stadt- und der Landmensch unterschiedlicher Meinung sind, wenn es um Dinge wie die Jagd geht.

Im Sommer 1997 marschierte nahezu eine halbe Million besorgter Landmenschen friedlich durch London, um die Aufmerksamkeit der Bevölkerung im Großen und Ganzen auf die Gefahr zu lenken, die dem ländlichen England durch ein geplantes Gesetz drohte, ein Gesetz, das die Fuchsjagd ein für alle Mal verbieten wollte.

Was die tumben Städter nicht begriffen, so erklärten die Landbewohner immer wieder geduldig, war die Tatsache, dass es ohne die Fuchsjagd keine englische Landschaft gäbe. Bedenkt nur, argumentierten sie, wie viele Menschen direkt oder indirekt ihren Lebensunterhalt mit der Fuchsjagd verdienen. Die Sattler, die Pferdepfleger, die Reitknechte, die Stallburschen. Die Reitlehrer, die Tierärzte, die Hersteller von Pferdepillen und Geschirren und Steigbügeln. Die Schmiede und Schmiedelehrlinge, die Pferdezüchter, die Hersteller von Stallboxen und die Leute, die in den Fabriken arbeiteten, in denen diese Aufkleber hergestellt werden, die man in den Heckscheiben von Range Rovers sehen kann, Sie wissen schon, mit der Aufschrift »**I ♥ Greys**«.

Und das waren nur die Pferde. Was ist mit den Hunden? Was mit jenen wunderbaren Rudeln kuscheliger Foxhounds? Sie alle würden vernichtet werden müssen. Hunde! Vernichtet! Eine nationale Schande! Und mit ihrer Vernichtung würde der Lebensunterhalt von Foxhoundzüchtern mitsamt ihren Angestellten und Lehrlingen vernichtet, der Abrichter, der Hersteller von Hundehalsbändern, der Fabrikanten von Hundekuchen und Hundefutter, weiterer Tierärzte und so weiter und so weiter.

Tausende über Tausende über Tausende hart arbeitender, ehrlicher Landbewohner wären zu einem Leben in Armut und Elend verdammt, wie es vorher einzig und allein den Stadtmenschen vorbehalten gewesen war.

Katastrophe!

Schlimmer noch – was würde aus dem Land selbst werden? England war ganz und gar abhängig von seinem Farmland. Von seinem Farmland und dessen Erzeugnissen. Das Land! Gütiger Gott, das Land!

Um es mit einem Wort zu sagen, es würde kein Land mehr geben. Ohne die Bemühungen der noblen Fuchsjäger, das üble Ungeziefer namens Füchse im Zaum zu halten, würde die englische Landschaft untergehen. Der Fuchs, diese höllische Chimäre aus Wolf, Schakal, Tiger und Ghoul/Dämon/Werwolf, würde sich ungehemmt vermehren und zu unbesiegbaren Rudeln zusammenschließen, die Tod und Vernichtung über das Land brachten. Sie würden Kinder aus ihren Wiegen stehlen, ganze Schaf- und Rinderherden fressen und schließlich weiterziehen, um auch Städte und Gemeinden zu zerstören.

Die Fuchsjagd zu verbieten war fast vergleichbar damit, den Weltuntergang heraufzubeschwören und die Ankunft des Antichristen zu erwarten.

Mensch!

All das stellte für den Stadtmenschen doch eine recht überraschende Enthüllung dar. Zum einen, weil der Stadtmensch stets geglaubt hatte, dass die größte Gefahr für das Getreide des Bauern nicht vom Fleisch fressenden Fuchs herrührte, sondern vom rein vegetarischen Karnickel, das, welch ein eigenartiger Zufall, die fast ausschließliche Nahrungsquelle des Fuchses darstellte. Nur eineinhalb Prozent der Bevölkerung Englands lebten auf dem Land, und diese eineinhalb Prozent trugen kaum mehr als drei Prozent zum Bruttoinlandsprodukt bei. Und sicherlich hatte die Landbevölkerung

Gewehre? Immerhin war sie stets rasch damit zur Hand, wenn es darum ging, Städter zu vertreiben, die unausweichlich auf ihren Ländereien picknickten. Konnten sie die Füchse nicht einfach abschießen?

Es war in der Tat eine ziemlich heftige Enthüllung – und obendrein eine, die geeignet war, den zuvor erwähnten tiefen Graben zu füllen, der die rurale Gemeinde von ihren urbanen Brüdern und Schwestern trennte. Fuchsjagd bedeutete Vollbeschäftigung für das Landvolk und ersparte den Stadtbewohnern die tollwütigen Aufmerksamkeiten der dämonischen Fuchsrudel.

Harmonie.

Und was hatten die Fuchsfarmen mit alledem zu schaffen?

Nun, ich dachte, ich hätte bereits erklärt, dass es nicht genügend Füchse zum Jagen gab.

Es war die Schuld der Stadtbewohner. Ihrer Vorliebe für Automobile und asphaltierte Autobahnen. Verstehen Sie, mehr als zehn Mal so viele Füchse sterben auf den Straßen als durch die Hand von Jägern. Was nebenbei bemerkt auch erklärt, warum die Landbewohner immer so lautstark gegen den Bau weiterer Autobahnen protestieren.

Alles ganz einfach, wenn man es auf diese Weise vorgekaut bekommt, oder nicht?

Mein Onkel Brian jedenfalls arbeitete auf einer Fuchsfarm. Es war einer jener neuen, modernen Betriebe. Eine Fuchsfabrik, quasi. Mein Onkel arbeitete als Gen-Ingenieur. Das Ziel lautete: die

Zucht des Superfuchses. Eines vegetarischen Fuchses, der nur langsam rennen konnte, weil so viele Fuchsjäger alt und fett und langsam sind, genau wie ihre Hunde.

Mein Onkel Brian hatte viel Freude an seiner Arbeit. Gott zu spielen und mit den Naturgesetzen herumzupfuschen hatte schon immer einen unwiderstehlichen Reiz auf ihn ausgeübt. Doch mit dem Regierungswechsel des Jahres 1997 verlor er seine Anstellung und wurde arbeitslos, was wiederum zum Verlust jener fünfunddreißig Mäuse in dem Pub führte und im weiteren Verlauf der Geschehnisse die Ursache für den Zusammenbruch der gesamten britischen Buchindustrie bildete.

Erlauben Sie mir, das näher zu erklären.

Folgendes hatte sich zugetragen.

Die neue britische Labour-Regierung war sehr begierig darauf, Geld zu sparen. Mit nichts als dem besten Interesse der Nation im Herzen und vor Augen beschloss sie, die Haushaltsausgaben stark zu kürzen, und eine Methode dazu bestand in der Verschmelzung gewisser streng geheimer Behörden und ihrer Restrukturierung, sodass sie gewinnbringend arbeiten konnten. Alles zusammenwerfen und alle Stellen vereinen. Fuchszucht, ein sehr geheimer Bereich, wurde mit UFO-Retro-Engineering verschmolzen, einem noch strenger geheimen Bereich. UFO-Retro-Engineering ist, wenn eine Regierung in den Besitz einer notgelandeten fliegenden Untertasse gelangt und sie auseinander nehmen lässt, um herauszufinden, welches Prinzip dem Antrieb zugrunde liegt. Es ist bisher noch nicht erfolgreich gelungen, was erklärt, warum wir noch nicht in fliegenden Untertassen umhersausen und zwischen den Planeten pendeln. Aber wir geben uns alle Mühe.

Also, UFO-Retro-Engineering wurde mit der Fuchszucht verschmolzen, und ein Bursche namens Hartly wurde zum Chef ernannt, mit der Vorgabe, den Betrieb gewinnbringend zu führen.

Hartly war ein heller junger Kopf und erkannte fast augenblicklich eine finanzielle Möglichkeit. Fuchspelze. Da die Städter inzwischen vom Segen der Fuchsjagd und der Bosheit von Füchsen überzeugt waren, würden sie doch wohl sicherlich wieder Fuchspelze kaufen wie in den guten alten Tagen? Hartly machte sich an die genetische Erschaffung des Angora-Fuchses. Es war eine brillante Idee, doch er machte einen Fehler, als er genetisches Material von einem UFO benutzte.

Wie all jene wissen werden, die Zugang zu noch strenger geheimen Informationen besitzen, bestehen UFOs größtenteils aus organischem Material. Was erklärt, warum sie auf dem Radar niemals sichtbar sind. Das genetische UFO-Material, das zur Erschaffung des Angora-Fuchses eingesetzt wurde, resultierte nicht in der Erschaffung eines Angora-Fuchses. Es resultierte in der Erschaffung eines *Tarnkappen*-Fuchses.

Nun, wohingegen der Tarnkappen-Bomber nur

auf dem Radar nicht zu sehen ist, so ist der Tarnkappen-Fuchs nirgendwo zu sehen. Er konnte sich in einem Ausmaß in seine Umgebung einfügen, die ihn nahezu unsichtbar machte. Er war dort, kein Zweifel, wenn man sich nur die Mühe machte, genau genug hinzusehen (schließlich *muss alles irgendwo sein, und nichts kann jemals irgendwo anders sein als da, wo es ist*), doch dem Bemerktwerden zu entgehen war etwas, das der Tarnkappen-Fuchs bis zur Perfektion beherrschte.

Das, und aus den geheimen Forschungslabors der Regierung zu entschlüpfen. Natürlich.

Mit der Kühnheit, für die sie berüchtigt ist, suchte diese neue Art Fuchs ihren alten Gegner heim – den Fuchshund. Die Tarnkappenfüchse mischten sich unter die Fuchshundrudel, und sie taten es so überzeugend, dass die Fuchshunde sie für ihresgleichen hielten. In null Komma nichts paarten sich die Tarnkappenfüchse mit den Fuchshunden, und daraus ging ein Tarnkappen-Fuchs/Hund-Hybride hervor, der nicht vom gewöhnlichen Fuchshund zu unterscheiden war. Innerhalb weniger Jahre bestanden viele Fuchshundrudel in Wirklichkeit aus nichts anderem mehr als Tarnkappen-Fuchs/Hund-Hybriden.

Die Kreuzung zwischen Tarnkappenfuchs und Fuchshund führte zu einer weiteren, kräftigeren Rasse von Tarnkappenfüchsen, ungefähr so groß wie Dänische Doggen (oder kleine Pferde). Der nächste Schritt war fast zwangsläufig.

Die größten der Tarnkappen-Fuchs/Hund-Hybriden begannen sich unter die Pferde der Jagdgesellschaft zu mischen, und bald darauf erschien der erste Tarnkappen-Fuchs/Hund/Pferd-Hybride auf der Bildfläche.

Eher zu Prüderie neigende Zeitgenossen mögen den nächsten Schritt des neu erschaffenen Tarnkappen-Fuchs/Hund/Pferd-Hybriden auf der Leiter der Evolution als zu geschmacklos empfinden, um ihn niederzuschreiben. In der ewig noblen Suche nach der Wahrheit soll, ja, muss er dennoch hier festgehalten werden.

Wer unter Ihnen je das berühmte Porno-Video *Farm der Tiere* gesehen hat, wird sich an die Episode mit der strammen Magd und dem ausgelassenen Hengst erinnern.

Genug gesagt.

Der Tarnkappen-Fuchs/Hund/Pferd/Mensch-Hybride war geschaffen.

Es war genau einer jener Tarnkappen-Fuchs/Hund/Pferd/Mensch-Hybriden, der einige Jahre später und in der Verkleidung eines Typen in einer Bar meinen Onkel Brian um fünfunddreißig Mäuse beschiss, was im Gegenzug dazu führte, dass mein Onkel Brian die britische Buchindustrie zum Zusammenbruch brachte.

Und wie es dazu kam und was das alles mit einer Voodoo-Handtasche, einem heiligen Schutzrosenkohl und einer Bedrohung der Menschheit seitens der Bewohner des Cyberspace zu tun hat, das wird schon bald allzu offensichtlich werden.

Wenn auch vielleicht nicht auf die allzu offensichtlichste Weise.

3

Schlauheit aus Büchern ist keine Schlauheit.

Carol Baker

Der große Ehrgeiz eines jeden Geschichtenerzählers ist die Schaffung einer urbanen Legende. Eine von jenen »Stell dir vor, was ein Freund von einem Freund von einem Freund von mir erlebt hat« Geschichten, die in das öffentliche Bewusstsein eindringen und dort ihr Eigenleben führen.

Man hört sie jeden Tag: auf der Arbeit, im Pub, auf Partys. Erzählt von irgendjemandem, der Stein und Bein darauf schwört, dass kein Wort gelogen ist. Eine richtig gute Geschichte zeichnet sich dadurch aus, dass man das Gefühl erhält, sie könnte irgendwie wahr sein, auch wenn sie es nicht ist.

Beispielsweise – erinnert sich irgendjemand an Johnny Quinn? Ja, oder besser nein, vielleicht. Nun, vor ungefähr einem Jahr war ich im *Fröhlichen Gärtner* und trank *Tod durch Cidre*, während ich mich mit meinem guten Freund Sean O'Reilly unterhielt. William S. Burroughs war gerade gestorben, und Sean meinte, dass der gute alte Bill einer seiner Lieblinge gewesen sei. Ich antwortete, dass ich ihn auch sehr gemocht hätte, obwohl ich nicht verstand, was genau er eigentlich die ganze Zeit über sagen wollte; es spielte keine Rolle, weil mir die Art und Weise gefiel, wie er darüber schrieb. (Na? Sind die Bezüge noch klar? Das ist eben literarisch. Da muss man mitdenken. Das liest sich nicht so leicht herunter.)

Dann fragte mich Sean, ob ich schon jemals etwas von Johnny Quinn gelesen hätte, der allem Anschein nach ein Freund von Burroughs war und ein wenig leichter zu verstehen. Ich antwortete, dass ich ganz sicher sei, etwas von ihm gelesen zu haben, doch ich könnte mich nicht erinnern, was genau es war. Und dann sagte ich, ja, jetzt fiele es mir wieder ein, und war nicht Johnny Quinn derjenige, der den *Millionen-Dollar-Traum* geschrieben hätte? Und Sean meinte, ja, er glaube schon, und außerdem *Fahrt nach Babylon* und irgendetwas über Tränen.

»*Tränen von Morgen*«, sagte ich. »Ich hab das Buch irgendwo zu Hause stehen. Dann unterhielten wir uns ein wenig über das, was uns über Johnny Quinn so einfiel (was nicht besonders viel zu sein schien) und über seine Bücher (was noch weniger war). Gegen Ende des Abends meinte Sean schließlich, dass er *Tränen von Morgen* wirklich gerne einmal wieder lesen würde, und ich sagte: »Komm, wir gehen zu mir nach Hause, und ich sehe nach, ob ich es finden kann.«

Und das machten wir.

Aber ich konnte nicht.

Wir suchten durch all meine Taschenbücher,

aber *Tränen von Morgen* war nirgendwo zu sehen. »Macht nichts«, sagte ich. »Morgen fahre ich sowieso nach Brighton, und dann gehe ich eben kurz zu Waterstone's rein und kaufe es neu.« Sean beauftragte mich, alles zu kaufen, was sie von Johnny Quinn auf Lager hätten; er würde mir das Geld beim nächsten Mal geben, wenn wir uns wieder träfen. Wir beide freuten uns sehr angesichts der Aussicht, endlich wieder einmal Johnny Quinn zu lesen.

Was eine Schande war, wie sich im Nachhinein herausstellen sollte. Wirklich.

Der Verkäufer bei Waterstone's war sehr hilfsbereit. Ich fragte ihn, ob er irgendetwas von Johnny Quinn auf Lager hätte, und er meinte, der Name brächte eine Glocke zum Läuten, doch er müsse nachsehen. Er sah nach und kehrte zurück und gestand, nein, zu seinem Bedauern, es sei nichts da. Also fragte ich ihn, ob ich ein paar Bücher bestellen könne, und er meinte, er wüsste keinen Grund, der dagegen spräche, und so warf er seinen Computer an. Doch er fand nichts von Johnny Quinn. »Sind Sie ganz sicher, dass es *Johnny* Quinn ist?«, erkundigte er sich. Und ich erwiderte, ja, ich sei sicher, und er meinte, ja, er sei sich eigentlich ebenfalls sicher. Aber wir konnten nichts von Johnny Quinn finden, obwohl es eine ganze Reihe von Büchern gab, die ähnliche Titel trugen wie die, nach denen ich suchte.

»Sie scheinen vergriffen zu sein«, sagte der hilfreiche Bursche. »Vielleicht versuchen Sie es einmal in der Stadtbücherei.«

Die Dame in der Stadtbücherei war ebenfalls sehr hilfsbereit und *aktivierte* ihren Computer. Doch sie fand keine Bücher von Johnny Quinn. »Das ist eigenartig«, sagte sie schließlich. »Ich bin sicher, dass ich als Schulmädchen eines seiner Bücher gelesen habe.« Doch sie fand nichts von Johnny Quinn, und schließlich wurde sie des Suchens müde und schlug vor, dass ich einen der kleinen spezialisierten Buchläden in der Gegend aufsuchen möge.

Das tat ich dann auch.

Tatsächlich ging ich in jeden einzelnen. Die Burschen, die diese Läden führten, waren ausnahmslos sehr hilfsbereit, und obwohl alle ziemlich sicher waren, dass sie sich an irgendeines der Bücher Johnny Quinns erinnerten und es mit Genuss gelesen hätten, hatte keiner auch nur ein einziges auf Laber[1].

Ich muss gestehen, dass ich mich an jenem Nachmittag allmählich ein wenig gestresst zu fühlen begann.

Im allerletzten Laden, den ich besuchte, erging sich der Besitzer, ein wirklich ausgesprochen hilfreicher Bursche, in richtig lyrischen Betrachtungen über die Werke Johnny Quinns. Er hatte einmal eine Freundin gehabt, berichtete er, die ihre Katze »Toothbrush« getauft hatte, nach einem der Charaktere in Johnnys Büchern.

Toothbrush? Ich erinnerte mich nicht an einen Charakter namens Toothbrush!

---

1 Ein Verschreiber. Es muss natürlich »Lager« heißen. Verzeihung.

»Stehen Sie mit dieser alten Freundin noch in Verbindung?«, erkundigte ich mich.

»Nein«, gestand der Besitzer seufzend. »Sie ist gestorben.« Sein Gesichtsausdruck wurde traurig, und er sagte, er würde heute früher schließen, und er führte mich zur Tür. Und ich wurde ebenfalls traurig und fuhr nach Hause.

Doch inzwischen hatte sich die Suche nach Johnny Quinn zu einem Kreuzzug ausgeweitet. Ich war entschlossen, mir eines seiner Werke zu verschaffen, komme, was da wolle. Entweder auf legale oder auf illegale Weise.

Ich beschloss, zuerst die legale Methode auszuprobieren.

Also ging ich an jenem Abend mein persönliches Telefonbuch durch und rief jeden an, der dort aufgelistet stand. Ich rief all meine Freunde und all meine alten Freunde an, von denen ich einige seit Jahren nicht mehr gesehen hatte. Ich rief Geschäftsfreunde an und sogar meinen Hausarzt und meinen Zahnarzt, deren Nummern ebenfalls in meinem persönlichen Telefonbuch standen. Einige von ihnen waren absolut sicher, dass sie etwas von Johnny Quinn gelesen hatten, und ich wartete ängstlich, während sie ihre Bücherregale nach seinen Werken durchsuchten, bevor sie ans Telefon zurückkehrten und mir die Antwort gaben, die ich inzwischen zu fürchten gelernt hatte.

Gilly, eine alte Freundin aus Collegezeiten, machte mir richtig Angst, als ich mit ihr redete. Sie sagte, sie hätte ein Buch von Johnny Quinn, doch sie hätte es einer Freundin geliehen und nie zurückbekommen. Offensichtlich hatte diese Freundin das Buch einer anderen Freundin geliehen und es niemals von ihr zurückbekommen.

Eine Freundin einer Freundin einer Freundin, da haben Sie's!

Gegen Mitternacht hatte ich eine ziemlich hohe Telefonrechnung zusammengewirtschaftet und meine Freundschaft mit einer ganzen Menge Leute verscherzt, doch ich war keinen Schritt weitergekommen auf meiner Suche nach etwas, das sich für mich zu einem Heiligen Gral zu entwickeln drohte.

In ziemlich mieser Stimmung ging ich zu Bett.

Doch am nächsten Morgen in aller Frühe stand ich frischen Mutes und gut gelaunt auf.

Weil ich eine Idee hatte.

Ich erinnerte mich, dass es in London Läden gibt, die sich darauf spezialisiert haben, Bücher für Sammler ausfindig zu machen. Genau das machen sie. Man zahlt ihnen eine Finderprovision, und sie suchen nach dem Buch. Ich hatte gehört, dass es Jahre dauern könne, doch ich hatte inzwischen das Gefühl, es sei den Versuch wert.

Das Branchentelefonbuch nannte mir sogleich den Berühmtesten. Es ist mir untersagt, an dieser Stelle einen Namen zu nennen, doch Sie haben wahrscheinlich schon von diesem Geschäft gehört – es veranstaltet auch stinkvornehme Auktionen.

Der Bursche, mit dem ich zuerst sprach, war äußerst hilfsbereit – und äußerst vornehm. »Meinen Sie Jonathan Quinn?«, erkundigte er sich. »Den Zeitgenossen von Beau Brummel und dem Prinzregenten?«

»Nein«, erwiderte ich. »Nur Johnny, ganz einfach, ein Kumpan von William S. Burroughs aus den *Swinging Sixties.*«

»Ah«, sagte der Bursche. »Ah. Dann müssen Sie mit unserem Mr. Hiemes sprechen. Er ist spezialisiert auf Bücher aus den Sechzigern. Er ist unser anerkannter Experte auf diesem Gebiet.«

»Ausgezeichnet«, sagte ich.

Der hilfsbereite vornehme Bursche stellte mich zu ihrem Mr. Hiemes durch, und ich berichtete ihrem Mr. Hiemes, dass ich nach *irgendeinem* Buch von Johnny Quinn suchte.

»Johnny *wer*?«, fragte ihr Mr. Hiemes.

»Quinn«, antwortete ich. »Sicherlich haben Sie schon von Johnny Quinn gehört?«

Ihr Mr. Hiemes sagte nein. Nein, er habe nicht von Johnny Quinn gehört.

Ich sagte zu ihrem Mr. Hiemes, man hätte mir gesagt, er sei der anerkannte Experte für diesen Zeitraum.

»Das bin ich«, erwiderte Mr. Hiemes, »und ich habe noch nie von einem Johnny Quinn gehört.«

»Das soll wohl ein Scherz sein!«

Doch es war kein Scherz.

Genauso wenig, wie die anderen Experten scherzten, mit denen ich an jenem Morgen sprach. Keiner von ihnen hatte je von Johnny Quinn gehört. Kein Einziger.

»Das ist doch absurd!«, sagte ich niedergeschlagen zu dem letzten von ihnen. »Ich habe den gestrigen Nachmittag damit verbracht, in Brighton durch die Buchläden zu marschieren, und fast jeder kannte den Namen! Und Sie, die angeblichen Experten für die Literatur aus den Sechzigern, Sie wollen noch nie von Johnny Quinn gehört haben? Sie sind eine Bande von Rosstäuschern!«

Der Bursche am anderen Ende legte auf.

Absurd!

Doch es sollte noch absurder werden.

Ich blätterte durch die Gelben Seiten und rief in Bücherläden an. Jedem Buchladen. Allen Buchläden. Ketten, Sammlerläden, Antiquariaten, Unabhängigen, Alternativen, was es nur gibt. Und obwohl ich mit einer ganzen Reihe außerordentlich hilfsbereiter Leute sprach, hatte nicht ein Einziger je von Johnny Quinn gehört.

Ich war wirklich niedergeschmettert. Wie konnte es sein, dass noch am Tag zuvor jeder Johnny Quinn gekannt hatte, und heute niemand mehr?

Ich beschloss, noch einmal von vorne anzufangen. Ich kehrte nach Brighton zurück und ging zu Waterstone's. Der Bursche hinter der Ladentheke erinnerte sich an meinem Besuch vom Vortag. Doch als ich ihm berichtete, ich hätte trotz aller Bemühungen nicht ein einziges Buch von Johnny Quinn gefunden, antwortete er, dass ihn diese Tatsache nicht sonderlich überrasche.

»*Was?*«, rief ich. »*Was?*«

»Nun«, sagte er, »nachdem Sie gegangen waren, habe ich nachgedacht, und je länger ich über Johnny Quinn nachgedacht habe, desto weniger schien ich mich zu erinnern. Und schließlich kam ich zu dem Schluss, dass ich wahrscheinlich überhaupt nichts von Johnny Quinn weiß und nur dachte, ich wüsste etwas.«

»Absurd!«, sagte ich.

»Nicht wirklich«, erwiderte er. »Verstehen Sie, so etwas passiert in diesem Geschäft ununterbrochen. Irgendjemand betritt den Laden und erkundigt sich nach einem Buch, das nicht existiert. Er sagt, ein Freund von einem Freund von einem Freund hätte es gelesen und gesagt, es sei wunderbar. Sie wissen alle möglichen Einzelheiten über das Buch und den Autor, oder zumindest glauben sie es, doch das Buch existiert in Wirklichkeit überhaupt nicht. Auch wenn alles danach aussieht, als existiere es. Ein urbaner Mythos, eine Legende, verstehen Sie? Irgendjemand beginnt in einer Bar oder einem Pub zu fantasieren, und die Sache entwickelt ein Eigenleben. Ich habe eine Theorie darüber entwickelt. Ich denke, dass das Buch in einer Art Paralleluniversum durchaus existiert und sich bemüht, auch in diesem Universum zu existieren. Nehmen Sie Ihren Johnny Quinn. Vielleicht versucht er, hier zu existieren. Wenn genügend Leute an ihn glauben, schafft er es vielleicht. Vielleicht müssen nur genügend Leute an *irgendetwas* glauben, damit es Wirklichkeit wird. Vielleicht hat Johnny Quinn gestern noch hier existiert, sozusagen. Aber heute nicht mehr. Er hatte seinen Augenblick, als Ihr Glaube sich auf andere übertragen hat, doch dieser Augenblick ist vorüber. Es waren nicht genug Leute, und sie haben nicht fest genug daran geglaubt. Johnny hat es nicht bis in diese Realität geschafft. Tut mir wirklich Leid, Mann.«

»Was für ein Haufen Unsinn!«, sagte ich.

Doch vielleicht hatte er Recht. Teilweise wenigstens. Weil all die anderen hilfsbereiten Burschen in all den anderen Läden, die ich anschließend besuchte, mehr oder weniger das Gleiche sagten. Sie alle hatten gestern gemeint, sich an Johnny Quinn zu erinnern, doch je mehr sie darüber nachgedacht hatten ...

Der Bursche mit der Freundin mit der Katze namens Toothbrush war nicht im Geringsten erfreut, mich zu sehen. Er meinte, ich hätte eine Menge alter Erinnerungen in ihm aufgewühlt und er würde wahrscheinlich wieder zur Therapie müssen. Und zu meiner Information, die Katze seiner Freundin hätte nicht Toothbrush, sondern Steerpike geheißen, und ich solle mich davonmachen.

Also machte ich mich davon.

Ich sah Sean eine ganze Weile nicht, und als er mir schließlich im *Fröhlichen Gärtner* über den Weg lief, hielt ich es für angebracht zu warten, bis er mich selbst nach Johnny Quinn und seinen Büchern fragte, bevor ich ihm erzählte, was geschehen war.

Doch Sean fragte mich nicht. Sean schien alles über Johnny Quinn vergessen zu haben. Tatsächlich erwähnte Sean den Namen Johnny Quinn niemals wieder.

»Hast du schon mal was von einem Maler namens Bok gehört?«, fragte er mich. »Karl Bok?«

Und das wäre es vielleicht für den guten alten Johnny Quinn gewesen, den Autor, den es nie gegeben hatte – wäre mir nicht einen Monat später etwas entschieden Eigenartiges widerfahren.

Es widerfuhr mir an einem Dienstagabend, im *Fröhlichen Gärtner.* Andy, der Wirt, hat dienstags abends frei, und Paul der Teilzeitbarmann übernimmt den Laden. Die Dienstagabende sind stets flau, und darin ist Paul ziemlich gut. Er verbringt den Abend in der Regel mit dem Kreuzworträtsel in der *Times* oder mit einem Buch. An jenem besonderen Dienstagabend las er ein Buch.

Ich betrat den *Fröhlichen Gärtner,* hängte meinen Hut an den Haken und legte meinen Spazierstock mit dem Silbergriff auf den Tresen. »Ein Pint *Tod durch Cidre,* Paul, bitte«, bestellte ich ein Pint *Tod durch Cidre.*

Paul beeilte sich, sich nicht zu beeilen.

»Was liest du gerade?«, erkundigte ich mich und spähte neugierig über die Theke.

»'n Buch«, antwortete Paul geistesabwesend, während er die Reihe identischer Pintgläser im Regal musterte und darauf wartete, dass eines davon seine spezielle Aufmerksamkeit erweckte.

»Und hat es einen Titel?«, erkundigte ich mich weiter.

»Ja«, antwortete Paul und wartete weiter.

»Dürfte ich fragen, wie er lautet?«, fragte ich.

»Darfst du.«

Ich drehte das Buch zu mir herum und klappte es zu. Der Einband war weiß; es war gebunden. Ein Vorabdruck. Der Titel des Buches lautete *Snuff Fiction*, und der Autor war Johnny Quinn.

»Leck mich am Arsch!«, sagte ich.

»Nein danke«, sagte Paul.

»Aber es ist ein Roman von Johnny Quinn!«, rief ich. »Du hast einen Roman von Johnny Quinn!«

»Nein, hab ich nicht«, sagte Paul.

»Doch, hast du wohl! Ich halte ihn in meinen Händen!«

»Hab ich nicht«, widersprach Paul. »Er gehört nicht mir. Er gehört einem Freund. Nein, eigentlich einem Freund von einem Freund.«

»Aber du hast ihn. Er existiert. Johnny Quinn existiert!«

»Tut er nicht«, sagte Paul, der endlich ein Pintglas gefunden hatte, dessen Anblick ihm zusagte.

»Er tut es verdammt noch mal wohl!«, rief ich. »Dieses Buch hier beweist es!«

»Tut er verdammt noch mal nicht«, widersprach

Paul, während er das Glas langsam aus dem falschen Zapfhahn füllte. »Er ist nämlich tot. Weil er Selbstmord begangen hat.«

»Mensch!«, sagte ich. »Der arme alte Johnny. Er hat wirklich existiert, und jetzt hat er sich selbst erledigt! Wahrscheinlich hatte er die Nase voll von Menschen, die nicht an ihn glauben wollten.«

»Was?«, fragte Paul, während er mir mein (falsches) Pint hinschob.

»Nichts«, sagte ich. »Was soll das hier sein?«

»Frag mich«, sagte Paul.

Ich umklammerte das Buch mit beiden Händen. »Ich möchte dieses Buch kaufen«, sagte ich. »Ich gebe dir zehn Mäuse dafür.«

»Es gehört mir nicht. Ich kann es nicht verkaufen.«

»Dann eben zwanzig Mäuse, und das ist mein letztes Angebot.«

»Nächste Woche kommt es für einen Fünfer in die Buchläden.«

»Was?«

»Sie machen eine Neuveröffentlichung von all seinen Sachen. Der *Millionen-Dollar-Traum,* die *Fahrt nach Babylon.* Es hat eine große Nachfrage nach seinen Werken gegeben, seit er tot ist. Und *Snuff Fiction* war das letzte Buch, das er schrieb, bevor er sich das Gehirn rausgeblasen hat. Es wird wahrscheinlich geradewegs auf der Bestsellerliste landen. Du kannst es überall kaufen.«

»Ich begreife das nicht«, sagte ich. »Als ich vor einer Weile in den Buchläden war, konnte mir niemand etwas zu Johnny Quinn und seinen Büchern sagen.«

»Das liegt wohl daran, dass es sich ausnahmslos um private Editionen gehandelt hat. Seine Bücher wurden in diesem Land niemals veröffentlicht. Die Leute pflegten zu sagen, sie hätten ihn gelesen, um hip zu erscheinen und informiert.«

»Hm«, sagte ich und kratzte mich am Kinn.

»Aber so seid ihr Typen aus den Sechzigern alle, wie?«, fuhr Paul fort. »Schwätzer. Allen müsst ihr erzählen, ihr wärt bei den Hippies gewesen und in Woodstock und ihr hättet die Stones im Park gesehen und wärt mit Freddie Mercury zusammen in der Schule gewesen und hättet jede nur denkbare Droge ausprobiert und was weiß ich nicht noch alles. Ihr seid eine Bande von Spinnern. Hast *du* jemals wirklich etwas von Johnny Quinn gelesen?«

»Nein, nicht ich«, sagte ich und bezahlte, was auch immer ich gerade gekauft hatte, um mich in eine Ecke zu setzen und es zu trinken.«

Was Paul gesagt hatte, ergab in gewisser Hinsicht Sinn. Eine Menge Sinn sogar. Ich hatte offensichtlich von Johnny Quinn gehört, aber ich hatte ihn nie selbst gelesen. Aber ich musste irgendwelchen Leuten erzählt haben, ich hätte ihn gelesen, um dadurch hip und gut informiert zu erscheinen. Und im Verlauf der Jahre hatte ich angefangen zu glauben, ich hätte ihn tatsächlich gelesen. Das musste es sein. Und wahrscheinlich war es auch bei allen anderen Leuten so, die mir erzählt hatten, sie hätten Johnny Quinn gelesen. Eine Bande von Schwätzern aus den Sechzigern, genau wie ich. Eine Bande von Geschichtenerzählern.

Geschichtenerzähler!

Das brachte mich zum Nachdenken. Das brachte mich dazu, an meinen Dad zu denken. Ich schluckte schwer an meinem Bier. Was, wenn mein Dad sich überhaupt nicht als Geschichtenerzähler empfunden hatte? Was, wenn er tatsächlich all diese Geschichten geglaubt hatte, die er dem Vikar erzählt hatte? Wenn er geglaubt hatte, all diese Dinge seien Wirklichkeit gewesen? Mein Kopf begann zu schwimmen. Es war alles zu viel. Ich trank aus, wofür auch immer ich bezahlt hatte, und machte mich auf den Weg nach Hause.

Am nächsten Dienstagabend kehrte ich wieder im *Fröhlichen Gärtner* ein. Ich wollte mir *Snuff Fiction* von Paul ausleihen. Schön und gut, es würde am nächsten Tag in den Buchläden stehen, doch ich wollte *seine* Ausgabe. Weil ich in der Lage sein wollte zu sagen: »*Snuff Fiction?* O ja, das habe ich gelesen, noch bevor es herausgekommen ist.«

Aber Paul war nicht da.

Andy stand hinter dem Tresen.

»Wo ist Paul?«, fragte ich ihn.

»Nicht gekommen«, sagte Andy. »Ich hab bei ihm angerufen, aber er ist nicht ans Telefon gegangen. Ich weiß nicht, was passiert ist. Das sieht Paul jedenfalls überhaupt nicht ähnlich.«

»Verdammt!«, sagte ich. »Hast du Pauls Adresse?«

»Nein«, sagte Andy. »Du?«

Mittwochmorgen war ich wieder bei Waterstone's, und hinter der Ladentheke stand der freundliche hilfsbereite Bursche, mit dem ich schon vorher gesprochen hatte.

»Erinnern Sie sich noch an mich?«, fragte ich.

»Nein«, sagte er.

»Kommen Sie schon, Mann, Sie müssen sich doch an mich erinnern!«

»Ich erinnere mich nicht.«

»Na ja, macht auch nichts. Ich bin gekommen, weil ich ein Buch kaufen möchte.«

Er blickte mich an. Fragend.

»Ein Buch von Johnny Quinn«, sagte ich. »Das *neue* Buch von Johnny Quinn. Es erscheint heute. Auch wenn ich es nirgendwo auf Ihren Regalen sehen kann.«

»Weil es dieses Buch nicht gibt, deswegen nicht«, sagte er.

»O doch, es gibt es. Ich habe eine Ausgabe gesehen. Es heißt *Snuff*...«

Ich kam nicht dazu, das zweite Wort auszusprechen, weil er hinter dem Tresen hervorschoss und mir die Hand auf den Mund legte. Dann nahm er meinen Arm, drehte ihn mir auf den Rücken und führte mich auf diese Weise nach hinten ins Lager.

»Was zur Hölle haben Sie vor?!«, rief ich entrüstet, nachdem ich mich aus seinem Griff befreit hatte.

»Nicht so laut!«, sagte er in drohendem Tonfall. »Wer hat Sie überhaupt hergeschickt?«

»Niemand hat mich hergeschickt. Wovon reden Sie überhaupt?«

»Und woher wissen Sie dann von diesem Buch?«

»Ich habe ein Exemplar gesehen.«

»Unsinn. Sie wären nicht hier, wenn Sie eins gesehen hätten.«

»*Was?*«

»Gehen Sie einfach«, sagte er zu mir. »Vergessen Sie einfach alles darüber.«

»Das werde ich ganz bestimmt nicht tun. Ich werde nicht von hier weggehen, ohne ein Exemplar von *Snuff Fic*...« Schon wieder war seine Hand auf meinem Mund.

»Hören Sie auf damit!«, verlangte ich, nachdem ich mich aus seinem Griff befreit hatte.

»Dann hören Sie auf, diesen Titel zu nennen.«

»Verkaufen Sie mir ein Exemplar.«

»Kann ich nicht. Wir haben keins.«

»Ich glaube Ihnen nicht. Ich will ein Exemplar, und ich will es jetzt.«

»Sie können keins haben.«

»Also geben Sie zu, dass es ein Buch dieses Titels gibt?«

»Selbstverständlich gebe ich das zu. Aber ich gebe es nur hier drin zu, unter vier Augen. Weil Sie bereits ein Exemplar gesehen haben.«

»Sagen Sie mir doch, was hier überhaupt vorgeht«, verlangte ich. »Sonst gehe ich zurück in den Laden und rufe ganz laut: ›Ich will *Snuff Fic...*‹«

»Also schön, also schön! Ich sag's Ihnen. Aber Sie müssen schwören. Sie müssen schwören, dass Sie niemals weitererzählen werden, was ich Ihnen hier und jetzt anvertraue.«

»Also schön«, entgegnete ich. »Ich schwöre es.«

»Richtig schwören. Bekreuzigen Sie sich und wünschen Sie sich zu sterben, wenn Sie's sagen.«

»Ich bekreuzige mich und schwöre, dass ich sterben möchte, wenn ich etwas sage.«

»Es ist ein Albtraum«, vertraute er mir an. »Quinns Rache.«

»Was?«

»Es scheint, als wäre er in den Sechzigern berühmt gewesen und dann von der Welt vergessen worden. Seine Bücher wurden nicht mehr aufgelegt, und er wurde mehr ein Mythos als eine lebende Person. Er gab den Verlegern die Schuld dafür und den Buchläden und der Öffentlichkeit. Alle waren schuld. Er war ein paranoider Schizophrener, hörte Stimmen im Kopf und alles Mögliche. Und er schwor, sich an jedem dafür zu rächen. Also schrieb er seinen letzten Roman, *Snuff Fiction,* und er bezahlte aus der eigenen Tasche dafür, dass er gedruckt und veröffentlicht wurde. Millionen von Exemplaren, eine Riesenauflage, die in jedem Buchladen der Welt stehen sollte. Er machte Millionen Dollar Schulden, und dann beging er Selbstmord.«

»Ich verstehe nicht«, sagte ich (verständnislos).

»Also veröffentlicht er sein eigenes Buch, macht Millionen Dollar Schulden und begeht Selbstmord. Das ist doch eine großartige Geschichte! Das alleine sollte ausreichen, um aus seinem Buch einen Bestseller zu machen!«

»Genauso hat er es geplant, ja.«

»Und was ist nun das Problem? Warum verkaufen Sie dieses Buch nicht?«

»Weil es Snuff Fiction ist, und das sage ich nicht kursiv.« Er flüsterte nur noch. »Es ist wirklich Snuff Fiction.«

»Ich verstehe nicht, was Sie sagen wollen.«

»Wissen Sie, was ein Snuff Movie ist?«

»Selbstverständlich. Obwohl ich dazu neige, Snuff Movies für eine urbane Legende zu halten. Niemand, den ich kenne, hat je selbst eines von diesen Movies gesehen, aber jeder hat einen Freund, der einen Freund hat, der schon mal ein Snuff Movie gesehen hat.«

»Nun, das hier ist jedenfalls keine Legende. Wenn Sie dieses Buch lesen, werden Sie sterben.«

»Was denn, jemand kommt vorbei und bringt mich um?«

»Nein. Das Buch bringt Sie um.«

»Wie kann ein Buch mich umbringen? Ich habe eine Menge Bücher gelesen, über denen ich eingeschlafen bin, aber mich umbringen? Wie kann ein Buch jemanden umbringen?«

»Die Seiten sind mit Gift imprägniert. Es gelangt an Ihre Finger, wenn Sie in diesem Buch lesen. Das Gift dringt in Ihren Blutkreislauf ein und bringt Sie um.«

»Das glaube ich nicht. So ein Gift gibt es nicht.«

»Gibt es doch. Es kommt vom Amazonas.«

»Wer hat Ihnen das erzählt?«

»Ein Freund.«

»Und wer hat es Ihrem Freund erzählt? Ein Freund?«

»Hören Sie, es ist die Wahrheit. Es hat bereits Tote gegeben. Kritiker, Leute, die sich damit befasst haben. Die Bücher wurden remittiert und eingestampft. Deswegen ist es jetzt vorbei. Aber diese Geschichte ist ein einziger Albtraum.«

»Ich habe nichts darüber in den Zeitungen gelesen.«

»Werden Sie auch nicht. Es wurde alles vertuscht und unter den Teppich gekehrt. Können Sie sich vorstellen, welche Auswirkungen so eine Geschichte hätte? Wenn die Menschen erführen, dass Bücher tödlich sein können?«

Doch ich war schon ein Stück weiter als er. Eine Geschichte, die die gesamte britische Buchindustrie zu Fall bringen konnte.

Und ich konnte mir ziemlich genau vorstellen, wie alles anfangen würde.

Gerüchte auf den einschlägigen Verschwörungsseiten im Internet. Ein großer Verlag stampfte unter mysteriösen Umständen eine große Auflage ein. Eine Erwähnung des Wortes *Virus.* Ein großartiges Wort, wenn es darum geht, Panik zu schüren. Und dann die Geschichten, die in den Pubs die Runde machten. Die Mutter eines Freundes von einem Freund war tot in ihrem Ohrensessel gefunden worden, mit einem Taschenbuch in den verkrampften Fingern. Einem Vater eines Freundes eines anderen Freundes war es ähnlich ergangen, doch er hatte die *Sunday Sport* gelesen. Und Typen in schweren Schutzanzügen hatten seinen Leichnam in einen Sack gesteckt und sein Haus abgefackelt.

Es waren die Öko-Krieger, würden einige sagen, und sie waren darauf aus, die Regenwälder zu retten. Oder diese Bande von Japanern, die chemische Bomben in der Tokioter U-Bahn gezündet hatte. Oder vielleicht waren es die Diskordianer oder die Kirche der Euthanasie oder J. Bob Dodds. Oder der böse Franzmann oder die New-Age-Typen.

Die Gerüchte würden sich ausbreiten, und die Panik würde wachsen, und die Zeitungen würden alles verheimlichen. Dann würde eine Zeitung in einer dünnen Folie erscheinen und verlangen, dass die Regierung offizielle Warnungen verlautbaren ließ. Die Menschen würden durchdrehen und sagen, dass es nicht länger sicher sei, Zeitungen oder Bücher zu lesen, es sei denn, man trug Gummihandschuhe. Und es würde einen irrsinnigen Ansturm auf Latexhandschuhe geben; jeder Preis würde gezahlt werden.

Als ich an jenem Tag Waterstone's verließ, drehte sich in meinem Kopf alles. Die Schlussfolgerungen waren in der Tat unvorstellbar, und es war verdammt gut, dass sämtliche Bücher von Johnny Quinn eingestampft worden waren und die ganze Angelegenheit damit erledigt. Der Bursche bei Waterstone's hatte mich einen heiligen Eid schwören lassen, dass ich keiner lebenden Seele davon erzählen würde.

»Vertrauen Sie mir«, hatte ich zu ihm gesagt. »Ich werde es keiner lebenden Seele erzählen.«

Und ich habe meinen Schwur selbstverständlich gehalten und keiner lebenden Seele davon erzählt.

Bis auf meinen Onkel Brian.

Aber wirklich nur ganz beiläufig.

4

Die Zeiten bleiben nicht, starke Leute schon.

Macho Man Randy Savage

»Kikeriki, Chef! Aus den Federn und ans Werk!«

Ich öffnete die Augen, und fast wäre es mir gelungen, die Decke anzusehen. Fast.

»Komm schon, Chef! Es ist ein wunderbarer Tag. Was machen wir zuerst? Frühstück bei Tiffany, oder nehmen wir die große Welle bei Bondi?«

»Mach, dass du aus meinem Kopf verschwindest, du kleiner Mistkerl!«

»Komm schon, Chef! So spricht man nicht mit seinem heiligen Schutzrosenkohl.«

»Dämonischer Quälgeist wäre wohl eher der richtige Begriff.« Ich öffnete erneut die Augen, einen winzigen Spaltbreit, und spähte voller Bitterkeit an die Decke. Es war die gleiche Decke, die gleiche *gepolsterte* Decke, unter der ich seit nunmehr fast drei Monaten jeden Morgen aufgewacht war.

»Ich muss hier raus«, sagte ich zu Barry. »Ich muss hier raus. Ich muss einfach.«

»Ich weiß, Chef. Ich bin auf deiner Seite, wirklich. Aber wenn du hier raus willst, musst du unbedingt an deiner Gesprächstechnik arbeiten.«

»Ja, zugegeben. Aber was kann ich tun? Wenn ich lüge, sagt er, ich würde mich ›verweigern‹, und wenn ich die Wahrheit erzähle, hält er mich für total bekloppt.«

»Schwierige Zeiten für dich, Chef, wie?«

»Danke für deine warme Unterstützung.«

»Dafür bin ich schließlich da.«

»Huh.« Ich streckte meine schmerzenden Glieder, so gut es in der Zwangsjacke ging. Ich musste ganz dringend auf die Toilette. »Könntest du nicht beim Schutzengel des Doktors ein Wort für mich einlegen?«, fragte ich Barry.

»Bei Vic der Kartoffel? Ich wünschte, ich könnte, Chef, aber es ist gegen die Regeln. Hast du noch einmal über meinen Vorschlag nachgedacht, wie wir von hier verschwinden könnten?«

»Welchen Vorschlag meinst du noch mal genau? Das Abmagern bis auf die Knochen, damit ich mich durch die Gitter zwängen kann? Oder das Tunnelgraben mit einer gestohlenen Injektionsnadel? Oder das Kopfkissenfedernaneinanderkleben, um ein Paar Flügel zu bauen? Oder ...«

»Ich dachte eher an meinen Vorschlag, jemanden in einflussreicher Stellung draußen davon zu überzeugen, deine Entlassungspapiere zu unterschreiben, Chef.«

»Ah, das wäre dann also der Vorschlag, den du bisher noch nicht unterbreitet hast, eh?«

»Ich habe ihn schon mehrfach unterbreitet, Chef. Es ist nur so, dass du mir nie zuhörst.«

»Ich lausche auf jedes deiner gottgegebenen Worte, Barry. Soll ich dem Papst ein Fax schicken, was meinst du? Hast du zufällig die Nummer im Kopf?«

»Ich dachte eigentlich mehr an deinen Onkel Brian, Chef. Er ist irgendetwas Geheimes bei der Regierung, wenn ich mich nicht irre?«

»Er war offen gestanden nur meine zweite Wahl.«

»Natürlich, Chef. Also, wenn du wieder einmal an das Telefon im Freizeitraum darfst, dann könntest du vielleicht ihn anrufen und nicht Sexy Sandras brandheiße Nummer.«

Die Tür meiner Gummizelle öffnete sich, und Krankenpfleger Cecil kam herein.

»Guten Morgen, Traumschiff«, sagte er. »Und wer sind wir heute?«

»Müsste es nicht heißen: ›Wie geht es uns heute?‹«

»Nein, es heißt wer. Sind wir Carlos der Chaos-Kakerlak oder Lazlo Woodbine der Privatschnüffler oder der Irre Barry der Sprechende Rosenkohl oder sind wir ...«

»Nur Mr. Rankin, ganz einfach«, sagte ich. »Und ich muss dringend auf die Toilette. Anschließend würde ich gerne frühstücken und einen Anruf machen, das heißt, wenn Sie keine Einwände dagegen haben.«

»Ein wenig früh am Morgen für Sexy Sandra, finden Sie nicht?«

»Es ist nie zu früh für ... Was? Sie Bastard! Sie belauschen meine Telefongespräche!«

»Anstaltspolitik. Sie wären überrascht, wie viele Patienten versuchen, jemanden in einflussreicher Position draußen davon zu überzeugen, dass er herkommt und ihre Entlassungspapiere unterschreibt.«

»Besser, du lässt das Frühstück aus, Chef, sonst kannst du dich nie durch diese Gitterstäbe zwängen.«

Krankenpfleger Cecil befreite mich aus meiner Zwangsjacke und führte mich durch den Korridor in den Sanitärbereich. Ich ging auf die Toilette, was ich richtig genoss, und anschließend wurde ich mit einem kalten Schlauch abgespritzt, was mir kein Stück gefiel. Dann durfte ich mich abtrocknen und selbst anziehen, bevor ich in den Frühstücksraum gebracht wurde.

Ich nahm eines der Stahltabletts und stellte mich in der Schlange an.

»Was willst du?«, erkundigte sich der große fette gemein aussehende Mistkerl hinter dem Ausgabetresen, als ich endlich an der Reihe war.

»Leicht pochierte Wachteleier, Olivenbrot mit Honig, Kedgeree und schwarzen Kaffee, bitte. Ich glaube, ich nehme heute den kolumbianischen, wenn es möglich wäre.«

Der große fette gemein aussehende Mistkerl hinter dem Ausgabetresen schaufelte einen Klumpen Porridge auf einen abgeplatzten Emailleteller und schob beides in meine Richtung. »Blödmann!«, sagte er. Ich fischte einen Löffel aus dem

Behälter und ging mit meinem Frühstück zu einem freien Tisch.

Als ich dort saß und mannhaft aß, kam mir der Gedanke, dass es niemals ein Goldenes Zeitalter für Irre gegeben hatte.

Jeder andere Lebensstil hatte sein Goldenes Zeitalter gehabt. Drogendealer und Ganoven schwärmten noch heute von den Zwanzigern, Bigbands von den Dreißigern, Kampfpiloten von den Vierzigern, Rock 'n' Roller von den Fünfzigern, Hippies von den Sechzigern, Was-weiß-ich von den Siebzigern und Yuppies von den Achtzigern. Doch es hatte niemals ein Goldenes Zeitalter für eingesperrte Irre gegeben. Handschellen, Duschen mit kaltem Wasser, Elektroschocktherapie und experimentelle Chirurgie – für unsereins waren die Zeiten immer grimmig, grauenvoll und grausig gewesen.

»Sitzt hier jemand?« Ein Mitbewohner deutete auf den freien Platz neben mir. In der Welt draußen wäre eine solche Frage leicht zu beantworten gewesen. Aber nicht hier drin.

»Sag du es mir«, erwiderte ich.

»Nein, der Stuhl ist frei.«

»Ausgezeichnet.«

Der Mitbewohner setzte sich auf den freien Stuhl. Es war ein ganz gewöhnlicher Mitbewohner, von der Allerweltssorte. Jung, mager, mit verkniffenem Gesicht, glasigen Augen, schmierigen Haaren, pickelig, mit schlechtem Atem und üblem Körpergeruch ...«

»Hey, hör auf damit!«, sagte der Mitbewohner.

»Ich hab ein freundliches Lächeln.« Er zeigte mir sein freundliches warmes Lächeln.

Die Zähne schwarz, die Zunge belegt...

»Hör endlich auf.«

»Tut mir Leid«, sagte ich. »Ich habe nur laut gedacht, das ist alles.«

»Du musst aufpassen, sonst stecken sie dich noch ins Irrenhaus.«

»Hahaha«, sagte ich, denn ich hatte meinen Sinn für Humor noch nicht verloren.

»Ich bin froh, dass du deinen Sinn für Humor noch nicht verloren hast«, sagte der Mitbewohner und stopfte seinen Porridge in sich hinein. »Ich bin übrigens Dan.«

»Erfreut dich kennen zu lernen, Dan.«

»Nein, ich heiße Übrigens-Dan«, sagte Übrigens-Dan. »Nur Dan sagen nur meine Freunde zu mir.«

»Und hast du viele Freunde?«

»Nun, offen gestanden, nein. Keinen.«

»Dann wollen wir doch nicht diese makellose Bilanz beflecken.«

»Ach, was soll's, du kannst nur Dan zu mir sagen, wenn du willst.«

»Also schön, hi, Dan.«

»Nein, ich sagte, Nur-Dan. Willst du mich auf den Arm nehmen oder was?«

»Ich versuche nur, mein Frühstück zu mir zu nehmen, das ist alles.«

»Schön, kein Stress.«

»Schön.« Ich pickte etwas aus meinen Zähnen, das verblüffende Ähnlichkeit mit einem

Zehennagel besaß, und legte es neben meinen Teller.

»Weswegen bist du hier?«, fragte Dan.

»Serienmord, Kannibalismus und Nekrophilie«, sagte ich, weil sich diese Antwort in der Regel als eine effiziente Methode herausgestellt hat, auf subtile Weise weiterer Konversation zu entgehen. »Hast du ein Problem damit?«

»Absolut nicht«, antwortete Dan und stopfte weiteren Haferbrei in sich hinein. »Das ist der gleiche Grund, aus dem auch ich hier bin.«

»Komm, iss auf, Chef. Wir verpissen uns, ja?«

»Absolut.«

»Absolut«, sagte Dan.

Ein wenig später sagte Dan: »Ehrlich gesagt, ich bin gar nicht wegen Serienmord hier drin. Nun ja, vielleicht ein wenig. Aber das ist nicht der wirkliche Grund für mein Hiersein. Ich bin hier drin, weil ich Dinge weiß, von denen *sie* nicht wollen, dass die Welt da draußen etwas erfährt.«

»*Sie?*«

»*Sie*, die. Die an der Macht.«

»Immer die Gleichen«, sagte ich. »Hatte selbst Schwierigkeiten mit *denen.*«

»Ich hab dieses schreckliche Geheimnis entdeckt«, fuhr Dan fort. »Verstehst du, jeder Mann, jede Frau und jedes Kind auf der ganzen Welt hat einen unsichtbaren Alien im Kopf sitzen, der die Gedanken manipuliert.«

»Mensch.«

»Ja, nicht wahr? Und kein Schwein will mir glauben! Weil die Aliens ihre Gedanken ebenfalls manipulieren und ihnen befehlen, es nicht zu tun.«

»Verzwickte Situation.«

»Und ich weiß von der Jesus-Konspiration.«

»Ist das so was Ähnliches wie die JFK-Konspiration?«

»Nur in der Hinsicht, dass es eine Konspiration ist.«

»Also wurde Jesus in Wirklichkeit nicht gekreuzigt, sondern hinterrücks von einem grasbewachsenen Hügel herab mit einem Pfeil erschossen oder wie?«

»Nein, es geht um die Wiederkunft.«

»Ach ja? Was denn, kennst du vielleicht das Datum oder wie?«

»Siebenundzwanzigster Juli.«

»Dieses Jahr?«

»Nein, nicht dieses Jahr. Stell dich nicht dümmer an, als du bist.«

»Tut mir Leid.«

»Siebenundzwanzigster Juli neunzehnhundertsiebenundsechzig.«

»Was hältst du von einem kleinen Spaziergang unten im Hof, Chef?«

»Gleich, Barry. Ich will mir das hier gerne zu Ende anhören.«

»Barry?«, fragte Dan.

»Ach, schon gut. Also der siebenundzwanzigste Juli neunzehnhundertsiebenundsechzig, sagst du? Ich frage mich, wie ich dieses Datum übersehen konnte.«

»Vielleicht warst du auf dem Hippie-Trip oder in Woodstock, oder du hast in der Zeit einen Roman von Johnny Quinn gelesen, was weiß ich?«

»Das muss es sein.«

»Natürlich nicht.« Dan hämmerte mit seinem Löffel auf den Tisch. »Es stand niemals in den Zeitungen. Es ist eine Konspiration! Hast du dich nie gefragt, wie der Sommer der Liebe zustande gekommen ist? Oder wieso neunzehnhundertsiebenundsechzig anders war als alle anderen Jahre? Weil neunzehnhundertsiebenundsechzig das Jahr war, in dem Jesus wiedergeboren wurde. Er kam in San Francisco zur Welt. Die CIA wusste davon; sie war im Besitz der fehlenden Blätter in der Bibel, die der Papst entfernen ließ, noch bevor sie für König James ins Englische übersetzt wurde. Das Datum der zweiten Wiederkunft stand dort drin. Die CIA nahm Jesus in Schutzhaft; er wurde auf einer Farm in Wisconsin aufgezogen. Er wurde neunzehnhundertsiebenundsechzig geboren, das heißt, er ist dreiunddreißig, genauso alt wie bei seinem ersten Tod, wenn das Jahrtausend zu Ende geht.«

»Also etwas, worauf wir uns alle freuen können, eh?«

»Arschloch!«, sagte Dan.

»Und ich dachte tatsächlich schon, wir kämen prima miteinander aus.«

»Hau doch ab, wenn du willst. Aber wenn Jesus erst in Herrlichkeit aus den Wolken herabsteigt, schätzungsweise in einem Helikopter, dann wirst du ziemlich dämlich dastehen, genau wie all die anderen Ungläubigen.«

»Versteh mich nicht falsch«, sagte ich. »Ich bin kein Ungläubiger. Aber wenn ich recht informiert bin, hat der Bibelzirkel von Amerika den Sommer der Liebe eine Abscheulichkeit vor den Augen Gottes genannt. Sie haben gesagt, freie Liebe sei nichts als Teufelswerk. Du hältst es nicht zufällig für möglich, dass deine Freunde von der CIA den falschen Jesus erwischt haben? Vielleicht ist es gar nicht Jesus. Vielleicht haben sie den Antichristen.«

Das brachte Dan zum Nachdenken. »Warte mal«, sagte er schließlich. »Möchtest du mir nicht verraten, warum du wirklich hier drin bist?«

»Verbreitung von Konspirationstheorien, genau aus dem gleichen Grund wie du. Das hier ist schließlich die Anstalt zur Heilung von Konspirationstheoretikern, oder nicht? Wir alle sind aus dem gleichen Grund hier drin: orale Verbreitung von Gerüchten und Hörensagen, schuldig aufrührerischer Gedanken und verantwortlich für eine Störung des Status quo. Paragraph dreiundzwanzig des Gesetzes zur Unterdrückung von Falschinformationen. Ich bin von Beruf Geschichtenerzähler, weißt du? Ich habe nichts weiter als meinen Job gemacht und mich mit einem Burschen im Pub unterhalten. Das Dumme war nur, der Bursche im Pub stellte sich als Angestellter des Ministeriums für Glückliche Zufälle heraus. Um sechs Uhr am nächsten Morgen haben sie meine

Tür eingetreten. Männer in Grau sind in mein Haus gestürmt und haben mich hierher verschleppt, um mich korrigierend zu therapieren.«

»Und? Helfen die Tabletten?«

»Tabletten helfen immer. Dafür sind sie doch da, oder nicht?«

»Hast du schon mal darüber nachgedacht zu fliehen?«

»Eine gute Idee.«

»Also hast du nicht?«

»Nein. Wie kannst du es wagen!«

»Tut mir Leid. Aber ich, ich plane zu fliehen.« Dan zog mich näher zu sich heran, doch ich war gar nicht begierig darauf. Nicht bei seinem Körpergeruch und dem schlechten Atem und allem. »Ich bastele mir Flügel«, flüsterte Dan. »Aus Kopfkissenfedern. Ich werde durch die Luft von hier fliehen!«

»Nun, bestell Jesus meine besten Grüße, wenn du ihn triffst.« Ich erhob mich, um ein wenig im Hof spazieren zu gehen.

»Vielleicht gehe ich auch einfach heute Nacht durch den Tunnel, wie alle anderen auch.«

Ich setzte mich wieder. »Was hast du da gesagt?«, fragte ich.

»Chef«, sagte Barry, als ich durch den Hof joggte. »Chef, ich glaube wirklich nicht, dass du zu viel Vertrauen in den jungen Dannyboy haben solltest.«

»Ach, tatsächlich, Barry? Und warum nicht?«

»Weil ihm zwei Eier für ein Omelette fehlen, Chef. Er kocht, ohne das Gas angezündet zu haben.«

»Er hat gesagt, die Tabletten würden helfen.«

»Tabletten helfen immer, Chef. Aber er ist trotzdem ein Irrer. Du darfst ihm nicht vertrauen! Sonst nimmt es ein schlimmes Ende.«

»Nein, nimmt es nicht, Barry. Weil ich nicht beabsichtige dem jungen Dan durch irgendeinen Tunnel zu folgen.«

»Hegst du nicht, Chef?«

»Hege ich nicht, Barry. Doch die Idee hat mich zum Nachdenken gebracht. Ich habe das alles von einer ganz falschen Seite aus betrachtet. Tunnels und Flügel und durch Gitter zwängen. Das sind alles *offensichtliche* Fluchtwege. Ich sollte viel lieber Runes Gesetz der Offensichtlichkeit anwenden. Ich sollte über den am wenigsten offensichtlichen Weg hier raus nachdenken.«

»Sollte das nicht der am wenigsten offensichtlich Offensichtlichste sein, Chef, weil der am wenigsten Offensichtlichste der Offensichtlichste für eine Flucht wäre, was ihn zum offensichtlich...«

»Halt die Klappe, Barry.«

»'tschuldige, Chef.«

»Der am wenigsten offensichtliche Weg zu fliehen besteht ohne Zweifel darin, bei hellem Tageslicht einfach nach draußen zu spazieren.«

»Dabei sehe ich das eine oder andere Problem vorher, Chef.«

»Gut.«

»Gut, Chef?«

»Gut, Barry. Weil die Sache um so unmöglicher wird, je mehr Probleme im Weg liegen. Und je unmöglicher sie wird, desto mehr erweist sie sich als die am wenigsten offensichtlichste Methode zur Flucht.«

»Es klingt alles so einfach, wenn du es erklärst, Chef.«

»Ist es das etwa nicht?«

Ich spazierte in meine Zelle zurück. Ich betrachtete dies als einen sehr guten Start, denn normalerweise wäre ich in die Zelle zurück*geführt* worden. Doch Krankenpfleger Cecil war damit beschäftigt, Dan mit einem Stock zu schlagen, wobei er immer wieder irgendetwas von einem Tunnel brüllte. Cecil bemerkte mich überhaupt nicht, als ich an ihm vorbeiging.

Ich packte meinen Koffer, zog meine Straßenkleidung an und trat aus meiner Zelle hinaus auf den Gang. Ein Pfleger kam vorbei, stolperte, fiel hin, rappelte sich wieder auf und setzte seinen Weg fort. Ich nahm die Schlüssel an mich, die er hatte fallen lassen, und sperrte die Tür auf, die die Abteilung für Konspirationstheoretiker vom Rest der Anstalt abtrennte.

Dort begegnete ich einer Krankenschwester, die mich für einen Besucher hielt.

»Möchten Sie, dass ich Ihnen ein Taxi rufe?«, erkundigte sie sich hilfsbereit.

»Ja, bitte sehr«, antwortete ich.

»Nun, das werde ich ganz bestimmt nicht tun, denn es ist ein schlechter alter Witz.«

»Meinetwegen.«

»Aber ich kann Sie mitnehmen, wenn Sie mögen. Meine Schicht ist gerade zu Ende gegangen.«

Ich betrachtete die Schwester von oben bis unten. Sie war eine sehr hübsche Schwester. Volles blondes Haar, sexy braune Augen, ein fabelhafter Mund, ganz und gar wunderbare Titten …

»Haben Sie etwas dagegen?«, fragte sie.

»Entschuldigung«, sagte ich. »Ich habe nur laut gedacht.«

»Sie müssen Acht geben, sonst steckt man Sie noch ins Irrenhaus.«

»Hahaha«, machte ich.

»Also soll ich Sie nun mitnehmen oder nicht?«

»Ja, bitte sehr.«

Ich folgte der Krankenschwester zu ihrem Wagen. Es war eines jener modernen, solarbetriebenen Elektrovehikel. Sehr clever, sehr Hightech. Ich selbst fahre einen 1958er Cadillac Eldorado, elektrisch Blau, mit großen Heckflossen und allem Drum und Dran. Eine Imagesache; ich will nicht weiter darauf eingehen.

Ich setzte mich neben die Schwester.

»So«, sagte sie. »Und wohin wollen Sie?«

Ich dachte einigermaßen gründlich über die Frage nach. Der offensichtlichste Ort wäre offensichtlich mein Büro gewesen. Doch wenn Cecil und seine Kumpane herausfanden, dass ich verschwunden war, wäre mein Büro der offensichtlichste Ort, an dem sie nach mir suchen würden. Wo wäre also der offensichtlich am wenigsten offensichtlichste Ort, um mich zu verstecken? Ich musste an meinen Fall zurück.

Ich musste diese verdammte Voodoo-Handtasche finden. Ich musste die Welt auf eine Weise retten, wie nur ich alleine sie beherrschte. Aber nicht auf die offensichtlichste Weise. Offensichtlich.

»Warum kommen Sie nicht mit zu mir nach Hause?«, fragte die Schwester.

»Eine offensichtliche Wahl«, sagte ich.

»Aber ich muss Sie um einen Gefallen bitten«, sagte die Schwester.

»Bitten Sie«, sagte ich.

»Ich brauche ein wenig Hilfe. Ich habe alten Plunder auf meinem Dachboden. Hätten Sie etwas dagegen, mir zur Hand zu gehen?«

»Selbstverständlich nicht. Was für ein alter Plunder wäre es denn?«

»Nur alter Plunder. Kram von meiner Tante. Alte Kleider, Bilder, Schirme, eine Voodoo-Handtasche ...«

Ich lächelte ununterbrochen, während wir zu ihr nach Hause fuhren. Und ich segnete den Namen Hugo Rune. Als wir bei ihr zu Hause angekommen waren, erfreute ich mich daran, wie es bei ihr aussah. Ein großes Haus, ein Herrenhaus, nichts weniger. Georgianisch, sehr kostspielig. Kaum der offensichtlich offensichtlichste Ort, an dem eine Krankenschwester leben würde.

Prachtvoll.

Sie bog in die kiesgestreute Auffahrt ein und parkte in der Doppelgarage direkt neben dem Rolls Royce.

»Kommen Sie«, sagte sie, und ich folgte ihr über den Platz zu der großen Eingangstür.

Sie stand offen.

»Das ist eigenartig«, sagte sie. »Ich bin mir ganz sicher, dass ich abgeschlossen habe, als ich zur Arbeit gefahren bin.«

»Überlassen Sie das mir, Lady«, sagte ich. »Ich bin ein Profi.«

Vielleicht ist es Ihnen entgangen, doch an dieser Stelle schob ich tatsächlich das Wort *Lady* ein. »Überlassen Sie das mir, *Lady*«, sagte ich, statt einfach nur: »Überlassen Sie das mir.« Ich hätte selbstverständlich auch sagen können: »Überlassen Sie das mir, Zuckerschnute« oder »Überlassen Sie das mir, Süße«, aber das tat ich nicht. Stattdessen sagte ich: »Überlassen Sie das mir, Lady.« Und der Grund, aus dem ich »Überlassen Sie das mir, Lady« sagte und nicht irgendetwas anderes, war einfach das Genre, das ich betrat. Es war ein höchst spezifisches Genre. Das Genre des amerikanischen Privatdetektivs, cirka 1958 (das gleiche Jahr, in dem mein Cadillac Eldorado gebaut wurde, und das ist kein Zufall).

Damals, in den guten alten Tagen, war der typische amerikanische Privatdetektiv ein hartnasiger revolverschwingender, Schnapprand-Fedora und eng gegürtete Trenchcoats tragender, Bourbon schlürfender, Selbstgedrehte rauchender, einsamer, Pistolen schwingender, schlagkräftiger, klugschwätzender, breitbeinig gehender, verzwickte Fälle lösender Hundesohn mit einem massig breiten Unterkiefer.

Und niemand verkörperte den typischen amerikanischen Privatdetektiv mehr als Lazlo Woodbine.

Woodbine, beschrieben von Sir Arthur Conan Doyle als der Detektiv der Detektive, war die Schöpfung des britischen Schriftstellers P. P. Penrose. Woodbine war *der* klassische Privatdetektiv des Amerikas der fünfziger Jahre. Er arbeitete lediglich an vier Schauplätzen: in seinem Büro, wo er seine Klienten traf und seine Aufträge annahm, in einer Bar, wo er eine Menge intelligenter Gespräche führte, in einer dunklen Seitengasse, wo er in verzwickte Situationen geriet und auf einem Dach, wo es zum finalen Zusammenstoß mit dem jeweiligen Halunken kam.

Und er beendete das erste Kapitel stets damit, dass er von hinten einen Schlag über den Kopf bekam und in ein tiefes dunkles Loch fiel. In seinen einhundertachtundfünfzig Abenteuern wich Woodbine nicht einmal von diesem mit Preisen ausgezeichneten Format ab.

Woodbine war *der Mann.*

Woodbine war nicht billig, aber er war gründlich, und er erledigte seinen Job.

Bei Woodbine konnte man eine Menge kostenlosen Sex erwarten, Gewalt, eine Spur aus Leichen und einen finalen Showdown auf einem Dach. Keine Nebenschauplätze, keine losen Enden und strikt die erste Person. Der literarische Stil, die Sprache, die Beschreibungen, die Nuancen, all die Running Gags. Reinste Magie.

Deswegen also: »Überlassen Sie das mir, *Lady.*« Bald werden Sie verstehen.

Die Dame trat einen Schritt beiseite, und ich warf meinen stählernen Blick auf das Türschloss. Es war ein *Dovestone-Wilberforce*, ein dreifach verriegelndes Keilzapfenschloss.

Fünf Drehzylinder, multi-facettierte optionale reversiv zu betätigende interne Sicherung.

Ich kannte dieses Schloss; jeder gute Detektiv kannte es. In diesem Geschäft konnte der Unterschied zwischen einem bekannten und einem unbekannten Schloss den Unterschied zwischen einer hastigen Flucht und einem Volltreffer bedeuten. Wenn Sie wissen, was ich meine, und ich bin sicher, dass Sie es wissen.

»Hat sonst noch jemand einen Schlüssel zu dieser Tür, Lady?«, erkundigte ich mich.

Sie bedachte mich mit einem Blick, als wollte sie Fischmesser polieren, und schüttelte ihren wunderschönen Kopf.

»Dann werfe ich jetzt wohl besser einen Blick hinein. Warten Sie hier, Lady.«

Ich setzte meinen Fuß an die Tür und trat sie vollends auf. Dann sprang ich in die Eingangshalle, rollte mich einige Male ab und bereitete mich darauf vor, aus allen Rohren feuernd hochzukommen.

Und dann erhielt ich einen Schlag von hinten auf den Kopf und fiel in ein dunkles tiefes Loch.

Es sah alles nach einem verdammt guten Anfang aus.

5

Mein lieber Junge, vergiss das
mit der Motivation. Sag einfach nur
deinen Text und gib Acht, dass du
nicht über die Möbel fällst.

Noël Coward

Da war Tom und da war Tim und da war Nick und da war Billy. Ein Heizer, ein Fischer, ein Friseur und Billy. Billy Barnes. Billy kam nicht zu der Party, weil Billy anderswo Geschäfte zu erledigen hatte. Niemand wusste so genau, wo anderswo war, außer Billy, und er hatte immer anderswo Geschäfte zu erledigen. Billy war irgendwie anders. Es war schwer, genau zu sagen, in welcher Hinsicht, doch es war da. Er war sehr clever, daran erinnere ich mich. Zu clever, wirklich. In der Grundschule habe ich neben ihm gesessen, und hin und wieder trat schon damals seine Cleverness zutage und erleuchtete den Rest von uns.

Ich erinnere mich noch, wie eines Freitagsnachmittags unsere Lehrerin, Miss Moon, eine Frage an die Klasse stellte. Sie lautete: »Wie weit kann ein Mann in eine Wüste gehen?«

Wir kauten auf unseren Stiften; die Frage erschien uns als unmöglich zu beantworten. Wer war dieser Mann? Wie alt war er? Wie stark war er? Wie viel Essen und Wasser hatte er? Wie groß war die Wüste? Billys Hand schoss ohne einen Augenblick des Zögerns in die Höhe.

»Ja, Billy?«, fragte Miss Moon.

»Ich habe die Antwort, Miss«, sagte Billy.

»Dann erzähl sie uns, Billy.«

»Es ist halbwegs hinein, Miss. Weil, wenn er halb drin ist in der Wüste, geht es in jeder Richtung wieder nach draußen.«

Billy hatte selbstverständlich Recht. Seine Antwort war absolut korrekt. Doch sie schien Miss Moon nicht zu erfreuen. Sie hatte offensichtlich gehofft, dass diese Frage die Klasse für den Rest des Nachmittags beschäftigen würde. Billy war nach dieser Geschichte beim Rest der Klasse für eine Weile nicht mehr sonderlich beliebt.

Niemand mag einen Klugscheißer.

Im Alter von dreiundzwanzig Jahren tauchte Billy unter. Er ging auf einen Spaziergang nach draußen und kehrte nie wieder zurück. Diejenigen unter uns, die sich aus der Schulzeit an ihn erinnerten, fragten sich, ob er vielleicht in die Wüste gegangen war. Eine Hypothese lautete, dass er per Anhalter nach Brighton gefahren, dort vom Pier gefallen und ins Meer hinausgetrieben worden sei.

Niemand wusste es genau, und das Geheimnis von Billys Verschwinden wurde niemals zufriedenstellend geklärt. Jahre später, als ich in der Nähe von Brighton lebte, lernte ich in einer Bar einen Burschen kennen, und dieser Bursche erzählte mir eine Geschichte, die durchaus erklären könnte, was Billy denn nun zugestoßen war.

Ich gebe diese Geschichte hier aus zwei Gründen wieder. Erstens, weil ich ohne Billys Verschwinden niemals in den Fall der verschwundenen Voodoo-Handtasche verwickelt worden wäre. Und zweitens, weil ich es für sehr gut möglich halte, dass die Geschichte den Tatsachen entspricht.

Der Bursche, der mir die Geschichte erzählte, war ein Handelsvertreter, doch da dieses Faktum für sich bereits Zweifel bezüglich seiner Glaubwürdigkeit aufkommen lassen könnte, habe ich mir die Freiheit genommen, den Beruf des fahrenden Mannes zu ändern.

Er war also ein fahrender Bettelmönch.

Die Gemeinde, in der ich lebe, nennt sich Bramfield. Sie liegt etwa zehn Meilen nördlich von Brighton, direkt an der A23, der Hauptstraße, die zwischen Brighton und London verläuft. Es ist eine einigermaßen hübsche Gemeinde, und die Leute, die dort leben, sind einigermaßen glücklich. Die meisten gehen irgendwelchen Beschäftigungen nach, die mit der Fuchsjagd in Verbindung stehen. Sie bleiben in der Regel unter sich und mögen keine Touristen. Kleine Jungen beschießen vorbeikommende Fahrzeuge mit Steinschleudern, und Farmer vertreiben Spaziergänger mit entsicherter Schrotflinte. Handelsvertreter kommen einigermaßen häufig vor, doch kaum jemals ein wandernder Bettelmönch.

Der Bettelmönch jedoch, der eines Mittwochs

um die Mittagszeit in den *Fröhlichen Gärtner* spaziert kam, war ein Bettelmönch ganz in der großen alten Tradition. Klein von Gestalt und schuhlos, rau und abgerissen, mit wilden Blicken und langem Bart. Er ging auf einen knorrigen Stock gestützt und verlangte sogleich ein Pint vom besten Bitter.

Andy musterte den fahrenden Bettelmönch mit einem langen, abschätzigen Blick und verwies ihn daraufhin sogleich aus seinem Lokal.

Ich betrachtete diese Reaktion als wenig gastfreundlich und sagte dies auch.

»Ich betrachte diese Reaktion als wenig gastfreundschaftlich«, sagte ich zu Andy.

»Kleiderordnung«, entgegnete der Wirt. »Er kann nicht hier rein, so wie er aussieht.«

Ich betrachtete das Erscheinungsbild des Bettelmönchs. Er trug die traditionelle sackleinene braune Robe, über dem Leib zusammengehalten von einer verknoteten Schnur. Es war eine übel riechende traditionelle Robe, ausgefranst an den Säumen und durchgescheuert an den Ellbogen.

»Und was genau ist das Problem?«, fragte ich Andy.

»Der Schlips«, antwortete der Wirt. »Er trägt keinen Schlips.«

Nun bin ich bekannt als wohltätiger Mensch; tatsächlich ist der Ausdruck *lebender Heiliger* mehr als einmal zur Anwendung gekommen, wenn es um eine Beschreibung meiner Person ging. Und ich erbarmte mich dieses durstigen Wandersmannes und führte ihn nach draußen zu meinem Wagen, in der Hoffnung, dort etwas zu finden, das ihm als Krawatte dienen könnte. Ich kramte also in meinem Handschuhfach herum, suchte unter den Sitzen, doch außer einem Paar Starterkabel im Kofferraum fand ich nichts. Also band ich diese beiden Kabel um den Hals des Bettelmönchs, und so kehrten wir in den *Fröhlichen Gärtner* zurück.

»Ist es nun gut?«, fragte ich Andy.

Andy musterte die Starthilfekabel kritisch. »Gut«, sagte er schließlich zu dem Bettelmönch. »Sie können reinkommen. Aber *starten* Sie hier bloß nichts.«

Oh, wie herzhaft wir alle lachten.

»Ich möchte bitte ein Pint vom besten Bitter«, wiederholte der Mönch seine einstweilige Bestellung. »Bevor Sie wieder gemein werden.«

»Warum sollte ich wieder gemein werden?«, erkundigte sich Andy der Wirt.

»Weil ich kein Geld habe, mit dem ich Sie bezahlen könnte.«

»Ich werde zahlen«, sagte ich hastig. Und das tat ich dann auch.

Ich setzte mich in meine Lieblingsecke, und der Bettelmönch setzte sich zu mir. Er trank von seinem Bitter und sagte schließlich: »Sie sind ein Telstar, habe ich Recht?«

»Ich bin *was*?«

»Ein Telstar. Geboren im Zeichen des Telstars. Ich bin nämlich Astrologe, müssen Sie wissen. Ich kenne mich in diesen Dingen aus.«

»Aber Telstar war doch ein Satellit«, sagte ich

verblüfft. »Er wurde in den Fünfzigern hochgeschossen.«

»Er ist jedenfalls ein Himmelskörper, und Astrologie beschäftigt sich mit dem Einfluss von Himmelskörpern, mein Herr.«

»Mit Sternen und Planeten, sicher, aber doch nicht mit Telekommunikationssatelliten!«

Der Bettelmönch nahm einen weiteren großen Schluck von seinem Pint. »Nun, da irren Sie sich«, entgegnete er, nachdem er sich den Schaum mit dem Handrücken vom Mund gewischt hatte. »Es hat etwas mit Entfernung zu tun, weiter nichts. Alles im Weltraum beeinflusst alles andere. Und wir werden von allem im Weltraum beeinflusst. Die Sterne und die Galaxien üben ihren Einfluss aus, aber sie sind Tausende und Abertausende von Lichtjahren entfernt. Menschengemachte Satelliten sind ein gutes Stück näher. Sie üben einen weit stärkeren Einfluss aus.«

»Ich finde das schwer zu glauben.«

»Das wundert mich nicht weiter; schließlich sind Sie ein Telstar. Betrachten Sie doch die Jugend von heute. Alle laufen in Marken-Sportbekleidung umher, tragen Markenturnschuhe, essen bei Marken-Burgerketten und hören vorfabrizierte Popmusik. Was glauben Sie, warum das so ist?«

»Keine Ahnung«, gestand ich.

»Sie alle haben den SkyTV-Satelliten als Geburtssternzeichen.«

»Leck mich am Arsch.«

»Nein danke. Aber ich verrate Ihnen noch etwas.«

»Und was wäre das?«

»Ich habe mein Pint leer und hätte gerne noch eins.«

»Unglaublich!«

Ich bezahlte dem Burschen ein weiteres vom besten Bitter und für mich selbst einen *Tod durch Cidre.*

»Etwas Merkwürdiges hat sich ereignet, während ich auf dem Weg zu diesem Pub war«, sagte der Bettelmönch hinterher. »Möchten Sie, dass ich Ihnen mehr davon erzähle?«

»Das wäre sehr nett.«

»Nein, wäre es nicht. Aber ich erzähl's Ihnen trotzdem. Was würden Sie sagen, wie alt ich bin?«

Ich betrachtete sein gegerbtes Gesicht. »Vielleicht sechzig, vielleicht fünfundsechzig.«

»Ich bin sechsundsechzig.«

»Nun, so alt sehen Sie gewiss noch nicht aus.«

»Ich halte mich fit, das ist der Grund. Ich marschiere am Tag durchschnittlich fünfundzwanzig Meilen. Das mache ich seit dreißig Jahren. In den Sechzigern war ich auf dem Hippie-Trip, ich war in Woodstock und ...«

»Macht es Ihnen etwas aus, mir nur von der merkwürdigen Begebenheit zu berichten, die sich auf Ihrem Weg hierher ereignet hat? Ich muss nämlich gleich gehen. Ich habe einen Termin beim Doktor.«

»Sind Sie krank?«

»Nein, ich muss ein paar Schlaftabletten für meine Frau kaufen.«

»Warum?«

»Weil sie schon wieder aufgewacht ist.«

Oh, wie haben wir gelacht.

»Also schön«, sagte der Bettelmönch. »Ich erzähle Ihnen meine Geschichte. Aber es ist eine merkwürdige Geschichte, machen Sie daraus, was Sie wollen.«

»Schießen Sie los.«

»Meinetwegen. Also, wie ich schon sagte, ich komme ziemlich weit herum. Ich wandere durch die ganze Welt, und ich schlafe im Freien, mit den Sternen über und nichts als Mutter Erde unter mir. Jedenfalls, letzte Woche hatte ich mein Lager in der Mitte des großen Kreisverkehrs aufgeschlagen, der direkt vor Brighton liegt. Kennen Sie ihn?«

»Meinen Sie den auf der A 23?«

»Genau den. Die ganze Zeit stehen Anhalter mit hochgerecktem Daumen am Straßenrand und wollen nach London mitgenommen werden. Wahrscheinlich haben Sie es selbst schon gesehen.«

Ich nickte. Ich hatte.

»Nun, ich sitze jedenfalls da und sehe diesen jungen Burschen mit seinem Stück Karton, auf das er in ungelenken Lettern London geschrieben hat, und mit der anderen Hand hält er den Daumen hoch. Und ich sehe diesen alten cremeweißen VW-Campingbus an den Straßenrand fahren, und der junge Bursche steigt ein. Ich höre, wie der Fahrer fragt: ›London?‹, und der Anhalter antwortet: ›Ja, bitte.‹ Und sie fahren los.«

»Und?«, fragte ich. »Was ist daran so ungewöhnlich? So etwas hab ich schon Dutzende Male gesehen.«

»Ich auch. Aber keine Stunde später ist der VW-Bus wieder da. Er nimmt einen anderen Anhalter auf. ›London?‹, erkundigt sich der Fahrer, und der Anhalter sagt: ›Ja, bitte.‹ Und sie fahren los.«

»Eine Stunde später?«, frage ich.

»Eine Stunde später. Und eine weitere Stunde später ist der Wagen wieder da.«

»Und nimmt wieder einen Anhalter mit?«

»Und nimmt wieder einen Anhalter mit. Ich hab den ganzen Tag lang zugesehen. Acht Anhalter hat er aufgesammelt.«

»Er kann sie nicht nach London gefahren haben und eine Stunde später schon wieder zurück gewesen sein. Vielleicht hat er sie nur bis zur Autobahn mitgenommen?«

»Vielleicht. Nun ja, ich fühle mich ganz wohl mitten in diesem großen Kreisverkehr, und ich denke bei mir, ich bleibe noch einen Tag länger dort. Das tue ich dann auch, und früh am nächsten Morgen ist der VW-Campingbus wieder da und nimmt wieder einen Anhalter nach London mit.«

»Vielleicht ist es eine Art öffentlicher Transporter oder so?«, fragte ich.

»Oder so! Nun, ich sitze jedenfalls den ganzen Tag dort und zähle sechs weitere Anhalter, die alle in den VW einsteigen, doch dann muss ich packen, weil ein Gemeindediener anmarschiert kommt, der die Wiese auf dem Kreisverkehr mähen muss.

Ich erwähne ihm gegenüber den VW-Bus, und er sagt, es wäre ihm auch schon aufgefallen, und das ginge nun schon seit fünf Jahren so, Tag für Tag.«

»Dann ist es definitiv irgendein öffentliches Transportunternehmen oder so, würde ich sagen.«

»Oder so, genau. Nun, man hört eine Menge eigenartiger Geschichten, wenn man auf der Straße lebt, man sieht eigenartige Dinge, und ich wusste nicht so recht, was ich von alledem halten sollte, doch da ich nun schon mal in Richtung London unterwegs war, dachte ich, ich könnte mir ein Stück Karton nehmen, den Namen der Stadt draufschreiben und selbst den Daumen hochhalten. Vielleicht würde mich der VW-Bus ja mitnehmen, wenn er das nächste Mal auftauchte.«

»Und? Haben Sie?«

»O ja, ich habe.«

»Und? Hat er Sie nach London gebracht?«

»O nein, hat er nicht.«

»Erzählen Sie weiter! Erzählen Sie mir, was geschehen ist!«

»Nun, ich sehe den VW-Bus kommen und halte den Daumen hoch und meinen Karton. Er hält an und fragt durch das offene Fenster: ›London?‹, und ich sage: ›Ja, bitte.‹ ›Springen Sie rein‹, sagt er, und wir fahren los. Der VW-Bus ist innen drin ziemlich schäbig. Der Fahrer sagt nicht viel. Er ist ein ziemlich hagerer, bleicher Typ, und er riecht auch nicht besonders gut. ›Fahren Sie bis nach

London rein? Können Sie mich bis ins Zentrum mitnehmen?‹, frage ich. ›Selbstverständlich‹, sagt er. ›Genau da muss ich auch hin. Ich fahre jeden Tag um diese Zeit dorthin.‹ Ich frage, welche Art von Geschäften er so macht, und er sagt: ›Recycling.‹

›Recycling?‹, frage ich. ›Was recyceln Sie denn so?‹

›Abfall‹, antwortet er.

Wir sind vielleicht zwanzig Minuten unterwegs, als er plötzlich zu mir sagt: ›Ich muss hier einen kleinen Umweg fahren und etwas abladen. Es macht Ihnen doch nichts aus, oder?‹ ›Natürlich nicht‹, antworte ich und frage gleich: ›Was laden Sie denn ab?‹ Und er antwortet: ›Nur einen Brief, weiter nichts.‹ Ich bemerke, dass er hinten auf der Pritsche einen großen Karton voller verklebter Umschläge transportiert. Er biegt also von der A23 ab, und wir fahren über ein paar Landstraßen. Dann biegt er in einen Feldweg ein, und wir kommen bei einem heruntergekommenen alten Bauernhof an. Er stoppt den Wagen, greift über die Schulter nach hinten und nimmt einen der Umschläge heraus. ›Tun Sie mir einen Gefallen, ja?‹, sagt er. ›Bringen Sie das ins Haus. Klopfen Sie an die Tür, und wenn niemand aufmacht, legen Sie es drinnen im Flur auf den Tisch.‹ ›Kein Problem‹, antworte ich, nehme den Umschlag und steige aus.

Das Haus liegt etwa dreißig Yards entfernt. Ich sehe ein paar Mal nach hinten und bemerke, dass der Fahrer mich sehr angespannt beobachtet. Ich klopfe an die Tür und warte. Dann höre ich einen Köter bellen und sehe mich um und bemerke diesen riesigen schwarzen Hund, der um den VW herumtanzt. Der Fahrer ist momentan abgelenkt, also ducke ich mich hinter einen alten rostigen Wellblechzaun und warte ab, was als Nächstes geschieht. Der Fahrer brüllt den Hund an, und der Hund trottet davon. Der Fahrer sieht wieder in meine Richtung. Er kann mich natürlich nicht sehen, grinst, dreht mit dem Wagen und fährt davon.«

»Das ist verdammt eigenartig«, sagte ich.

»Verdammt eigenartig, ja«, antwortete der Bettelmönch. »Und verdammt verdächtig. Also beschließe ich, mich ein wenig umzusehen. Niemand hat auf mein Klopfen an der Tür geantwortet, und das Haus scheint leer zu sein. Also schlüpfe ich nach hinten, um zu sehen, was es zu sehen gibt, sehen Sie? Und das Erste, was ich sehe, ist dieser erste Berg.«

»Der erste Berg?«

»Ungefähr drei Meter hoch. Hunderte von alten, verrottenden Pappkartons. Tausende. Die ganz unten am Boden sehen beinahe antik aus, die oben auf der Spitze fast neu. Auf all diesen Kartons steht etwas geschrieben. Auf allen das Gleiche. Ein einziges Wort: *London.*«

»London?«

»Dann sehe ich den zweiten Berg. Einen Berg aus Rucksäcken und Schlafsäcken.«

»Gütiger Gott!«, sagte ich.

»Gütiger Gott ist genau das richtige Wort. Ich

kehre also zur Vorderseite des Bauernhauses zurück und überlege, was zu tun ist. Ich stelle mir vor, die Tür vorsichtig einen Spaltbreit zu öffnen und nach drinnen zu spähen. Und gerade, als ich meinen Plan in die Tat umsetzen will, greift mich dieser große Hund an. Er taucht wie aus dem Nichts auf und will mir an die Kehle. Ich ducke mich zur Seite, und der Köter kracht gegen die Tür und stößt sie beim Aufprall weit auf. Während ich noch herumrolle, sehe ich den Hund auf den Dielen landen, und als er mit den Füßen den Boden berührt, klappen die Dielen weg wie eine Falltür, und ich höre dieses grauenhafte Geräusch von sausender Maschinerie. Ich erhasche einen kurzen Blick auf den Hund, als dieser heulend und jaulend in den hackenden, schlagenden Klingen verschwindet, dann schwingt die Falltür wieder zurück, die Vordertür schließt sich und alles ist still und leise wie zuvor.«

»Heilige Scheiße!«, sagte ich.

Der Bettelmönch leerte sein zweites Pint. »›Recycling‹«, sagte er. »So hat es der Fahrer genannt. ›Abfallrecycling‹. Ich sagte Ihnen bereits, dass ich eigenartige Geschichten gehört hätte, und auch diese hatte ich schon einmal gehört. Ich habe gehört, dass diese VW-Busse durch ganz England fahren. Deswegen sieht man so viele von diesen Dingern. Sie machen die Straßen sauber und recyceln die Obdachlosen. Die Regierung steckt dahinter. Das Fleisch dient als Nahrung für Versuchstiere in geheimen Forschungseinrichtungen.«

»Aber irgendjemand muss doch etwas unternehmen! Wo ist diese Farm?«

»Nicht weit von hier. Aber Sie werden nichts finden. Auf dem Weg hierher ist nämlich noch etwas Eigenartiges geschehen. Ich kehrte nämlich dorthin zurück. Zu der Farm. Heute. Aber sie war nicht da. Das Haus ist weg, abgetragen bis auf die Grundmauern und zubetoniert. Ich schätze, sie hatten geheime Sicherheitskameras und herausgefunden, dass ich entkommen bin. Also vernichteten sie die Beweise. Sie sind gerissen, sehen Sie? Gerissen wie ...«

»Füchse«, sagte ich.

Und das war die Geschichte des Bettelmönchs. Nun ja, eigentlich die Geschichte des Handelsvertreters. Aber der Bettelmönch erzählte sie besser. Ich kann natürlich nicht sagen, ob sie wahrheitsgemäß war, und ganz gewiss wäre sie es nicht gewesen, wenn ein Handelsvertreter sie erzählt hätte – weil Handelsvertreter niemals per Anhalter fahren, oder? Aber wenn sie der Wahrheit entsprach (die Geschichte, meine ich), dann war das möglicherweise die Erklärung für das, was Billy zugestoßen war. Obwohl das, was Billy Barnes zugestoßen war, noch viel gemeiner war, wie ich später herausfinden sollte.

Jedenfalls, Billys Verschwinden brachte mich zum Fall der Voodoo-Handtasche, und zwar folgendermaßen:

Billys Mum war eine Freundin meiner Mum,

und kurz nach Billys Verschwinden kam Billys Mum zum Tee zu meiner Mum, und meine Mum schlug vor, dass Billys Mum sich auf ein Wort mit mir unterhalten solle.

Ich hatte gerade meine erste Detektei eröffnet, nichts Besonderes, nur einen Tisch und einen Stuhl im Schuppen, doch ich brannte darauf, einen Fall zu übernehmen. Eine vermisste Person kam mir gerade recht, und als Mrs. Barnes zu mir kam und an meine Tür klopfte, war ich mehr als erfreut.

Ich bat sie herein und bot ihr einen Platz auf dem festgewordenen halben Zementsack an, der mir als Besucherstuhl diente.

»So«, sagte ich zu Mrs. Barnes. »Wie kann ich Ihnen behilflich sein?«

»Es ist wegen meinem Billy«, sagte die von Kummer gezeichnete Lady. »Er ist verschwunden.«

»Ja, ich habe in den Zeitungen darüber gelesen. Möchten Sie, dass ich nach ihm suche?«

»Nein danke«, sagte Mrs. Barnes.

»Nein danke?«

Mrs. Barnes schüttelte den Kopf. »Ich bin eigentlich ganz froh, dass er weg ist. Mir geht es eigentlich eher um die verschwundene Handtasche.«

»Billy hat Ihre Handtasche mitgenommen?«

»O nein. Billy ist ein paar Wochen vor der Handtasche verschwunden. Aber es war nur eine Frage der Zeit, bis die Handtasche auch verschwand.«

»Ich verstehe nicht«, sagte ich.

»Es ist eine Voodoo-Handtasche«, erläuterte Mrs. Barnes geduldig. »Sie gehörte meiner Mum.«

»Und was genau ist eine Voodoo-Handtasche?«

»Ein Objekt der Verehrung.«

»Wie eine Reliquie oder was?«

»Wie eine Reliquie, ja. Beim Voodoo gibt es ein Pantheon der Götter. Papa Legba, der gütigste von allen, ist der Wächter der Tore. Damballo Oueddo, der weiseste und mächtigste, hat die Schlange zum Symbol. Agoué ist der Gott des Meeres. Loco ist der Gott der Wälder. Ogoun Badagris, der furchtbare und blutige Gott. Und Maîtresse Ezilée, die Inkarnation der heiligen Jungfrau Maria.

»Und die Handtasche gehörte ursprünglich einmal ihr?«

»Maîtresse Ezilée, ja. Aus ihrer Handtasche belohnt sie die Guten, und die Bösen bekommen ebenfalls ihr Fett weg.«

»Und Ihre Mum hatte diese Handtasche?«

»Nicht die echte, nein. Eine Kopie aus Plastik.«

»Und ist sie wertvoll?«

»Nur für den, der weiß, wie er sie gebrauchen muss.«

»Ich verstehe«, sagte ich, doch ich verstand kein Wort.

»Es ist ein *transitus tessera*, buchstäblich ein Fahrschein. Wer die Tasche trägt und versteht, wie sie funktioniert, kann damit von einem Ort zum anderen gelangen.«

»Und Sie sind ganz sicher, dass Billy sie nicht mitgenommen hat, als er verschwunden ist?«

»Ganz sicher.«

»Wie sieht sie aus, diese Voodoo-Handtasche?«

»Ungefähr zwanzig Zoll hoch, handtaschenförmig, bedeckt von Schädeln. Du wirst sie gleich erkennen, wenn du die Tasche siehst.«

»Und es ist von größter Bedeutung, dass Sie die Tasche zurückbekommen?«

»Wichtiger als alles andere auf der Welt. Verstehst du, die Tasche bedeutet Macht. Sehr viel Macht. Als ich sagte, dass man mit ihr von einem Ort zum anderen gelangen kann, meinte ich damit keine gewöhnlichen Orte. Die Tasche ermöglicht es dem Träger, zwischen der Welt der Toten und der Welt der Lebenden zu reisen, die spirituelle Welt zu betreten und sicher aus ihr zurückzukehren.«

»Hm«, sagte ich.

»Hör auf mit diesem ›Hm‹, du kleiner Scheißer.«

»Habe ich ›Hm‹ gesagt? Ich meinte natürlich ›Ja, selbstverständlich!‹«

»Die Tasche wurde jedenfalls seit vier Generationen von meiner Familie gehütet. Wir waren die Hüter der Voodoo-Handtasche!«

»Aber ich dachte, es wäre nur eine Kopie?«

»Es ist die *einzige* Kopie, kapiert? Betrachte sie einfach als etwas Wertvolles, das verschwunden ist.«

»Wahrscheinlich gestohlen, oder?«, sagte ich. »Ich meine, Sie haben so ein kostbares Objekt sicher nicht einfach verlegt?«

»Sie ist weg, das ist alles. Ein Polizist namens Inspektor Kirby kam wegen Billys Verschwinden vorbei, und er hat sich für die Handtasche interessiert, und dann ist die Handtasche verschwunden.«

»Der Polizist hat sie geklaut?«

»Nein, hat er nicht. Sie ist verschwunden, das ist alles.«

»Wenn Sie es sagen. Aber ich verstehe offen gestanden überhaupt nichts von alledem.«

Mrs. Barnes gab einen leisen Seufzer von sich. »Also schön«, sagte sie. »Ich erzähle dir alles. Aber es ist eine grauenhafte Geschichte. Eine Geschichte voll grausamer Taten und furchtbarem Horror. Wenn du erst die ganze Geschichte kennst, wirst du verstehen, dass die Voodoo-Handtasche unter allen Umständen wieder in den Besitz meiner Familie zurückkehren muss. Und du wirst Dinge erfahren, die nur wenige lebende Menschen wissen und noch weniger überhaupt wissen wollen.«

»Ich bin ganz Ohr«, sagte ich.

»Dann muss ich wohl flüstern.«

Und sie flüsterte.

Und ich lauschte.

Und dann flüsterte sie noch etwas mehr.

Und ich lauschte noch etwas mehr.

Und dann flüsterte sie noch mehr.

Und ich kotzte den Boden voll.

»Ziemlich widerliche Sache, nicht wahr?«, fragte sie.

Und ich stimmte ihr zu, dass es eine ziemlich widerliche Sache war.

Und dann flüsterte sie noch mehr, eine ganze Menge diesmal.

Und dann war sie fertig.

»Und das ist alles«, sagte sie.

»Ich bin sehr froh, das zu hören«, antwortete ich.

Und dann ließ sie mich feierlich schwören, dass ich kein Wort von alledem zu irgendjemand anderem sagen würde.

»Vertrauen Sie mir«, sagte ich. »Ich werde keiner Menschenseele etwas davon erzählen.«

Und ich habe mein Versprechen gehalten. Bis zum heutigen Tag.

6

Die Qualität von Wahnsinn ist traditionell hoch.

Bob Rickard

Eine Wahre Geschichte über Billy Barnes.

Das Kind, das wirklich anders ist, sieht kaum jemals auf den ersten Blick so aus. Es hält sich immer instinktiv in der Herde auf, um die »Anderen« zu vertreiben, ohne Zweifel, um die Reinheit der Spezies zu erhalten. So ist es definitiv mit den Menschen. Kinder lernen früh, die Dicken oder die Dünnen zu verspotten oder die mit den roten Haaren, ohne dass man sie es lehren müsste – es ist ihr Instinkt. Sie können nichts dafür. Sie tun es einfach. Doch das wirklich andere Kind, das Individuum, das eines Tages als Erwachsener die Gesellschaft ändern wird oder die Richtung der Herde, dieses Kind hat oft eine schützende Tarnung. Dieses Kind sieht aus wie alle anderen auch.

Doch es ist nicht wie alle anderen.

Billy Barnes sah aus wie alle anderen. Er sah ein wenig aus wie Dave Rodway mit seinen dichten dunklen Augenbrauen. Und ein wenig wie Norman Crook mit seiner Stupsnase. Und er hatte die Schultern von Peter Lord und die Knie von Neil Christian und die Füße von Peter Grey und so weiter und so fort. Tatsächlich sah er allen möglichen anderen Leuten ähnlicher als sich selbst.

Was es wirklich schwierig macht, ihn zu beschreiben.

Nur, dass er anders war.

Und das Anderssein war innerlich.

Billy Barnes war ein ganz gewöhnlicher Eierkopf. Er war, mit einfachen Worten, das hellste Kind in der Klasse. In der ganzen Schule wahrscheinlich. Doch er behielt es meistenteils für sich. Hin und wieder, eher selten, kam es an die Oberfläche, wie bei seinem berüchtigten »Mann geht in die Wüste«, was ihm jedes Mal mächtig viel Verachtung einbrachte und ihn für eine Weile aus der Herde ausgrenzte. Doch bald war er wieder zurück, ganz unauffällig, mischte sich unter den Rest und sah keineswegs fehl am Platze aus.

Billy war ein subtiler Manipulator. Immer führte er etwas im Schilde, und keiner wusste je genau was.

Er war eben anders, verstehen Sie?

Und er hatte immer »irgendwo etwas« zu erledigen.

Heute gibt es sicher mehr als hundert Billy-Barnes-Webseiten. Angefangen bei den offiziellen Webseiten des Weltmarktführers, auf denen Billy Barnes' Interessen als »Ressourcenmanagement, soziale Technologie und außerplanetarische Entwicklung« geschildert werden bis hin zu den inoffiziellen Konspirationsseiten, die Billy als die alleinige Ursache für alle Übel der Welt ausgemacht haben wollen.

Heutzutage ist das Gesicht von Billy Barnes das bekannteste Gesicht auf der ganzen Welt, trotzdem werden Sie es schwer haben, ihn zu erkennen, wenn er während einer Parade vor Ihnen hermarschiert.

Wie genau Billy in seine erhabene Position des ultimativen Controllers gekommen ist, wurde bisher niemals zufrieden stellend erklärt oder in schriftlicher Form von einem Chronisten dargelegt. Gerüchte wollen wissen, dass eine inoffizielle Biografie von Billy, die ihn als Kriminellen, entarteten Pornografen und ganz allgemein schlimmen Finger schilderte, noch vor der Publikation zurückgezogen und in der großen Säuberungsaktion von 2003 verbrannt worden ist, zusammen mit allen anderen Büchern, Zeitungen und jeglichem gedrucktem Material. Doch das ist nur ein Gerücht, und der Mann, der es verbreitet hat, ist längst gestorben, grausam niedergemetzelt in einer wilden Auseinandersetzung, in die auch Handschellen und ein elektrischer Bohrer verwickelt waren.

Was also wissen wir *wirklich* über Billy?

Nun, jedenfalls nicht viel.

Wir wissen, dass er im Alter von dreiundzwanzig Jahren verschwand und dass er zehn Jahre später, im Alter von dreiunddreißig (was vielleicht ein signifikantes Alter sein mag, vielleicht aber auch nicht) wieder aufgetaucht ist und in atemberaubendem Tempo die Kontrolle über fast alles an sich gerissen hat.

Doch es gibt eine große Menge unbeantworteter Fragen.

Es ist interessant, dass diejenigen, die ihn aus der Schulzeit kennen, sich nur an ihn erinnern als den Jungen, der die »Mann geht in die Wüste«-Frage beantwortet hat und nichts weiter. An dieser Stelle sollte bemerkt werden, dass alle großen Propheten ihre dunklen Jahre haben und dass jeder von ihnen irgendwann einmal in der Wüste war. Als Mann hineingegangen und als Sohn Gottes zurückgekehrt.

Und was ist mit Billy in der Zwischenzeit passiert?

Warum gehen wir nicht einfach zurück und sehen es uns an?

Wenn man die Gemeinde Bramfield von dem Ende aus betritt, wo die Gemeindewiesen liegen, an dem kleinen Kreisverkehr, an dem jeder geradeaus geht, nach rechts abbiegt, an dem Restaurant, das ständig den Besitzer wechselt, und an dem Spritladen, den der dicke Typ mit dem Ohrring führt, und schließlich an dem Kiosk, wo man all die monotonen Postkarten kaufen kann, vorbeigeht, dann erreicht man irgendwann das Kriegerdenkmal.

Es ist nur ein sehr kleines Kriegerdenkmal, weil es aus privaten Spendenmitteln finanziert wurde und die Privatleute nicht spenden wollten, aber es ist trotzdem da, wenn man nur genau genug hinsieht. Wenn man jedoch genau genug hinsieht und nach links geht, wo es geht, dann findet man sich unvermittelt in der Gasse wieder, in der Billy aufgewachsen ist.

Die Gasse hat kein Straßenschild. Der Gemeinderat von Bramfield war der Meinung, dass der Name dieser Gasse nicht den bestmöglichen Geschmack widerspiegelt, daher hat er das Straßenschild entfernen lassen. Der Name dieser Gasse war Colin-Regis-Gasse.

Wie Sie vielleicht wissen oder auch nicht, bedeutet das Beiwort Regis im Namen eines Hauses oder Ortes, dass irgendein alter König oder eine alte Königin dort geschlafen und dass es ihm oder ihr gefallen hat. Wie in Lyme Regis oder Bognor Regis. Wer oder was genau nun dieser Colin gewesen sein soll, entzieht sich der allgemeinen Kenntnis, doch offensichtlich war er ein Jemand von königlicher Herkunft.

Sie gehen durch diese Gasse hindurch und kommen an mehreren hübschen georgianischen Häusern auf der rechten Seite vorbei. Dort steht Lugger's View, wo Tim wohnt. Stoker's Folly, wo Tom wohnt. Barnet Vilaa, wo Nick residiert. Und schließlich Colin's End, das zum gegenwärtigen Zeitpunkt unbewohnt ist.

Sie gehen noch weiter und kommen zu der Schrebergartensiedlung, und wenn Sie diese hinter sich gelassen haben, zum Stinktümpel. Der Stinktümpel heißt eigentlich Tinker's Tümpel, doch er wird in der Gemeinde nur Stinktümpel genannt, wegen dem vielen stinkenden Zeugs, das in ihm schwimmt.

Der Stinktümpel wird mithilfe privater Spendenmittel gepflegt.

Auf der gegenüberliegenden Seite des Stinktümpels steht ein schickes großes Haus. Ganz allein steht es dort, mit einer hohen Mauer ringsum. Das Haus ist im Tudorstil erbaut, und sein Name lautet Houmfort House.

Houmfort House war Billys Zuhause.

Billy lebte mit seiner Mum und seiner Oma in Houmfort House. Billys Dad lebte nicht in Houmfort House. Billys Dad hatte dringende Geschäfte andernorts und kam nur hin und wieder nach Houmfort House, um Geschenke zu verteilen und Billy Geschichten von den vielen fremden Orten zu erzählen, die er gesehen hatte. Billy und sein Dad hatten sich nicht sehr »nahe« gestanden. Andererseits hatte Billy niemandem sehr »nahe« gestanden.

Billy war anders.

Und wer anders ist, dem kann man nur schwer »nahe« stehen.

Billys Mum war *nicht* anders.

Billys Mum war genauso. Ganz genauso. Genauso, wie sie immer gewesen war, solange Billy sie kannte. Billy mochte sie so, wie sie war, obwohl er manchmal dachte, eine Veränderung wäre vielleicht nicht schlecht.

Wie an diesem Tag zum Beispiel.

Dienstag.

Das Dienstagsfrühstück nahm Billy stets auf der Veranda auf der Rückseite des Hauses ein. Gleichgültig, wie das Wetter oder welche Jahreszeit gerade war. Es war eine Tradition im Haushalt der Barnes'. Eine Tradition, ein alter Brauch, eine Bulle oder was auch immer.

Billy schlemmte an diesem besonderen Dienstagmorgen Rollmöpse und einen bittersüßen Tee. Seine Mum nahm das Übliche, genau wie üblich, genau wie immer.

Billy war meist sehr schweigsam, während er aß. Nur sein Kiefer bewegte sich, langsam und rhythmisch. Dreiundzwanzig Mal die Minute. Billys Mum auf der anderen Seite war eine extravagante Esserin, die zu weit ausholenden Gesten und gutturalen Wohllauten neigte. Rülpsen und Flatulenz. Essenwerfen und Geschirr knallen. Sie ergänzten einander, Billy und seine Mutter, ganz wie es zwischen einer Mutter und ihrem Sohn sein sollte.

»Hier steht«, sagte Billys Mum, während sie laut aus dem *Daily Sketch* vorlas, »dass er gewisse Praktiken ausgeübt hat, wodurch er einen Schnurrbart bekam, den man nur mit Terpentin wieder wegbekommt.«

Billy schluckte einen großen, gut zerkauten Happen Hering und blickte seine Mutter an. Sie war eine ansprechende Frau. Eine ansprechende, *große* Frau. Üppig geformt. Von stattlichen Proportionen. Ein verhungernder Mann hätte von einer solchen Frau gut und gerne zwei Monate leben können. Vorausgesetzt, seine Kühltruhe war groß genug, um die Teile frisch zu halten.

»Ah, nein«, sagte Billys Mum. »Ich muss mich verlesen haben. Der Name des Bauchredners war Terpentin. Die Puppe hatte keinen Schnurrbart.«

Billy bewegte unmerklich den Kopf, gerade weit genug, um den Strohhalm zwischen die Lippen zu nehmen. Er saugte den Mund voll Tee, doch er schluckte ihn nicht runter.

»So ist Afrika eben«, sagte Billys Mum. »Das Grab des weißen Mannes und der Dingeldongel des schwarzen. Was mich daran erinnert – hast du deine Großmutter heute schon gefüttert, Billy?«

Billy nickte mit den Augen. Selbstverständlich hatte er seine Großmutter gefüttert. Er fütterte seine Großmutter immer. Es war sein Job, seine Großmutter zu füttern. Und sein Job bereitete ihm maßloses Vergnügen. Schließlich liebte er seine Großmutter.

Billy bewahrte seine Großmutter in einem hübschen Handkoffer auf.

Es war ein großer Handkoffer, und er hatte Löcher im Deckel, deswegen war es nicht grausam oder so. Und es sparte Platz. Billys Großmutter hatte früher eine Menge Platz beansprucht. Ihr Bett war das größte im ganzen Haus und das bequemste obendrein. Jetzt teilte Billy ihr Bett mit seiner Mum.

Großmutter schlief unter dem Bett. In dem Handkoffer.

Am Wochenende nahm Billy die Großmutter heraus und wusch sie von oben bis unten und gab ihr neue Sachen zum Anziehen. Nicht jeder Junge ist so gut zu seiner Großmutter wie unser Billy.

Andererseits hatte auch nicht jeder Junge eine Großmutter wie Billy.

In ihrer Jugend hatte sie mit Fred Astaire den Kerzenmambo getanzt, hatte mit Sarah Bernhardt auf den Brettern gestanden, die die Welt bedeuten, hatte auf gesellschaftlichen Veranstaltungen geglänzt und ihren übertriebenen Schatten auf die angesagtesten Lokalitäten geworfen.

Doch heute war sie alt und welk. Konnte kaum noch reden und sich nicht mehr bewegen und war, mit einem Wort gesagt, so ziemlich hinüber. Taub und blind und verkalkt und angefressen, als wären die Ratten an ihr gewesen.

Billy fand trotzdem noch Zeit für sie. Auch wenn er ihr nicht »nahe« gestanden hatte.

»Offensichtlich«, sagte Billys Mum und tippte auf ihr Tablett, »offensichtlich haben die Waliser überhaupt keine Vorstellung von Klettband. Ich war einmal mit deinem Vater in Nordwales. Er war sehr groß in seinen besten Tagen, und die Waliser sind ziemlich klein. Die meisten von ihnen sind Zwerge, ganz entschieden Zwerge. Sie waren ziemlich beeindruckt von deinem Vater. Der Bürgermeister von Harlech schenkte ihm ein Paar Hosenträger, die im Dunkeln leuchteten. Muss irgendetwas mit den Minen zu tun gehabt haben, schätze ich.«

Billy schluckte seinen Tee herunter, und bei der

Gelegenheit hob und senkte sich sein Adamsapfel.

»Wales würde dir bestimmt gefallen, Billy«, sagte seine Mutter zu ihm. »Viel Platz, wo du deine Möbel hinstellen kannst, und nirgendwo Klettband im Weg.«

Billy lächelte mit den Augen. Die Türglocke draußen im Flur bimmelte.

»Das wird der Postbote sein«, sagte Billys Mum. »Das macht er immer.« Sie schenkte sich geräuschvoll eine weitere Tasse Kaffee ein, schüttete Milch dazu und rührte lautstark um. Schlapp, schlapp, schlapp machten ihre großen fetten Füße auf dem gekachelten Verandaboden. Aber sie stand nicht auf. Sie lehnte sich auf ihrem Sitz zurück und furzte ungeniert.

Die Türglocke ging erneut und dann noch einmal und dann nicht mehr. Und dann kam der Postbote durch die Gartentür nach hinten.

»Ich hab hier ein Paket für Mr. Billy Barnes«, sagte der Postbote. »Es muss quittiert werden.«

Billy beäugte seine Mum. Die große fette Frau rutschte nervös auf ihrem Korbsessel hin und her. Sie war prinzipiell niemals freundlich gegenüber fliegenden Händlern, ganz besonders nicht, wenn sie nackt war wie jetzt. Doch sie hatte stets Zeit für einen Postmann oder einen Pförtner, solange ihre Fingernägel sauber waren.

Billys Mum breitete ihre *Daily Sketch* sittsam über den Schoß und winkte den Überbringer königlicher Post zu sich heran.

Der Überbringer königlicher Post schien seltsam zögerlich. »Es ist für Ihren Sohn«, sagte er. »*Er* muss unterschreiben.«

Billy drehte den Kopf um dreiundzwanzig Grad und sprach die ersten Worte an diesem Tag. »Von wem?«, lauteten sie.

Der Postbote untersuchte das Paket. »Von *Necrosoft Industries*«, verkündete er. »Aus Brentford, Middlesex.«

Billy nickte nachdenklich und sprang auf die Beine. Er schwang sich über das Verandageländer, vollführte einen Handstandüberschlag und ein Rad und kam vor dem Postboten zum Stehen.

»Stift«, sagte Billy und streckte die Hand aus.

Der Postbote reichte Billy das Paket und fummelte mit seinem Klemmbrett und dem Stift. »Ihre Mutter gehört verboten«, flüsterte er.

Billy unterschrieb auf der gestrichelten Linie und gab dem Postboten den Stift und das Klemmbrett zurück. »Verpiss dich«, sagte er zu ihm. Der Postmann wandte sich um und verpisste sich.

Billy kehrte zu seinem Stuhl auf der Veranda zurück und nahm erneut Platz. Vögelchen schnatterten auf den Gartenmauern, Bienchen summten zwischen den Rosen, und die Sonne warf ihren Segen auf alle herab.

Oben im Koffer unter dem Bett schmatzte Billys Großmutter im Schlaf und träumte von Fred Astaire.

»Hast du noch einmal darüber nachgedacht, dir eine Arbeit zu suchen?«, fragte Billys Mum über dem Mittagessen, das, wie dienstags üblich, im Wintergarten eingenommen wurde.

Billy nuckelte Suppe durch einen Strohhalm. Er hatte *nicht* noch einmal darüber nachgedacht, sich eine Arbeit zu suchen.

»Du bist so wunderbar talentiert, mein Lieber«, fuhr seine Mum fort. Sie hatte sich inzwischen hübsch gemacht und steckte in einem floralen Kleid. »Du hast alle Schulabschlüsse und warst auf der Universität, und jetzt bist du dreiundzwanzig und wohnst immer noch hier wie ein Einsiedler. Du gehst niemals aus und du hast keine Freundinnen, die dich anrufen. Du warst doch ein beliebter Junge in der Schule. Du hast dich überall so nett eingefügt. Kannst du dir denn nicht eine Arbeit suchen, wo du auch so hübsch hineinpasst?«

Billy hob eine Augenbraue. Das Thema »Arbeit« kam jeden Dienstag auf den Tisch. Weswegen Billy jeden Dienstag glaubte, dass er zur Abwechslung mal eine andere Mum brauchen könnte.

»Nun, mein Lieber?«, beharrte Billys Mum.

»Nein«, antwortete Billy. »Ich habe dringende Geschäfte zu erledigen, und sie dulden keinen Aufschub.«

»Anderweitige Geschäfte?«

»Richtig.«

»Aber wenn du anderweitige Geschäfte zu erledigen hast, wie kommt es dann, dass du niemals irgendwo hingehst, um sie zu erledigen?«

Billy tippte mit einem dürren Zeigefinger an

seine Schläfe. »Anderweitig kann ein gutes Stück näher sein, als man sich das so denkt.«

Zum Tee, den sie, weil es Dienstag war, im Besenschrank unter der Treppe einnahmen, erkundigte sich Billys Mum: »Was war eigentlich in diesem Paket, das der Postbote heute Morgen gebracht hat?«

»Ich weiß es nicht«, sagte Billy. »Ich habe es noch nicht geöffnet.«

Billys Mum und Billy aßen dienstags abends niemals zusammen. Billys Mum zog stets ihr bestes Tweedkostüm an und ging irgendwohin aus. Billy wusste nicht so recht, wo dieses Irgendwo lag, doch er vermutete, dass es das gleiche Irgendwo war, wohin auch Andy, der Wirt vom *Fröhlichen Gärtner*, jeden Dienstagabend verschwand.

Obwohl er auch keinen Schimmer hatte, wo dessen Irgendwo lag.

Doch weil es Billy im Grunde genommen ziemlich egal war, war es ziemlich egal.

Nun saß Billy ganz allein am Küchentisch und öffnete sein Paket. Unter dem braunen Papier kam ein helles Plastikdings ohne erkennbaren Sinn zum Vorschein, zusammen mit ein paar bedruckten Blättern Papier.

Billy stellte das Plastikdings vorsichtig beiseite und las von der obersten Seite ab:

*S*urfen im Web?
*A*lle können das!
*T*este etwas wirklich Radikales!
*A*ll die lieben toten Verwandten sind übers
*N*ecronet zugänglich!

*B*is heute war es
*R*elativ kompliziert, so etwas zu tun.
*A*lles, was du heute brauchst, ist schon da.
*U*nternimm einen Abstecher
*C*heck die Seelendatenbank
*H*adere nicht länger
*T*ritt ein.

*D*u bist da
*I*m Land der virtuellen Toten
*C*hargen um Chargen
*H*offentlich siehst du den Sinn.

Billy legte das Blatt beiseite und las das nächste.

Lieber Mr. Barnes,

Wir von Necrosoft möchten Ihnen gerne ein Angebot unterbreiten, das Sie ganz bestimmt nicht ablehnen können. Necrosoft ist eine schnell expandierende Organisation an der vordersten Front der Computertechnologie. Unsere Ziele sind hoch gesteckt, doch unsere Richtung stimmt.

Necrosoft beabsichtigt die Schaffung einer neuen Weltordnung. Nicht im politischen Sinn, doch wir wollen eine Situation erschaffen, in der das Individuum in Frieden und Harmonie leben und glücklich sein kann.

Unser Ziel ist es, den Tod im Verlauf der nächsten fünf Jahre völlig abzuschaffen.

Ein unmöglicher Traum?

Nicht ein Bit davon.

Durch den Einsatz unserer fortschrittlichen neuralen Netzscanner sind wir imstande, die Erinnerungen und die Persönlichkeit eines Individuums in das Necronet downzuloaden.

Das Necronet ist eine virtuelle Welt, simuliert von Computern, vollständig zugänglich und von grenzenloser Dimension. Nichts anderes im Grunde genommen als ein Himmel auf Erden. Wer in das Necronet geladen wird, ist dadurch unsterblich. Er kann bis ans Ende aller Zeiten mit seinen Kindern, Enkeln und Urenkeln und so weiter zusammen sein.

Eine einzigartige Gelegenheit?

Die Chance eines Lebens?

Nein, die Chance vieler Leben, die noch kommen.

All das könnten auch Sie haben.

Gegen eine kleine Gebühr.

Billy knüllte das Blatt zu einer Kugel zusammen und warf es zu Boden. Ein Blatt war noch übrig, und er überflog es beiläufig.

Verdienen Sie jede Menge $$$$$$$$$$$$$$$

stand dort, und:

Lebt bei Ihnen eine ältere oder behinderte Person? Eine Person, die Sie aufrichtig lieben und um die Sie sich täglich kümmern? Was würden Sie davon halten, diese Person auf die Reise ihres Lebens zu schicken? Wir kommen für sämtliche Ausgaben auf und zahlen Ihnen obendrein einen fetten Bonus! Na, gefällt Ihnen dieser Vorschlag? Rufen Sie unter der folgenden Nummer an, wenn Sie weitere Einzelheiten erfahren möchten ...

Billy saß eine ganze Weile da und starrte ins Leere. Seine Finger spielten geistesabwesend mit dem hellen Plastikdings. Es fühlte sich warm an und weich an den Ecken. Ein angenehmes Gefühl. Billy tippte mit dem Plastikdings auf den Tisch. Er hatte mit so etwas gerechnet. So etwas oder etwas anderem. Ein Paket in der Post, ein Angebot am Telefon. Eine einmalige Chance, in der ein oder anderen Form. Doch er hatte nicht geglaubt, dass es heute geschehen könnte.

Was die Sache perfekt machte, wirklich.

Billy hatte keine Arbeit angenommen, obwohl er jede Menge Angebote erhalten hatte. Geduldig hatte er auf DIE GELEGENHEIT gewartet. Er hatte Hugo Runes Gesetz befolgt, dass die beste Gelegenheit sich auf die am wenigsten offensichtliche Weise präsentieren musste. Und im am wenigsten offensichtlichen Augenblick. Und die am wenigsten offensichtliche Weise, eine Arbeit zu finden, bestand darin, zu Hause zu bleiben und jede Suche danach zu vermeiden.

Sozusagen.

Billy lächelte.

Er würde eine Arbeit bei Necrosoft annehmen. Und einen großen Bonus für die Übergabe von Großmutter einstreichen. Billy war durchaus imstande, zwischen den Zeilen zu lesen. Necrosoft suchte offensichtlich nach alten und behinderten Menschen, um die sich niemand sonderlich kümmerte, um mit ihnen zu experimentieren und ihre neuralen Netzscanner zu perfektionieren. So hätte Billy es gemacht, wenn er die Show geleitet hätte.

»Und das werde ich schon sehr bald«, sagte Billy und nahm den Hörer auf.

7

Gott muss die arbeitenden Klassen
wirklich lieben – ich meine,
er hat so viele von ihnen gemacht.

Anton Lavey

Ich erwachte mit grässlichen Kopfschmerzen.

»Wie fühlst du dich, Chef?«, erkundigte sich Barry.

»Bescheiden. Was ist passiert?«

»Danny hat dich auf den Kopf geschlagen, Chef.«

»Danny?« Ich rieb meinen Kopf und blickte mich um. Ich lag in einer Seitengasse. Es war alles absolut vertragsgemäß, zugegeben. Hintertür einer Bar, mit einem Neonschild oben drüber, daneben eine Feuerleiter mit einer einziehbaren unteren Sektion, jede Menge weggeworfenes Papier, leere Pappkartons. Ich spitzte die Ohren.

»Er ist zum Essen gegangen, Chef«, sagte Barry.

»Wer ist zum Essen gegangen? Danny?«

»Der Saxophonspieler, Chef. Du hast die Ohren gespitzt und nach ihm gelauscht. Du weißt schon, der einsame Saxophonist, der immer in einem offenen Fenster sitzt und traurige Weisen spielt, um einer Seitengasse wie dieser hier die richtige Atmosphäre zu verleihen.«

»Schön. Und wo ist...«

»Ich bin hier«, sagte Danny und beugte sich drohend über mich.

»Hauch mich nicht so an«, sagte ich zu ihm. »Und bau dich nicht so drohend über mir auf.«

»Du könntest dich wirklich bedanken«, sagte Danny.

»Wofür? Dass du mich niedergeschlagen hast?«

»Dafür, dass ich dir das Leben gerettet habe.«

»Machst du jetzt Witze oder was?«

»Er macht keine Witze, Chef. Hör dir an, was er zu sagen hat.«

»Ich hab dir das Leben gerettet«, sagte Danny.

»Machst du Witze oder was?«

»Das hast du schon Mal gesagt, Chef.«

»Oh, *bitte* entschuldigt.«

»Ich bin dir gefolgt«, sagte Danny und wich ein wenig von mir zurück. »Ich hatte genug davon, mich von diesem Krankenpfleger Cecil zusammenschlagen zu lassen, also bin ich auf und davon.«

»Mit gefiederten Flügeln?«, fragte ich.

»Nö. Ich versuchte mir vorzustellen, welche Möglichkeit zur Flucht die am wenigsten offensichtliche wäre, doch dann wurde mir klar, dass es wohl kaum die am wenigsten offensichtliche Möglichkeit sein könnte, wenn ich schon in der Lage war, sie mir vorzustellen. Offensichtlich hatte ich übersehen...«

»Offen gestanden, das interessiert mich einen Scheiß«, unterbrach ich ihn. »Mich interessiert, warum du mich geschlagen hast.«

»Um dir das Leben zu retten. Das hab ich doch schon gesagt.«

»Machst du Witze oder was?«

»Chef, offen gestanden entzieht sich mir der Witz dieser Zeile.«

»Tut mir wirklich ausgesprochen Leid, Barry. Bitte fahr fort, Danny, aber bleib im Wind, ja?«

»Vor einer Weile«, fuhr Danny fort, »vor einer Weile also traf ich diesen Bettelmönch in diesem Pub, und er erzählte mir eine Geschichte über diese Anhalter. Weißt du, da ist diese Flotte alter VW-Busse, und sie ...«

»Hab ich schon gehört«, sagte ich.

»Du meinst, wie sie obdachlose Menschen recyceln? Das hast du schon gehört?«

»Hab ich schon gehört, ja.«

»Hast du denn auch die Geschichte von der Frau gehört, die so tut, als wäre sie eine Krankenschwester und in Irrenanstalten herumhängt, wo sie darauf wartet, dass irgendein Patient versucht zu fliehen?«

»Äh, nein.«

»Nun, sie bringt diese Leute jedenfalls in ihrem Wagen zu diesem Haus mitten im Nichts, und sie gehen hinein und dann ...«

»Ich möchte nichts mehr davon hören. Danke sehr, dass du mir das Leben gerettet hast.«

»Nicht der Rede wert«, sagte Danny. »Du hättest sicher das Gleiche für mich getan.«

»Das ist nicht ganz zutreffend.«

»Nun ja, jedenfalls bist du jetzt draußen, so viel steht fest.«

»Zu wahr.«

»Ich meine, wie viel hättest du noch ausgehalten?«

»Du meinst hackende Klingen eines riesigen Fleischwolfs? Nicht viele, schätze ich.«

»Ich rede nicht von einem Fleischwolf. Ich meine die andere Sache. Ihr *Ding*.«

»Ihr Ding? Du meinst, es war noch schlimmer als ein Fleischwolf?«

»Verdammt richtig. Nach der Geschichte zu urteilen, die ich gehört hab, hält diese Frau ihre Opfer monatelang fest.«

»Monatelang?«

»Monatelang. Und sie macht es wieder und wieder und wieder.«

»Was?«

»Vögelt sie. Wie Sexsklaven. Sie zwingt sie morgens, mittags und abends zum Sex. Und nachts.«

»Schlag ihn nicht, Chef!«

»Zu spät, Barry.« Ich hatte Danny einen feinen rechten Haken verpasst, und er landete zwischen den Kartons. »Du dämlicher Bastard!«, brüllte ich ihn an.

»Sieh es von der positiven Seite, Chef.«

»Was denn, es gibt eine positive Seite?«

»Wenn du Monate als Sexsklave verbracht hättest, würdest du deinen Fall nicht gelöst bekommen, stimmt's?«

»Nein. Schätze, du hast Recht.« Unsicher rappelte ich mich hoch, ging zu Danny und verpasste ihm noch den ein oder anderen guten Tritt.

»Hast du dich endlich ausgetobt, Chef?«

»Ja, Barry. Hab ich.«

»Sehr gut. Wohin gehen wir als Nächstes?«

Ich deutete auf das Neonschild. »Was sagt dir dieses Schild?«, fragte ich.

»Es sagt mir AUSGANG, Chef. Andererseits – was weiß ich schon?«

»Aufwachen, Barry! Ich bin im Lazlo-Woodbine-Modus. Am Ende des ersten Kapitels auf den Kopf geschlagen, und aufgewacht in einer hässlichen Seitengasse. Woodbine arbeitet nur an vier Orten, weißt du noch? Also, wie lautet der Nächste auf der Liste?«

»Eine Bar, Chef. Eine Bar, wo du herumstehen und eine Menge alten Mist quasseln kannst. Worin du im Übrigen einsame Spitze bist.«

»Die letzte Bemerkung werde ich ignorieren, um unserer Freundschaft willen. Aber eine Bar ist es, ja? Würde es dir etwas ausmachen und den Namen der Bar zu erraten, die als Nächstes an der Reihe ist?«

»Könnte das vielleicht Fangio's Bar sein, Chef?«

»Ist es nicht immer Fangio's Bar?«

Und das war sie tatsächlich immer. Oder zumindest in den Thrillern von Lazlo Woodbine. Fangio der Barmann war nämlich Woodbines bester

Kumpan. Woodbine ging immer zu Fangio's, um eine Menge alten Blödsinn zu quatschen und eine Dame mit Schwierigkeiten kennen zu lernen. Die Signifikanz der Schwierigkeiten dieser Dame würde nicht augenblicklich erkenntlich werden, doch sie würde sich auf clevere Weise in den Fall einschleichen, an dem Woodbine gerade arbeitete. Die Dame würde Woodbine unausweichlich Unrecht tun, doch das taten sie schließlich alle, und am Ende würde er sie kriegen und sie würde ihm helfen, den Fall zu lösen. So erledigte Woodbine sein Geschäft; hier oder da oder sonst wo.

»Also komm«, sagte Barry. »Bringen wir's hinter uns.«

Ich stieß die Tür auf, betrat einen schmuddeligen Flur und kam in einer gleichermaßen schmuddeligen Bar heraus.

Ich sage gleichermaßen schmuddelig, doch das passt nicht ganz. Diese Bar war trostlos. Was heißen soll, ihr fehlte es an Glanz. Es war eine freudlose Bar, ungemütlich und nicht einladend. Es war eine abstoßende, kummervolle, düstere und langweilige Bar. Eine Bar, die dunkel und melancholisch wirkte. Langgesichtig und jammervoll. Verdrießlich. Ein trauriger Ort von einer Bar. Eine Absteige, eine Spelunke, ein verruchter Schuppen, ein Bums. Eine Pinte ...

»Hör schon auf«, sagte Fangio. »Ich hab gerade erst renovieren lassen.«

Ich warf einen Blick auf den fetten Knaben. Dort stand er hinter dem Tresen, groß und dick wie im richtigen Leben und mit einem Grinsen im Gesicht wie eine tote Katze auf dem Weg zur Hölle. Fangio war stattlich, was so viel heißt wie, er war …

»Ich hab gesagt, du sollst aufhören.«

»'tschuldige, Fangio«, sagte ich. »Ich hab nur laut gedacht.«

»Wenn das ein Running Gag sein soll, dann ist es ein beschissener.«

O wie wir lachten.

Obwohl ich mich nicht erinnere warum.

Fangio rief mich zu sich an den Tresen, und ich setzte mich auf einen Hocker. »Neue Hocker«, stellte ich fest, während ich es mir bequem machte.

»Hab sie bei einer Geschäftsauflösung erstanden«, sagte der dicke Knabe.

Und wir lachten erneut.

Und dann hörten wir auf zu lachen.

»Der Witz dieser Pointe entzieht sich meinem Verständnis«, sagte Fangio.

Ich nahm meinen Fedora vom Kopf und fummelte an der Krempe. »Ich denke, es geht um Assoziationen und Scheißhaushumor«, erklärte ich. »Du hast Scheiße gesagt, und ich hab Scheiße gesagt, und dann haben wir gelacht.«

»Was für merkwürdige Charaktere wir doch sind«, sagte Fangio.

Und das stimmte. Wir waren merkwürdige Charaktere.

»So«, sagte Fangio, nachdem wir endlich aufgehört hatten zu lachen und er mir einen Bourbon und einen Teller Twiglets hingestellt hatte. »Nachdem wir das jetzt hinter uns gebracht haben – was hältst du von den Stühlen?«

Ich betrachtete Fangios neue Stühle. »Überproportional groß«, sagte ich. »Wo hast du die her?«

»Von Große Stühle ›Я‹ Us.«

»Und das waren die größten, die sie hatten?«

»Es waren die kleinsten.«

»Ich sehe«, sagte ich. Doch ich sah nichts.

»Ich sehe, du siehst«, sagte Fangio. Aber ich glaube, er hat gelogen.

Wir lachten erneut, nur um sicher zu sein, und ich machte mich über meine Twiglets her.

»Und?«, erkundigte sich der dicke Bursche. »Wie läuft's mit deinem Fall?«

»Es geht. Diese Handtasche ...«

»Eine Handtasche?« Fangio stieß einen überraschten Pfiff aus. »Den ganzen Tag höre ich nichts als Handtasche hier, Handtasche da. Eine Handtasche also?«

»Was denn, alles redet von der Handtasche?«

»Alles. Heute Morgen beispielsweise. Ich stehe hier hinter dem Tresen und kümmere mich um meine eigenen Angelegenheiten, als dieser Typ in die Bar kommt. Gewöhnliches Aussehen, schicker Anzug, Krawatte, polierte Schuhe, aber irgendetwas ist mit seinem Kopf.«

»Seinem Kopf?«

»Winzig«, sagte Fangio. »Er hat einen winzigen Kopf, ungefähr so groß wie eine Orange.«

»Du erzählst mir einen vom Pferd.«

»Ich schwöre, dass es die Wahrheit ist! Nun ja, der Typ jedenfalls bestellt ein Bier, und dann bemerkt er, dass ich ihn anstarre, und er sagt: ›Schießen Sie los, fragen Sie mich‹, und ich sage, ›Was denn fragen?‹, und er sagt, ›Wegen meinem Kopf‹, und ich sage, ›Ich hatte eigentlich nicht die Absicht‹, und er antwortet ›Nun, ich erzähl's Ihnen trotzdem‹, und das macht er dann auch.

›Ich hab nicht immer so ausgesehen‹, sagt er und deutet auf seine winzige Birne. ›Früher einmal war ich Obermaat an Bord der *Mary Grey*, eines Kreuzfahrtschiffs aus San Francisco. Ich war immer ein Mann für die Frauen, verstehen Sie, und ein Job wie der war wie geschaffen für mich. Schicke Uniform und reichlich ungebundene Frauen auf der Suche nach Liebe. Ich hab's morgens, mittags, abends und nachts gemacht, und es war wunderbar.‹«

»Bastard«, sagte ich.

»Ganz genau«, stimmte Fangio mir zu. »›Jedenfalls‹, fährt der Bastard fort, ›jedenfalls waren wir auf dieser speziellen Fahrt schon einige Tage von San Francisco weg und ich erfreute mich der Aufmerksamkeit einer besonders üppig gebauten jungen Frau, die es am liebsten im Rettungsboot machte. Eines Nachts, wir waren gerade mittendrin, trat sie unerwartet aus, und ich ging über Bord. Das Schiff rauschte davon, und ich trieb mutterseelenallein im Meer. Ich dachte schon, es sei vorbei, das kann ich Ihnen sagen, aber irgendwie hielt ich mich über Wasser. Zwischendurch verlor ich immer wieder das Bewusstsein. Irgendwann sah ich einen Burschen vorbeirudern. Er benutzte ein Schwertfischschwert als Paddel, aber er hat meine Hilferufe nicht gehört. Nach einer Zeit, die mir vorkam wie eine Ewigkeit, wurde ich endlich an eine Insel gespült.

Ich hatte genug zu essen. Ich fing Fische und pflückte Früchte, und irgendwie habe ich überlebt. Doch ich war verrückt vor Einsamkeit und aus Mangel an weiblicher Gesellschaft. Ich sehnte mich nach einer Zigarette. Und dann, eines Tages, ich gehe gerade am Strand entlang, stolpere ich über diese Handtasche.‹«

»Eine Handtasche?«, fragte ich.

»Eine Voodoo-Handtasche«, sagte Fangio. »Aber soll der Bursche es weitererzählen. ›Ich erkannte sie augenblicklich‹, sagt er also, ›weil wir nämlich vor einer Weile in Haiti angedockt hatten und ich in einem der Voodoo-Tempel gewesen bin, um die schwarzen Mädchen ohne Sachen tanzen zu sehen. Und auf einem der Altäre hab ich eine von diesen Handtaschen gesehen. Ganz von Schädeln überzogen. Wirklich unheimlich. Also hob ich diese Handtasche vom Strand auf und öffnete sie. Heraus kommt diese wundervolle Frau. Wie ein Dschinn materialisiert sie vor meinen Augen ...‹«

»Hör auf«, sagte ich.

»Halt die Klappe«, sagte Fangio. »Es geht noch weiter. ›Du hast mich aus der Voodoo-Handtasche befreit‹, sagte die Dschinnie zu mir, ›in der ich seit tausend Jahren gefangen war. Als Belohnung erfülle ich dir einen Wunsch.‹ Ich hätte sagen sollen: ›Schaff mich von dieser Insel‹, doch das sagte ich nicht. Ich sah nur diese wunderschöne Frau vor mir, und ich lechzte nach ihr. ›Ich will mit dir schlafen‹, sagte ich. Doch die wunderschöne Dschinnie schüttelte den Kopf. ›Dschinnies haben da unten nichts‹, antwortete sie und deutete auf ihren Schoß. ›Ich war verzweifelt, deswegen sagte ich . . .‹«

»XXXXXXXXXXXXXXXXXXXXXXXXX.«[1]

»Richtig«, sagte Fangio. »Wie bist du darauf gekommen?«

»Weil es ein dämlicher alter Witz ist und ich ihn schon kannte.«

»Ich kannte ihn noch nicht«, sagte der dicke Bursche. »Und du glaubst also, er hat die Geschichte erfunden?«

»Ich glaube, *du* hast sie erfunden.«

»Ach ja?« Fangio griff unter den Tresen und brachte etwas zum Vorschein, das aussah wie ein winziger Homburg. »Und was hältst du von dem hier, Lutscher? Er hat nämlich seinen Hut vergessen.«

Ich untersuchte besagten Hut. »Das«, sagte ich zu Fangio, »ist der Hut einer Handschuhpuppe. Der Hut von Norris der Beule, um präzise zu sein. Norris die Beule ist die Schöpfung eines Comiczeichners namens Albert Tupper und stammt aus den fünfziger Jahren. Albert schrieb eine ganze

1 Zensiert.

Serie von Büchern basierend auf Norris' Abenteuern. Norris war die Beule auf dem Hals eines Nachtclubbesitzers, und er geriet in alle möglichen lustigen Geschichten. Leider war die Welt noch nicht bereit für Bücher über Furunkel, und Albert starb verarmt und einsam, das tragische Opfer eines ungeklärten Unfalls, bei dem Gummibänder und eine Badehaube eine Rolle gespielt haben.«

Fangio stieß einen Pfiff aus. »Du kennst dich ganz gut aus mit deinen Nebenschauplätzen«, sagte er anerkennend.

»Freund«, sagte ich zu ihm, »in meinem Geschäft kann der Unterschied, sich auf seinen Nebenschauplätzen auszukennen oder nicht, den ganzen Unterschied ausmachen. Ob man ins Gras beißt oder aufs Pflaster kotzt, wenn du weißt, was ich meine, und ich bin sicher, dass du es weißt.«

»Entschuldige, Chef«, mischte sich Barry ein. »Ich hasse es wirklich, dich zu unterbrechen. Soweit ich weiß, gehört es zur Methodik von Lazlo Woodbine, eine Menge dummes Zeugs in einer Bar zu reden. Aber ich kann mir nicht helfen, ich habe das Gefühl, wir verlieren hier ein wenig den Handlungsfaden.«

»Geduld, Barry, Geduld. Beizeiten wird alles klar werden.«

»Ja, sicher.«

»So«, sagte Fangio. »Tut mir Leid, dass du mir die Geschichte von dem Mann mit dem kleinen Kopf nicht glaubst. Vielleicht würdest du sie glauben, wenn ich dir die Handtasche zeigen würde.«

»Er hat die Handtasche hier gelassen? Die Voodoo-Handtasche?«

»Er meinte, es sei ihm peinlich, sie mit sich herumzuschleppen. Sagte, die Leute würden ihn immer so anstarren.«

»Zeig mir diese Voodoo-Handtasche, und zeig sie mir jetzt.«

»Sicher«, antwortete Fangio und griff nach unten. »Nein, Augenblick noch, ich muss zuerst noch diesen Gast hier bedienen.«

Ich wandte mich zu dem fraglichen Gast um, und ich gestehe freimütig, dass mir gefiel, was ich sah. Sie war wunderschön. Eine Göttin. Eine Helena von Troja. Eine Aphrodite. Eine Venus. Elegant und erhaben, katzenhaft, lieblich, voller Ausstrahlung und Anziehungskraft, süß und üppig ...

»Ich mag die Art und Weise, wie Sie denken«, sagte sie und grinste mich durch eine Zahnlücke hindurch an.

»Das für die Lady geht auf mich«, sagte ich zu Fangio und meinte das Pint vom Milden, das er ihr soeben gezapft hatte.

»Was für ein Gentleman Sie doch sind.« Sie lächelte erneut und schwang in meine Richtung herum.

»Woodbine«, stellte ich mich vor. »Lazlo Woodbine. Manche nennen mich Laz.«

»Erfreut Sie kennen zu lernen, Chas.«

»Äh, Laz«, verbesserte ich. »Mein Name ist *Laz.*«

»Oh, bitte entschuldigen Sie.« Sie legte den Kopf auf die Seite und schlug sich mit der Faust gegen das rechte Ohr. »Muss noch ein Rest von einer Möhre drinstecken«, erklärte sie. »Sie wissen ja, wie das ist – so viel man essen kann, für einen Fünfer, also steckt man den Kopf richtig tief in die Salatschüssel rein.«

Ich stimmte ihr zu (Nun ja, wer hätte ihr schon widersprochen!).

»Stopf's dir rein, solange du kannst, sag ich immer«, grinste sie (mit ihrer Zahnlücke).

»Ich könnte nicht mehr zustimmen.«

»Das glaube ich gerne.«

Fangio servierte der Dame ihr Pint. »Noch eines für Sie, Sir?«, erkundigte er sich.

»Nur einen Blick auf diese Handtasche«, entgegnete ich.

»O ja, die Handtasche. Die Voodoo-Handtasche ... wo hab ich sie gleich hingetan?«

Während er nach der Handtasche suchte, konnte ich die Dame vielleicht in eine Konversation verwickeln. Sie ein wenig beschwatzen und sehen, wohin es führte. Sie mit meiner berühmten Schlagfertigkeit beeindrucken. Sie wie einen Engel zum Schmelzen bringen und dann wie eine Violine spielen.

»Sie schwitzen nicht besonders viel für ein so fettes Mädchen«, sagte ich.

»Wie charmant«, erwiderte sie und gab mir eine Ohrfeige, die mehrere Füllungen lockerte. »Glauben Sie nicht, dass ich Ihr Spiel nicht kenne.«

Ich lächelte. »Habe ich Sie nicht schon mal auf der Leinwand gesehen?«, fuhr ich fort.

»Vielleicht.« Sie trank von ihrem Pint und wischte sich mit dem Handrücken den Schaum vom Kinn.

»Ich weiß, dass ich Sie schon mal gesehen hab«, sagte ich. »Ich weiß bloß nicht wo.«

Sie drehte das Gesicht seitwärts und deutete auf ihre spitze Nase.

»Ich hab's!«, sagte ich. »Jede Wette, Sie sind Jabba the Hutt!«

Sie boxte mich auf mein großes Maul. »Sie Casanova«, kicherte sie sittsam. »Sie sind noch mein Tod.«

Ich klickte probehalber mit dem Unterkiefer. Er schien nicht gebrochen. »Sie haben eine gute Rechte«, sagte ich im Tonfall eines Mannes, der sich mit diesen Dingen auskennt. »Aber was halten Sie hiervon?« Ich versetzte ihr einen gemeinen Tritt in den Magen.

Sie klappte zusammen wie vom Blitz getroffen, doch sie erholte sich verblüffend schnell. »Sie wissen, wie man eine Lady behandelt«, sagte sie, als sie mir den Kopf gegen die Nase rammte.

Ich prallte hart auf dem Boden auf, doch ich wusste, dass ich dabei war, sie rumzukriegen. Als ich wieder auf den Beinen war, nahm ich einen Hocker und zog ihn über ihren Schädel. »Zu dir oder zu mir?«, fragte ich.

»Zu mir«, antwortete sie und zog ein Messer.

»Ich unterbreche euch Turteltäubchen nur

ungern«, sagte Fangio, »aber ich habe die Handtasche gefunden.«

Ich trat der Dame das Messer aus der Flosse und knockte sie mit einem Schwinger an die Schläfe aus. »Ich bin gleich wieder da, Süße«, versprach ich.

Fangio stellte die Handtasche auf den Tresen. »Und?«, fragte er. »Was sagst du nun?«

Ich warf einen sachverständigen Blick auf die Tasche. »Mein Gott«, sagte ich schließlich. »Ich glaube fast, das ist sie.«

Die Tasche war etwa fünfzig Zentimeter hoch und geformt wie eine Handtasche. Sie bestand aus Plastik und war von Schädeln bedeckt. Bills Mum hatte gesagt, ich würde sie erkennen, wenn ich sie sähe, und jetzt, da ich sie gesehen hatte, erkannte ich sie.

Augenblicklich.

Ich wusste nicht, was ich sagen sollte. Zehn lange Jahre hatte ich nach dieser Handtasche gesucht. Die Suche nach dieser Handtasche hatte mich von Bramfield in die ganze Welt und von dort aus nach Brentford geführt. Und in eine andere Dimension. Ich hatte endlose Wüsten durchquert, war in den Wäldern umhergeirrt, durch die Tundra gestolpert, war per Anhalter und per Mountainbike unterwegs gewesen, getaumelt, gewankt, getrottet, geschlurft, hatte an hohen und tiefen Orten gesucht, an weiten, fernen Plätzen, hatte mich abgeseilt...

»Hör endlich auf«, sagte Fangio. »Steck dir eine Socke rein.«

»Ich bin sprachlos«, sagte ich.

»Ehrlich?«

»Ich bin sprachlos. Ich weiß nicht, was ich sagen soll. Ich bin ohne Worte. Ich bin von den Socken. Ich traue meinen Ohren nicht. Ich ...«

»Das Geheimnis, Chef«, sagte Barry, »ist das Wissen, wann man aufhören muss.«

»Du hast Recht, Barry. Aber wir haben es geschafft! Wir haben die ganz große Nummer gezogen! Wir haben den Fall gelöst. Wir haben die Dinge geregelt bekommen, wie es im Vertrag steht.«

»Das haben wir, Chef.«

»Wir haben sämtliche Hindernisse beiseite gewischt. Wir haben uns gegen den Strom gestemmt. Wir haben den Sturm gemeistert. Wir haben sämtliche Schwierigkeiten bewältigt. Wir ...«

»Gib mir sofort die Handtasche, du Scheißkopf!«

Ich drehte mich einigermaßen verwirrt um.

In der Tür zu der trostlos trübseligen Bar stand Danny. Er hielt eine Pistole in der Hand.

»Danny«, sagte ich. »Das nenne ich aber eine Überraschung! Ich dachte, wir hätten uns in der Seitengasse freundlich verabschiedet?«

»Schieb einfach nur die Tasche über den Tresen zu mir. Immer hübsch langsam. Mach nur keine überhasteten Bewegungen.«

»Warum machst du das, Danny?«, fragte ich, während ich tat, worum er mich bat.

»Weil ich die Wahrheit kenne, darum. Ich weiß, was mit der Voodoo-Handtasche gemacht werden muss.« Danny streckte die Hand danach aus.

»Fass die Tasche nicht an, Kleiner!«

Ich blickte mich vorsichtig um. Fangio hatte seinen Colt Peacemaker unter dem Tresen hervorgezogen. Er zielte damit auf Danny.

»Leg die Pistole auf den Boden, Kleiner«, sagte Fangio, und Danny legte die Pistole auf den Boden.

»Gut gemacht, Fangio«, sagte ich.

»Aber nicht gut genug!«

Ich blickte mich einmal mehr um. Die Dame war wieder auf den Beinen. Sie hielt einen Derringer auf Fangio gerichtet. »Waffe fallen lassen«, befahl sie. »Diese Handtasche kommt mit mir.«

Fangio legte seinen Colt auf den Tresen.

»Gut gemacht, Lady«, sagte ich. »Nein, warten Sie. Die Handtasche kommt mit mir? Das kann nicht richtig sein.«

»Nur ich allein kenne die Wahrheit!«, sagte die Dame halsstarrig.

»Das wollte ich auch sagen«, beschwerte sich Fangio. »Aber Sie haben mir nicht den Hauch einer Chance dazu gegeben!«

»Nur ich kenne die Wahrheit!«, sagte jemand anderes. Was mir die Gelegenheit zu einem weiteren Blick in die Runde verschuf.

Ein Mann stand in der Eingangstür. Er war ein gut gekleideter Mann, schicke Krawatte, tadellos geputzte Schuhe. Doch irgendetwas mit seinem Kopf erschien merkwürdig. Er war winzig. Ungefähr von der Größe einer Orange.

»Lassen Sie den Derringer fallen«, sagte der Mann zu der Lady. Und die Lady ließ den Derringer fallen.

»Lassen Sie die Pistole fallen!«, sagte Danny, der seine Pistole wieder vom Boden aufgehoben hatte.

»Lass die Kanone fallen«, sagte Fangio, der seine Waffe ebenfalls wieder an sich genommen hatte.

»Lass die Kanone fallen!«, verlangte die Dame, die es ihm nachgemacht hatte.

Und ich stand tatenlos mittendrin. Mittendrin im legendären mexikanischen Patt. Fangio hielt seine Kanone auf Danny gerichtet. Danny hielt seine Pistole auf die Lady gerichtet. Und die Lady hielt ihre Pistole auf Fangio gerichtet.

Und weil niemand mit irgendeiner Waffe auf mich zielte, nahm ich die Voodoo-Handtasche an mich und machte mich damit aus dem Staub.

8

Information will frei sein.

Cyberpunk-Maxime

Billy nahm zwei Koffer mit zum Bahnhof. Einer enthielt seine Kleidung. Der andere seine Großmutter. Es war inzwischen Mittwochmorgen, und wie an jedem Mittwochmorgen nahm Billys Mutter ihr Frühstück auf einem hohen Baum am Ende des Gartens ein, daher hatte Billy die Gelegenheit genutzt und war durch die Vordertür nach draußen geschlüpft.

Die telefonische Unterhaltung am Abend zuvor war überhaupt nicht nach Billys Geschmack gewesen. Der Mann von Necrosoft hatte sich vage und ausweichend gegeben und Billys Fragen nicht zu Billys Zufriedenheit beantwortet. Er hatte Billy fünfzig Mäuse für seine Großmutter angeboten, aber nur, wenn »keine weiteren Fragen« gestellt würden – und den Hörer aufgelegt, als Billy weitere Fragen gestellt hatte. Billy hatte zurückgerufen, doch es war niemand mehr an den Apparat gegangen.

Also machte Billy sich auf den Weg nach Brentford.

Er würde die Büros von Necrosoft im Sturm nehmen.

Doch es würde ein sanfter Sturm werden. Mehr ein laues Lüftchen, wirklich. Eine Brise, die Billy ganz sanft zu einer Stelle verhelfen würde. Sobald das Management Billy erst kannte, würden alle zutiefst von seiner eminenten Eignung beeindruckt sein. Billy wäre genau der Mann, den sie brauchten. Er würde perfekt in die Firma passen. Schließlich sah er aus wie alle anderen.

Nur er allein wusste, dass er *anders* war.

Und wie sehr er *anders* war.

Billy stieg am Bramfield Halt in den Postzug nach London. Er besaß keine genaue Anschrift von Necrosoft – in dem Paket hatte lediglich Brentford, Middlesex, gestanden, und der wenig hilfreiche Typ am Telefon hatte sich geweigert, Billy die Adresse zu nennen. Doch das bedeutete für Billy kein Problem.

Sobald Billy ein leeres Abteil gefunden hatte, wuchtete er den Koffer mit seiner Großmutter darin hinauf auf den Gepäckträger und öffnete den anderen Koffer auf den Knien, um ein kleines buntes Päckchen herauszunehmen. Die Anschrift lautete einfach NECROSOFT INDUSTRIES, BRENTFORD, MIDDLESEX. Billy schloss den Koffer wieder und hob ihn hinauf auf den anderen Gepäckträger. Dann ging er durch den Zug nach hinten zum Postwagen, und als der Schaffner einen Augenblick lang unaufmerksam war, schob er das Paket in den Postsack mit der Aufschrift BRENTFORD.

Anschließend ging Billy in den Speisewagen und erstand eine Tasse Tee.

Für die meisten Reisenden, die mit dem Zug nach Brentford kommen, ist der erste Anblick der Gemeinde ein unvergessliches Erlebnis. Der Himmel scheint blauer über Brentford, das Gras grüner, die Bäume höher, der Fluss flüssiger. Und die gelben Londoner Ziegelsteine, die grauen Schieferdächer, die roten Schornsteine. Die Frauen mit den hübschen Gesichtern, die glücklichen singenden Kinder, die Handelsvertreter an den Türen. Der Geruch von Geißblatt und von Buschrosen und die süßen wilden …

Billy gab seine Koffer in der Gepäckaufbewahrung ab, dann trat er hinaus auf den Vorplatz, rauchte eine Zigarette und drückte mit der anderen Hand das helle freundliche Plastikdings, das er mit seinem Paket erhalten hatte.

Schließlich kam ein Lieferwagen, um die Postsäcke aufzusammeln. Billy folgte ihm zwei Straßen weit zur Postmeisterei. Draußen rauchte er zwei weitere Zigaretten und drückte das Plastikdings ein wenig mehr. Dann folgte er dem Postboten, der mit einem Fahrrad aus dem Amt kam.

Über dem Vorderrad war ein großes Gestell, und auf dem Gestell lagen mehrere braune Pakete und ein helles, buntes Paket.

Das behielt Billy im Auge.

Der Postbote begann seine Runde. Es war ein sehr kleiner Postbote. Entschieden zwergenähnlich. Billy fragte sich, ob er möglicherweise ein Waliser war.

Der kleine Postbote ging seiner Tätigkeit recht gemächlich nach. Er trödelte und bummelte und knatterte und zauderte. Er starrte in Schaufenster und pflückte Blumen im Park. Er nahm eine Abkürzung durch die Schrebergartensiedlung, aber nur, um in eine der Parzellen einzubrechen und ein paar Rosenkohle zu stehlen. Es war nahezu drei Uhr nachmittags, bevor er sein Fahrrad endlich neben einer vernagelten Bretterfassade abstellte und Billys Paket aus seinem Gestell nahm.

Billy eilte vor. Er drückte sich hastig zwischen den Postboten und den Eingang.

»Irgendetwas für Necrosoft?«, erkundigte er sich. »Ich nehme es, ich muss sowieso hinein.«

Der kleine Postbote blickte ihn von unten herauf an. »Es kostet aber drei Mäuse«, sagte er.

»Kostet es nicht«, sagte Billy, der genau wusste, dass er das Paket ausreichend freigemacht hatte.

»Und woher wollen Sie das wissen?«

Billy lächelte. Ja, woher wollte er es wissen? »Drei Mäuse?«, fragte er, kramte die Münzen aus der Tasche und gab sie dem kleinen Postboten.

»Einen schönen Tag noch«, sagte der Postbote und reichte Billy das Paket.

Billy sah dem schlendernden, trödelnden, trottenden Zwerg hinterher. Dann nahm er die Fassade des Gebäudes in genaueren Augenschein. Sie sah ganz und gar nicht so aus, wie er es erwartet hätte. Erwartet hätte er nämlich ein großes Bürogebäude, mit Spiegelglas und Bauhausmobiliar.

Warum sollte Necrosoft, die »vorderste Front der Computertechnologie«, in einer solchen Bruchbude untergebracht sein?

Billy drückte die Vordertür auf. Sie quietschte in den Angeln. Er streckte den Kopf ins Innere und schnüffelte. Die Luft roch abgestanden. Er betrat den Laden. Offensichtlich war es früher einmal ein Textilgeschäft gewesen. Der größte Teil des alten Inventars und der alten Einrichtung war noch vorhanden, staubbedeckt und von Spinnweben überzogen. Trübes Licht schimmerte durch ungeputzte Fenster und beleuchtete eine Schneiderpuppe, die wie ein gepfählter Torso herumstand, sowie ein paar modrige Wollknäuel, die aussahen wie Schrumpfköpfe. Es war nicht gerade der Anblick, der Zuversicht in Billy erweckte.

Der Junge sah zu Boden. Er bemerkte zahlreiche Fußabdrücke im Staub, die aus dem Laden nach...

Wohin?

Zu einer Treppe im hinteren Teil führten.

Billy durchquerte den Laden und tastete sich die unbeleuchtete Treppe hinauf.

Am Ende befand sich eine Tür.

Billy öffnete die Tür.

»Herein«, sagte eine Stimme. »Sie sind spät dran.«

Billy fand sich in einem düsteren kleinen Raum wieder. Erhellt von einer einzelnen nackten Glühbirne und mit nichts anderem als einem Tisch und zwei Stühlen möbliert. Hinter dem Tisch und auf einem der Stühle saß ein junger Mann. Er war blass, besaß tief liegende Augen, einen Stoppelbart und wirkte ungepflegt. »Setzen Sie sich«, sagte der junge Mann, und Billy setzte sich.

»Also schön«, sagte der junge Mann. »Ich wollte eigentlich fragen, wie Sie es gemacht haben, aber ich sehe das Paket. Sehr einfallsreich.«

»Danke sehr«, sagte Billy.

»Und höflich obendrein«, sagte der junge Mann.

»Ich gebe mir Mühe.«

»Jede Wette.«

»Ist dies das Büro von Necrosoft?«, fragte Billy.

Der junge Mann nickte und versprühte eine Wolke von Schuppen. »Sie haben etwas viel Schickeres erwartet, jede Wette.«

»Man kann ein Buch nicht immer nach seinem Einband beurteilen«, erwiderte Billy vorsichtig.

»Kann man schon, wenn es von Johnny Quinn geschrieben ist«, entgegnete der junge Mann. »So, dann wollen wir mal einen Blick auf Sie werfen. Stehen Sie auf.«

Und Billy stand auf.

»Setzen Sie sich.«

Und Billy setzte sich.

»Stehen Sie auf.«

Und Billy stand noch einmal auf.

»Bleiben Sie stehen.«

Und Billy blieb stehen.

»Das ist beeindruckend, nicht wahr?«, fragte der junge Mann.

»Was ist beeindruckend?«

»Die Art und Weise, wie Sie genau das machen, was man Ihnen sagt.«

»Wenn Sie es sagen.«

»Sage ich. Und ich werde es beweisen. Holen Sie Ihren Willy hervor.«

»Was?«, fragte Billy.

»Ihren Willy. Wackeln Sie damit. Ich will ihn sehen.«

Langsam öffnete Billy seinen Reißverschluss und zeigte dem jungen Mann seinen Willy.

»Meiner ist größer«, sagte der junge Mann. »Jetzt stecken Sie ihn wieder weg und setzen Sie sich.«

Billy gehorchte in beträchtlicher Konfusion.

»Fragen Sie sich, wie man es macht? Warum Sie getan haben, was ich Ihnen gesagt habe?«

Billy nickte.

»Holen Sie das kleine Plastikdings aus der Tasche.«

Billy holte das kleine Plastikdings aus der Tasche.

»Legen Sie es auf den Tisch.«

Billy wollte es auf den Tisch legen, doch es ging nicht.

»Will sich nicht von Ihnen trennen, wie? Das wollen sie nie.«

»Ich verstehe nicht.«

»Selbstverständlich nicht. Aber ich werde es Ihnen erklären. Das Plastikdings ist mit einer speziellen Substanz imprägniert. Sie macht süchtig, und sie macht einen unterwürfig.«

»So eine Substanz gibt es nicht«, sagte Billy.

»O doch, so eine Substanz gibt es. Sie kommt aus dem Amazonasgebiet. Johnny Quinn hat sie entdeckt.«

»Und wer ist dieser Johnny Quinn?«

»Sie haben noch nie von Johnny Quinn gehört?«

»Nie.«

»Das liegt wahrscheinlich daran, dass Sie anders sind, verstehen Sie? Sie sind wie ich. Ich bin auch anders. In ein paar Jahren werden die Dinge grundlegend anders sein als heutzutage. Und das ist der Zeitpunkt, an dem Menschen wie wir ins Spiel kommen. Wir sind die Vorhut der neuen Bewegung.«

»Sind wir?«

»Sind wir. Die Welt ist voller gieriger Bastarde, die nur zu gerne ihre alten Großmütter verkaufen würden. Doch nach ihnen suchen wir nicht. Nun ja, eigentlich schon, doch nicht jetzt, noch nicht. Für den Augenblick suchen wir nach den *anderen* gierigen Bastarden. Den Besonderen. Den Bastarden, die anders genug sind, um ihren Verstand zu benutzen und den Weg zu uns zu finden.«

»So viel Verstand war gar nicht erforderlich«, sagte Billy. »Es war im Gegenteil sogar ziemlich einfach.«

»Seien Sie nicht so bescheiden.«

»Also schön«, sagte Billy. »Ich bin nicht mehr so bescheiden.«

»Richtig. Sie sind nicht mehr bescheiden. Nicht, wenn ich es Ihnen sage. Sie tun, was auch immer ich sage. Ganz gleich, was ich sage. Ich kann Sie alles tun lassen, was ich will. Nur indem ich Sie bitte. Also sind Sie besser freundlich zu mir, wenn Sie wissen, was gut ist für Sie und was nicht.«

Billy nickte nachdenklich. »Haben Sie auch so eins von diesen kleinen Plastikdingern?«, fragte er.

»Selbstverständlich habe ich eines davon.«

»Bitte zeigen Sie es mir.«

Der junge Mann nahm es aus der Tasche und hielt es fest umklammert. »Ich werde es Ihnen nicht geben«, sagte er. »Also verschwenden Sie erst gar nicht Ihre Zeit mit der Frage.«

»Oh, ich hatte nicht die geringste Absicht, Sie danach zu fragen. Aber Ihr Ding ist ohne Zweifel größer als meines.«

»Wie mein Willy«, sagte der junge Mann.

»In der Tat«, sagte Billy. »Aber ich wette, meines wiegt mehr.«

»Seien Sie nicht absurd«, sagte der junge Mann.

»Jede Wette, dass es mehr wiegt. Hier«, Billy streckte die Hand aus, »nehmen Sie es und vergleichen Sie die beiden. Sagen Sie mir, dass ich mich irre.«

»Okey-dokey.« Der junge Mann streckte die Hand nach dem Plastikdings aus und nahm es an sich. Billy überkam ein Gefühl von schrecklichem Verlust, als es aus seinem Besitz überging. Als wäre ihm der kostbarste Gegenstand, den er jemals besessen hatte, mit brutaler Gewalt entrissen worden. Er biss sich auf die Unterlippe und hielt sich am Tischrand fest. Schweiß brach ihm aus, und sein Atem ging in erstickten Zügen.

»Hier, nehmen Sie es zurück«, sagte der junge Mann. »Es ist genau das Gleiche wie meins, wirklich.«

»Nein«, sagte Billy zwischen zusammengebissenen Zähnen hindurch. »Behalten Sie es.«

»Oh, danke sehr!«, sagte der junge Mann und grinste breit. Er steckte sich Billys Schatz in die Hosentasche.

Billy atmete mehrere Male tief durch, bevor auch er breit grinste. Sehr breit sogar. »Und jetzt«, sagte er langsam, »zeigen Sie mir Ihren Willy.«

Eine Woche später fischte die Polizei den Leichnam des jungen Mannes aus dem Brentforder Kanal. Nach dem Bericht des Leichenbeschauers handelte es sich bei dem Toten um das Opfer eines sexuellen Übergriffs. Doch das war nicht die Todesursache. Die Todesursache war Ersticken, verursacht durch ein kleines leuchtendes Plastikdings, das in seiner Luftröhre steckte.

9

Life is a Joke

J. Penny Ii
(An die Schultafel gekritzelt, kurz bevor er sich im Alter von siebzehn Jahren das Leben nahm.)

»Ich bin beeindruckt«, sagte Blazer Dyke. »Ich bin sogar sehr beeindruckt, alles, was recht ist.« Er saß an seinem Schreibtisch aus Zedernholz in seinem luftigen Büro mit dem offenen Fenster, das auf den Kirchplatz der St. Joan's Church von Brentford zeigte.

»Wirklich bemerkenswert«, fuhr er fort. »Es sieht wirklich ganz danach aus, als hätten Sie das Zeug dazu, wie man so schön sagt.«

Das Objekt seiner Beeindruckung saß auf der anderen Seite des Zedernholzschreibtischs. Der Name des Objekts war Billy Barnes.

»Meine Aktionen sollten beeindrucken, das war ihr Zweck«, gestand das Objekt. »Der junge Mann hat all meine Fragen bezüglich Ihrer Organisation beantwortet, bevor ihn sein tragisches Schicksal ereilte. ›Necrosoft macht sich seine eigenen Gesetze, was Recht und Moral angeht‹, war eine der Phrasen, die er häufiger benutzte.«

»Und eine, auf die ich ganz besonders stolz bin«,

sagte Blazer Dyke. »Hätten Sie Lust auf eine Tasse Tee?«

»Absolut nicht. Und ich behalte auch meine Gummihandschuhe an, wenn Sie nichts dagegen haben.«

»Unbezahlbar. Sie werden es weit bringen in dieser Organisation.«

»Nichts anderes beabsichtige ich«, sagte Billy.

Blazer Dyke lehnte sich in seinem Stuhl zurück und starrte den jungen Mann auf der anderen Seite des Schreibtischs an. Es war bemerkenswert, wie wenig bemerkenswert er äußerlich erschien. Wie vollkommen durchschnittlich. Wie absolut gewöhnlich. Aber so sollte es sein. Er war der Richtige. Er sah richtig aus, wie er dort saß, als müsste es der Platz sein, an dem er saß. Er passte hinein.

Blazer Dyke erhob sich aus seinem Stuhl. »Bitte entschuldigen Sie», sagte er. »Aber setzen Sie sich doch bitte auf meinen Platz, ja?«

Billy stand auf, kam um den Zedernholzschreibtisch herum und setzte sich auf Blazer Dykes Platz. Blazer musterte ihn von oben bis unten und schüttelte dann leicht den Kopf. »Äußerst bemerkenswert, wirklich äußerst bemerkenswert. Sie sehen aus, als gehörten Sie dorthin. In der Tat, sehr bemerkenswert.«

Billy lächelte. »Ich bin ja so froh, dass Sie es gutheißen«, sagte er.

»Oh, ich heiße es nicht gut. Aber ich verstehe Sie, Billy. Wir verstehen einander, glaube ich.«

»Insoweit, als dass wir *anders* sind, ja.«

»*Anders.*« Blazer Dyke verscheuchte Billy von seinem Stuhl und warf sich selbst wieder hinein. »Ihre Begabung ist es, perfekt hineinzupassen. Meine Begabung ist die Organisation. Gemeinsam geben wir ein perfektes Team ab. Doch eines sollten Sie wissen, Billy. Ich missbillige zwar nicht, was Sie mit dem jungen Mann gemacht haben, aber ich heiße es auch nicht gut. Ich stehe dem Geschehen mit Distanz gegenüber, das ist alles. Sie haben eine Schwachstelle in der Organisation aufgedeckt, die in der Zwischenzeit behoben wurde. Mein Personal wird keine weiteren ›tragischen Unfälle‹ mehr erleiden. Haben Sie das verstanden?«

»Vollkommen, ja.«

»Außerdem sollten Sie die Erfahrung als Teil des Lernprozesses begreifen.«

»Wie das?«

»Sich besser in Acht zu nehmen.«

»In welcher Hinsicht?«

»Der Raum wurde per Video genau überwacht. Das Modernste vom Modernen. Ihre Handlungen wurden sämtlich aufgezeichnet und ausgewertet.«

»Ich verstehe«, sagte Billy. »Dann werde ich in Zukunft also sorgfältiger sein. Danke sehr, dass Sie mich darauf aufmerksam gemacht haben.«

»War mir ein Vergnügen, mein Junge. Und nun – ich bin sicher, dass Sie gerne noch eine Reihe von Fragen stellen würden.«

»Eine ganze Reihe sogar«, sagte Billy, der gerne

eine ganze Reihe von Fragen gestellt hätte. »Ich weiß, dass der junge Mann mir erzählt hat, was er für die Wahrheit hält. Allerdings ...«

»Allerdings«, unterbrach ihn Blazer, »allerdings glauben Sie nicht, dass der junge Mann die Wahrheit gekannt hat, stimmt's?«

»Exakt.«

»Und damit haben Sie selbstverständlich Recht. Obwohl Fiktion manchmal wahrhaftiger sein kann als Fakten. Was also soll ich Ihnen sagen? Selbstverständlich wollen Sie wissen, wie diese Organisation entstanden ist? Welche Ziele sie verfolgt? Welche Pläne sie für die Zukunft hat?«

»All das, ja«, sagte Billy.

»Also schön. Necrosoft ist eine private Organisation, die sich auf die Entwicklung fortgeschrittener Computertechnologien spezialisiert hat. EMW und ATP. Elektromagnetische Waffen und artifizielle Telepathie. Zusammengefasst unter dem Oberbegriff NLWT, nicht-letale Waffentechnologie.«

»Wer finanziert diese Organisation?«, fragte Billy.

»Die amerikanische Regierung, wer sonst? Sie finanziert eine ganze Reihe privater Organisationen, um auf diese Weise das Gesetz über die Freiheit der Information zu umgehen. Fällt alles unter den Oberbegriff ›Verdeckte Operationen‹, doch in den Büchern steht es als ›Grundlagenforschung‹. Es gibt keinen Kalten Krieg mehr zwischen Ost und West, und Amerika hat keine direkten Feinde – außer natürlich den legendären ›Inneren Feinden‹.«

»Dem eigenen Volk, meinen Sie.«

»Ganz genau. Terroristen, Aktivisten, Anarchisten, Kultisten. Ganz allgemein Aufrührern und Agitatoren. Dissidenten meinetwegen. Leute, die nicht auf der Linie der Partei liegen. Die sich wehren. Und so richtet sich die militärische Technologie nicht länger gegen äußere Feinde, sondern wird zur urbanen Befriedung eingesetzt. Um die Aufrührerischen unter Kontrolle zu halten. Immer mit dem großen Ziel vor Augen, eine friedliche, stabile Gesellschaft zu schaffen.«

»Absolut«, sagte Billy.

»Absolut, ja. Wir wollen nicht unsere eigenen Leute erschießen, wir wollen sie friedlich machen.«

»Sie unter Kontrolle halten«, sagte Billy.

»Kein Ausdruck, den wir hier gerne benutzen. Doch im Grunde genommen – ja. Elektromagnetische Waffentechnik wird seit dem Zweiten Weltkrieg entwickelt. Die Nazis haben an Schallwaffen gearbeitet, die imstande waren, Fahrzeuge stillzulegen, und wie Sie vielleicht wissen, entkamen viele ihrer Top-Wissenschaftler den Kriegsverbrecherprozessen und gingen still und heimlich nach Amerika, um dort für die Regierung zu arbeiten. Die Forschung kam jedenfalls voran, und mit der Entwicklung der Mikroprozessortechnologie machte sie gewaltige Sprünge.«

»Erzählen Sie weiter«, sagte Billy.

»Werde ich, werde ich. Elektromagnetische Waffen, die imstande waren, die Motoren von Panzern und dergleichen lahm zu legen. Aber Motoren können abgeschirmt und Systeme übersteuert werden. Es ist viel leichter, eine Person außer Gefecht zu setzen als einen Panzer. Und so führte EMW schließlich zu ATP, zu artifizieller Telepathie. Und genau darauf haben wir uns hier spezialisiert.«

»Würden Sie mir bitte erklären, was es damit auf sich hat?«

»Selbstverständlich. Mit Hilfe artifizieller Telepathie sind wir imstande, eine Sendung direkt in das menschliche Gehirn abzustrahlen, ohne dass dazu ein Empfänger erforderlich wäre. Ein Mikrowellensender erzeugt ein Analog von Worten, das wir *Audiogramm* nennen. Der große Vorteil, ja, der ganze Zweck dieser Übung ist, dass der Empfänger der Botschaft nicht bemerkt, dass sie ausgestrahlt wird. Er oder sie denkt, dass es seine oder ihre eigenen Gedanken sind.«

»Bedeutet das, Sie können anderen Menschen Stimmen in die Köpfe pflanzen?«

»Stimmen. Worte. Man könnte es vereinfachend so nennen, ja. Eine sehr effektive Methode. Die gute alte ›Gott-hat-mir-befohlen-den-Präsidenten-zu-erschießen‹-Methode, Sie wissen schon. Doch wir reden hier von *Konzepten.* Wir implantieren einer Person ein Konzept, um ihre Art zu denken zu verändern. Sagen wir, wir implantieren ein Konzept von ›Schuld wegen falschen Verhaltens‹. Wir würden nichts daran ändern, dass viele Menschen sich falsch verhalten, doch die meisten würden es sich zweimal überlegen, und das wäre ein beträchtlicher Unterschied.«

»Und Sie hätten ihre urbane Befriedung.«

»Subtile Konzepte funktionieren nicht bei einer Mob-Mentalität. Da muss man schon ein wenig rabiater vorgehen. Terror wäre ein effektives Konzept, doch ein verängstigter Mann handelt irrational. Das effektivste Konzept, das wir bisher gefunden haben – und das bei weitem amüsanteste obendrein – besteht darin, dem Betreffenden das dringende Bedürfnis zu suggerieren, dass er auf die Toilette muss.«

»Sehr amüsant«, sagte Billy.

»In der Tat. Doch in Zukunft sollte es nicht mehr notwendig sein. Wir arbeiten gegenwärtig an anderen Formen experimenteller Forschung. Dem *Pleaser* beispielsweise.«

»Dem was?«

»Dem Pleaser. Sie haben selbst bemerkt, wie effizient dieses kleine Gerät arbeitet. Das bunte Plastikdings, das Sie so gerne gedrückt haben.«

»Imprägniert mit der geheimnisvollen Amazonasdroge?«

»Nun ja, das entspricht nicht ganz der Wahrheit. Es hat mehr mit Resonanz und Frequenzen zu tun. Aber verraten Sie mir eines – was, glauben Sie, ist der Grund dafür, dass sich die jungen Leute von heute so verhalten, wie sie sich verhalten? Dass sie besessen sind von Markenklamotten, Designerjeans, Turnschuhen, McDonald's und vorfabrizierter Popmusik?«

»Weil sie alle den SkyTV-Satelliten als Geburtssternzeichen haben?«

»Das ist möglicherweise ein Teil der Gründe, ja«, gestand Blazer Dyke.

»Tatsächlich?«

»Nein! Natürlich nicht! Nicht wirklich jedenfalls! NLWT, nicht-letale Waffentechnologie ist der Grund. Genau wie der Pleaser. Alles auf urbane Befriedung ausgerichtet. Sobald sich alle Jugendlichen gleich anziehen, das Gleiche essen, die gleiche Musik hören und das Gleiche denken, sind sie leicht zu kontrollieren.«

»Das sind sehr brisante Informationen, die Sie mir da anvertrauen«, sagte Billy.

»Nun, Sie werden sie ja wohl nicht an die große Glocke hängen, nicht wahr?«

»Absolut nicht.«

»Weil wir Sie sonst töten müssten, Billy.«

»Geschähe mir recht.«

»Kommen wir nun zu Necronet selbst. Der letzte Bestimmungshafen auf unserer Reise durch die elektromagnetische Technologie. Wir haben die NLWT fertig, die Computer sind imstande, den Mikrowellenträger zu erzeugen, der das Audiogramm im Kopf des Empfängers entstehen lässt. Was wäre der nächste logische Entwicklungsschritt?«

Billy hob die Hand, wie er es vor langer Zeit in der Grundschule gelernt hatte. »Den Computer so zu programmieren, dass er nicht nur senden, sondern auch empfangen kann?«

»Ganz genau. Und dann?«

»Und dann ... dann könnte man die Gedanken der Menschen lesen.«

»Präzise. Und nicht nur ihre Gedanken. Wir könnten auf ihre Erinnerungen zugreifen. Und Gedanken plus Erinnerungen gleich Persönlichkeit, sprich Bewusstsein der fraglichen Person. Der Computer lädt das gesamte Bewusstsein der fraglichen Person in seinen Speicher.«

»Zu welchem Zweck?«

»Gegenwärtig zum Zweck der Spionage. Subjekt eins wird gespeichert, Subjekt zwei wird einer künstlichen Amnesie unterworfen und anschließend mit dem Bewusstsein von Subjekt eins erweckt, zusammen mit allen Erinnerungen und Gedanken. Mental wird aus Subjekt zwei Subjekt eins.«

»Und was ist mit Subjekt eins?«

»In den Kanal.«

»Ich verstehe. Und wo kommt das Konzept von Necronet ins Spiel? ›All die lieben Toten‹ und so weiter?«

»Durch einen glücklichen Zufall, weiter nichts. Wir haben eine Reihe von Subjekten gespeichert und ihre Körper entsorgt. Die Bewusstseine haben wir in den Speicherbänken gelassen, um darauf zugreifen zu können.«

»Wer waren diese Subjekte?«

»Rivalen. Konkurrenten. Computerwissenschaftler. Das ist unsere Methode, den Wettbewerb zu schlagen. Wir absorbieren ihn.«

»Sie haben also die gespeicherten Bewusstseine, die Erinnerungen und Gedanken in Ihren Computern gespeichert, und dann?«

»Dann fiel uns etwas Außergewöhnliches auf.

Sie kommunizierten miteinander. Sie tauschten Informationen aus. Einer unserer Techniker verglich sie mit Seelen im Niemandsland. Seelen im Cyberspace, wenn Sie so wollen. Und so erschufen wir eine virtuelle Welt für sie. Allen Komfort, den sie sich wünschen, virtuelles Essen, virtueller Sex, was auch immer. Sie sind sehr glücklich da drin. Und *äußerst* kooperativ.«

»Ich verstehe«, sagte Billy. »Und wozu brauchen Sie nun die Großmütter?«

»Historische Referenz. Eine Großmutter ist ein wandelndes Geschichtsbuch des zwanzigsten Jahrhunderts. Sie mag vielleicht viel von dem vergessen haben, was sie erlebt hat, aber nur im Bewusstsein. In ihrem Unterbewusstsein ist noch alles vorhanden, bereit zum Speichern in unseren Computern, bereit zum Zugriff.«

»Und weil die virtuelle Großmutter im Cyberspace ein digitales Gedächtnis besitzt, kann sie sich an alles erinnern.«

»Das ist richtig. Und wir haben Zugriff auf all diese Erinnerungen. Verstehen Sie, wie genial das alles ist? Langsam, aber sicher errichten wir eine Datenbank, in der die gesamte Welt enthalten ist. Was zu einer interessanten spirituellen Frage führt – wenn man eine Person vor ihrem physischen Tod speichert, stirbt sie dann tatsächlich, wenn sie stirbt? Ihre Persönlichkeit befindet sich schließlich mitsamt allen Gedanken und Erinnerungen in der virtuellen Welt des Necronet. Sie lebt dort drin. Also, ist die Person tot oder nicht? Der Körper – ja. Der Verstand – nein. Interessant, finden Sie nicht?«

»Faszinierend«, fand Billy. »Aber wohin führt uns das alles?«

»Kontrolle«, entgegnete Blazer Dyke. »Kontrolle ist es, wohin das alles führt. Es gibt die Herde, und es gibt den Leithammel. Der Leithammel ist das Individuum. Er ist derjenige, der *anders* ist. Die Herde ist einfach nur die Herde. Kontrolliere die Herde, und du kontrollierst das Spiel. Es gibt diejenigen, die zugreifen, und es gibt diejenigen, auf die zugegriffen wird. Ich weiß, zu welcher Sorte ich gehöre. Und Sie wissen es auch, oder nicht?«

»Geboren, um zuzugreifen«, sagte Billy. »Und die Position zu behalten.«

»Welche Position wäre das?«

»Welche Position auch immer Sie mir anzubieten haben. Ich nehme an, dass ich keine Wahl habe.«

»Durchaus korrekt. Aber wie kommen Sie überhaupt zu dieser Annahme?«

»Weil Sie mich unter Ihrer Kontrolle haben. Sie haben das belastende Videoband, und sie halten die Macht über Leben und Tod in den Händen. Sollte ich mich weigern das zu tun, was Sie von mir verlangen, können Sie mich jederzeit in einem Ihrer Computer speichern. Ich bin sicher, Ihre virtuelle Welt ist ein wundervoller Ort, doch ich würde es vorziehen, hier zu leben. Für den Augenblick jedenfalls noch.«

»Sehr gut ausgedrückt. Die fragliche Position ist die eines ›Informationssammlers‹.«

»Und wofür ist das ein Euphemismus?«

»Assassine. Ihre besondere Begabung, Billy, besteht darin unterzutauchen. Sie sind ein geborener Tarnkappenfuchs.«

»Ein was?«

»Ein unglückliches Nebenprodukt unseres ländlichen Pazifizierungsprogramms. Nichts, weswegen Sie sich den Kopf zerbrechen müssten. Doch es ist Ihre Fähigkeit unterzutauchen, sich einzuordnen, genauso auszusehen wie alle anderen, ganz gleich, wer diese anderen sind, die Sie so wertvoll für uns macht. Wir brauchen jemanden, den wir nahe ans Geschehen bringen können, ohne dass er auffällt. Die NLWT besitzt noch keine große Reichweite. Der Mikrowellenträger ist nur über ein paar Meter effektiv. Wir werden Sie mit einer Liste von Subjekten ausstatten, Persönlichkeiten, deren Bewusstsein wir unserer Datenbank einverleiben möchten. Sie werden sich an diese Leute heranmachen, ihre Gedanken und Erinnerungen speichern und ihre Körper entsorgen.«

Billy nickte nachdenklich. »Klingt höchst interessant«, sagte er. »Und gibt es Aussichten auf eine Karriere?«

»Für einen Burschen wie Sie – o ja, die gibt es!«

»Dann also abgemacht.«

»Wollen wir unseren Vertrag mit einem Handschlag besiegeln? Vielleicht ziehen Sie Ihre Handschuhe aus?«

»Ich denke nicht«, sagte Billy. »Aber wir haben trotzdem eine Abmachung.«

»Ausgezeichnet.«

»Nur zwei unbedeutende Details noch. Unterbringung?«

»Suchen Sie sich eine Wohnung aus, die Ihnen gefällt. Die Gesellschaft kommt für die Kosten auf.«

»Transportmittel?«

»Sie haben sich bereits den Wagen des jungen Mannes zugelegt, wenn ich recht informiert bin?«

»Für den Augenblick wird er wohl reichen, schätze ich.«

»Ausgezeichnet. Wir werden die Dokumente auf Ihren Namen ändern.«

»Und meine Großmutter«, sagte Billy.

»Ah, ja. Ihre Großmutter.«

»Ich möchte gerne, dass sie auf der Stelle heruntergeladen wird. Wenn das keine größeren Umstände macht.«

»Das geht in Ordnung, keine Sorge. Bringen Sie Ihre Großmutter vorbei, wann immer Sie wollen, und ich kümmere mich persönlich darum.«

»Danke sehr«, bedankte sich Billy. »Ich habe sie rein zufällig gerade bei mir, wissen Sie? Sie wartet unten im Wagen.«

»Ich habe gar keinen Beifahrer bemerkt, als Sie auf den Parkplatz kamen.«

»Nun, wie auch?«, entgegnete Billy. »Sie liegt im Kofferraum.«

10

Ich gebe mich niemals mit dem gewöhnlichen Mann ab. Der gewöhnliche Mann besitzt keine Spiritualität. Der gewöhnliche Mann hält Ganesha für Dennis, den Hund von Menace.

Hugo Rune

Mrs. Barnes wartete zwei Wochen ab, bevor sie Billys Verschwinden der Polizei meldete. Sie schickten Inspektor Kirby vorbei, der Kurse im Trösten von Angehörigen absolviert hatte und im Umgang mit verschiedenen Bevölkerungsschichten. Er hatte außerdem Kurse in Stressmanagement, positivem Denken, Selbstverwirklichung, Befreiung des innewohnenden Geistes, neoistischem Postmodernismus und Makramee belegt. Er besaß einen Abschluss in Geisteswissenschaften und war ausgebildeter Lehrer für Hanggleiten und Wildwasserrafting. Was genau er eigentlich bei der Polizei zu suchen hatte, war sowohl für ihn als auch für seine Mutter ein Rätsel.

Inspektor Kirby betätigte die Türglocke, doch als er keine Antwort erhielt, ging er um das Haus herum nach hinten.

Mrs. Barnes saß in ihrem Korbstuhl auf der

Veranda. Weil Donnerstag war, trug sie Männerkleidung. Abendanzug, Vatermörder, Patentschuhe und einen ziemlich schicken Clark-Gable-Schnurrbart, den sie mit einem Filzstift unter ihre Nase gemalt hatte.

»Ma'am?«, fragte Inspektor Kirby.

»Wie können Sie es wagen?«, entgegnete Billys Mum. »Sieht das hier vielleicht aus wie ein Bordell?«

»Nein, Ma'am. Es sieht aus wie ein falsches Tudor-Haus von cirka 1933, Architekt Klaus Bok, der Bruder des Malers Karl Bok. Bok zog die Verwendung traditioneller Materialien vor, doch er war andererseits auch nicht voreingenommen gegen moderne Innovationen, wie man an den Fenstersimsen und den Regenrinnen sehen kann.« Inspektor Kirby hatte auch einen Kurs in »Architektonische Stile des zwanzigsten Jahrhunderts« belegt, als Gasthörer an der Universität.

»Mein Ehemann war ein großer Freund von Bok«, sagte Mrs. Barnes. »Was eigenartig ist, wenn man die Ungleichheit ihrer jeweiligen Körpergröße bedenkt. Mein Mann war nämlich sehr groß, und Bok war entschieden klein, wie ein Zwerg.«

»War er vielleicht Waliser?«

»Wenn er es war, dann behielt er es für sich. Damals konnte man dafür ohne weiteres im Gefängnis landen, wissen Sie?«

»Was denn, weil man Waliser war?«

»Oh, Waliser? Ich dachte, Sie hätten ›wüster

Homosexueller‹ gesagt[1].« Mrs. Barnes neigte den Kopf zur Seite und hämmerte sich mit der rechten Faust gegen das Ohr. »Ich hab noch ein Stück Karotte im Ohr stecken. Sie wissen ja, wie das ist.«

Inspektor Kirby nickte. »So viel man essen kann, für einen Fünfer. Man steckt den Kopf mitten rein in die Salatschüssel.«

»Nein«, widersprach Mrs. Barnes. »Es ist Erbrochenes.«

Inspektor Kirby kratzte sich am Knie.

»Sie haben vielleicht O-Beine!«, beobachtete Mrs. Barnes. »Müssen Sie speziell geschneiderte Hosen tragen?«

»Nur die, die ich trage, während ich bei der Arbeit bin.«

»Und wenn Sie nicht bei der Arbeit sind?«

»Dann trage ich normalerweise einen Kilt.«

»Nun ja, das ist ja heutzutage legal. Obwohl es bei den Streitkräften noch immer nicht gerne gesehen wird.«

Inspektor Kirby schüttelte den Kopf und kratzte sich ein weiteres Mal am Knie.

»Das ist der Grund, aus dem mein Ehemann das Land verlassen hat«, erzählte Mrs. Barnes. »Wegen der Homosexualität. ›Mavis‹, sagte er zu mir, ›Mavis, vor zweihundert Jahren wurde man dafür

---

1 An dieser Stelle kommt dem Übersetzer eine Assoziation zu einem gewissen Lektor in den Sinn, doch weil sich ein Leser über die Fußnoten beschwert hat (und gedroht, die Bücher von Rankin nicht mehr zu kaufen), belassen wir es dabei. Für den Augenblick.

noch aufgehängt, vor hundert Jahren kam man ins Gefängnis, vor dreißig Jahren wurde es legalisiert und ich verschwinde von hier, bevor sie es obligatorisch machen.‹«

»Ich komme wegen Ihrem Sohn, Billy«, sagte Inspektor Kirby.

»Ich hätte nicht gedacht, dass Billy Ihr Typ wäre.«

»Er ist nicht mein Typ.«

»Was für einen Typ ziehen Sie dann vor?«

»Ich ziehe überhaupt keinen Typ vor. Ich bin nicht schwul.«

»Sagen Sie das nicht, bevor Sie es nicht ausprobiert haben.«

»Ich sage doch gar nichts.«

»Dann haben Sie es also ausprobiert.«

»Nein, äh, ja, ich meine weder noch. Das ist nicht der Grund, weshalb ich gekommen bin. Ich bin hier, weil Sie Ihren Sohn als vermisst gemeldet haben.«

»Kommen Sie her und setzen Sie sich«, sagte Billys Mum. »Ihre Beine lenken mich ab. Es ist, als würde man durch ein Bullauge sehen.

Inspektor Kirby gesellte sich zu Mrs. Barnes auf die Veranda. »Wann haben Sie Ihren Sohn zum letzten Mal gesehen?«, fragte er, nachdem er Platz genommen hatte.

»Am Mittwoch vor dem letzten Mittwoch vor dem letzten Mittwoch.«

»Und er hat nichts gesagt, wohin er gehen wollte?«

»Vielleicht hat er irgendetwas von Geschäften

andernorts erwähnt, aber ich bin mir nicht sicher. Wir hatten uns nicht besonders nahe gestanden, wenn Sie verstehen.«

»Vermisst er seinen Vater, was meinen Sie?«

»Er hat ihn nie erwähnt.«

»Wahrscheinlich aus Trotz«, sagte Inspektor Kirby. »Aus Unfähigkeit, Gefühle von Verlust und Einsamkeit nach außen hin zu zeigen, was häufig zu einem tief sitzenden psychologischen Trauma führen kann. Introvertiertheit, Bettnässen, Masturbation, Voyeurismus ...«

»Homosexualität?«, fragte Mrs. Barnes.

»Nein«, antwortete Inspektor Kirby. »Das wollte ich nicht sagen.«

»Nun, Sie sollten es sagen. Schließlich ist es die Homosexualität, die uns Menschen über die Tiere erhoben hat.«

»Ich glaube nicht, dass ich Ihnen folgen kann.«

»Nun, denken Sie doch mal darüber nach. Was ist es, das die Menschheit hervorhebt? Was macht uns Menschen den Tieren überlegen?«

»Ein höher entwickeltes Gehirn, gegenständige Daumen, die Fähigkeit, mit Hilfe der Sprache zu kommunizieren ...«

»Im ersten Augenblick, ja. Aber denken Sie an die Kultur. Denken Sie an Kunst. Denken Sie, wie viel die Homosexuellen zur Kunst beigetragen haben. Wie viele Künstler, Poeten, Schriftsteller, Sänger, Musiker, Komponisten, Filmemacher, Tänzer, Schauspieler, Modeschöpfer und Friseure sind homosexuell?«

»Ziemlich viele, würde ich sagen«, erwiderte Inspektor Kirby.

»Ganz recht. Sie mögen sich vielleicht nicht fortpflanzen, doch die Fortpflanzung ist etwas für die Herde. Der Homosexuelle steht über der Herde. Er ist anders. Ein Individuum. Der Homosexuelle trägt zur allgemeinen Lebensqualität bei.«

»Sie haben ganz Recht!«, rief Inspektor Kirby. »So habe ich die Sache noch nie betrachtet!«

»Alles im genetischen Pool hat einen bestimmten Zweck. Und Homosexualität ist keine evolutionäre Sackgasse und kein Schluckauf. Sie hat einen Sinn. Durch die Kultur und die Kunst erheben wir alle uns über die Tiere. Ich ziehe jeden Donnerstag Männerkleidung an, als persönlicher Tribut an die Homosexuellen, zum Dank für all die Freude, die sie der Menschheit gebracht haben.«

»Bravo«, sagte Inspektor Kirby und klatschte applaudierend in die Hände. »Ich bin stolz, ein Schwuler zu sein.«

»Bravo!«, stimmte Mrs. Barnes ihm zu. »So ist es recht. Aber sagen Sir mir doch ...«

»Was denn?«

»Wie kommt es, dass man einen Hemdchenheber wie Sie bei der Polizei aufgenommen hat?«

Inspektor Kirby blieb zum Essen. Weil Donnerstag war, nahmen sie das Essen im Trophäenzimmer ein, umgeben von zahlreichen merkwürdigen Artefakten, die Mr. Barnes von seinen Reisen durch die Welt mitgebracht hatte.

»Das ist ein Walzahn«, erklärte Mrs. Barnes auf eine entsprechende Frage des Inspektors hin. »Mein Mann hat ihn auf einer seiner zahlreichen Walfangfahrten aus dem Maul einer erlegten Bestie gezogen.«

»Wie äußerst interessant«, sagte der Inspektor.

Es gab Gehacktes mit Pfefferminzsoße, und sie aßen mit Plastikgabeln, denn die gezackten Löffel waren nicht sauber.

»Wie stehen die Chancen, dass Sie meinen lieben Billy finden?«, fragte die Mum des lieben Billy unter lautem Schmatzen und Tellerklappern.

»Sehr gut«, entgegnete der Inspektor, während er sein rohes Hackfleisch kritisch untersuchte. »Wir müssen außerdem erst feststellen, ob er wirklich verschwunden ist. Sie sagen, er hätte einen Koffer und Kleidung mitgenommen? Durchaus möglich, dass er nur für eine Weile verreist ist und sich in Kürze wieder bei Ihnen melden wird.«

»Er ist vorher noch nie verreist.«

»Er ist dreiundzwanzig Jahre alt, Mrs. Barnes. Vielleicht wollte er nur ein wenig Luft zum Atmen. Die Flügel ausbreiten, den Horizont erweitern.«

»Sie glauben also nicht, dass er in Gefahr schwebt?«

»Lassen Sie uns nicht ohne wirklichen Grund pessimistisch sein.«

»Prima«, sagte Mrs. Barnes. »Dann vergessen wir die Sache einfach. Wenn er tot in irgendeinem

Kanal auftaucht oder sonst was, dann können Sie mich ja anrufen, nicht wahr?«

»Nun ja, aber – hören Sie, haben Sie ... ich meine, wohnen Sie jetzt ganz alleine hier?«

»Meine Mum wohnt bei mir. Sie ist behindert, sie ist oben.«

Es war eine Lüge, und eine vorsätzliche obendrein. Mrs. Barnes hatte nicht die Absicht, das Verschwinden ihrer Mum zu melden. Mrs. Barnes ging jede Woche die Pension ihrer Mum abholen, und sie benötigte das Geld für ihre dienstäglichen Aktivitäten.

»Ich würde Ihre Mutter gerne kennen lernen«, sagte Inspektor Kirby.

»Sie schläft. Vielleicht ein andermal.«

»Das wäre nett. Dieses Zimmer ist wirklich faszinierend, Mrs. Barnes. Ein richtiges Museum. Dieser kleine geschnitzte Schrank auf dem Kaminsims, wo kommt er her?«

»Haiti. Mein Großvater war um die Jahrhundertwende dort Gouverneur. Das Schränkchen ist ein Schrein. Es enthält die wertvollsten Besitztümer der Familie.«

»Absolut faszinierend. Und was für Besitztümer sind das genau?«

»Ein Plastikabguss einer Voodoo-Handtasche. Der Voodoo-Handtasche von Maîtresse Ezilée, der haitianischen Inkarnation der Heiligen Jungfrau Maria.«

»Unglaublich. Vor einigen Jahren habe ich einen Okkultismus-Kurs in der Abendschule besucht, und wir haben das Voodoo-Pantheon studiert. Papa Legba, Agoué, Loco und der ganze Rest. Soll diese Handtasche nicht besondere Kräfte besitzen? Eine Art Orakel oder so etwas?«

»Man sagt, sie könne sprechen, obwohl ich sie nie gehört habe. Billy hat immer erzählt, sie würde zu ihm reden und ihm Dinge sagen.«

»Was für Dinge?«

»Dinge eben. Geschichten.«

»Faszinierend«, sagte der Inspektor. »Meinen Sie, es wäre möglich, die Handtasche zu sehen?«

»Absolut nicht!« Mrs. Barnes' fette Faust hämmerte krachend auf den Tisch. »Viel zu gefährlich. Die Handtasche ist ein *transitus tessera.* Sie kann einen Menschen in null Komma nichts aus der Welt der Lebenden in die Welt der bösen Toten entführen.«

»Sie meinen, ich könnte von ihrem bloßen Anblick sterben?«

»Wenn Sie die Handtasche berühren, sterben Sie ganz gewiss!«

»Ich verstehe. Also ist sie mit diesem exotischen Gift aus der Amazonasgegend imprägniert?«

»Möglich. Aber glauben Sie mir, wenn Sie diesen Schrank öffnen und die Handtasche berühren, sterben Sie.«

»Unglaublich«, sagte Inspektor Kirby. »Absolut unglaublich.«

»Vermutlich, ja.« Mrs. Barnes zuckte die Schultern. »Aber man gewöhnt sich daran, nicht wahr? Und man lernt aus seinen Fehlern.«

»In der Tat.«

Das Telefon begann zu läuten.

»Das könnte Ihr Billy sein«, sagte Inspektor Kirby.

»Nein, das ist nicht sein Läuten.« Mrs. Barnes gabelte ein paar Quitten auf und schlang sie herunter.

»Wollen Sie denn nicht rangehen?«

»Es wird irgendwann von alleine aufhören. Das macht es immer.«

»Es könnte für mich sein.«

»Oh, ich verstehe.« Mrs. Barnes warf ihre Gabel auf den Teller, erhob sich ächzend und stampfte aus dem Raum. Die Tür fiel krachend hinter ihr zu.

»Was für eine laute Frau!«, sagte Inspektor Kirby und schob seinen Teller von sich. »Eine Voodoo-Handtasche, eh?« Sein Blick wanderte zu dem kleinen Schränkchen auf dem Kaminsims. »Wie äußerst faszinierend.«

Er saß eine Weile still und überlegte. Aus der Halle kam lautes Rufen. Mrs. Barnes war am Telefon in eine erhitzte Diskussion verwickelt, doch es wurde nicht ganz klar mit wem.

»Vielleicht kann ich ja einen winzigen Blick hineinwerfen«, sinnierte der Inspektor vor sich hin. »Es kann schließlich nichts schaden. Nur einen winzigen Blick.« Er erhob sich von der Ottomane und blickte zur Tür, die nach draußen führte. Lautes Brüllen. Inspektor Kirby schlich zum Kaminsims.

Neben dem Schränkchen lag ein Schlüssel. Es war ein Messingschlüssel mit einem Totenkopf darauf. Am Schlüssel hing ein Gepäckanhänger.

Inspektor Kirby nahm den Schlüssel zur Hand und untersuchte den Anhänger.

DIESEN SCHLÜSSEL NICHT ZUM ÖFFNEN DES RELIQUIENSCHREINS BENUTZEN, las er. NICHT DIE BÖSEN TOTEN AUFERWECKEN. Inspektor Kirby stieß einen leisen Pfiff aus und spitzte dann nervös die Ohren. Aus dem Flur drangen weitere aufgeregte Rufe. Inspektor Kirby schwankte, doch da er von Natur aus kein Zauderer war, schob er den Schlüssel in das Schlüsselloch des Schreins und drehte ihn nach links.

Ein Klicken, und die Tür schwang auf.

Inspektor Kirby schwankte erneut. Das war keine gute Idee. Warum tat er es? Er war Polizist, er konnte doch nicht einfach hingehen und die privaten Schränke von irgendwelchen Leuten öffnen? Nun ja, eigentlich konnte er es. Das war einer der Vorteile des Polizistenberufs. Er konnte ungeniert in den privaten Dingen fremder Menschen herumschnüffeln. Aber was sollte dieses ganze Gerede von wegen Sterben, wenn man die Voodoo-Handtasche berührte? Das war doch nichts als Aberglaube, oder? Voodoo war nicht real. Voodoo war nur Einbildung. Wie ein Aborigine, der mit einem Knochen auf einen zeigte. Man starb nicht davon, wenn man nicht daran glaubte. Erwecke nicht die bösen Toten, also wirklich!

Ein schneller Blick, und dann konnte er den Schrank ja wieder verschließen. Was konnte ein schneller Blick schon schaden?

Inspektor Kirby öffnete die Tür des Schränkchens ganz.

Und wich hastig einen Schritt zurück.

Irgendetwas hatte sich bewegt. Im Innern des Schreins. Es hatte gezuckt, als er die Tür geöffnet hatte, und jetzt bewegte es sich. Wand sich.

Fasziniert starrte Inspektor Kirby darauf.

Es *war* eine Handtasche. Weiß. Aus Plastik, ein Abguss oder so. Aber es *bewegte* sich. Schädel waren darauf zu sehen, viele Schädel. Ein großer Schädel in der Mitte, eindeutig menschlich, und kleinere ringsum, die alles andere als menschlich waren. Und diese Schädel ... bewegten sich. Ihre winzigen Kieferknochen klickten, als saugten sie die Luft ein. Gähnten, atmeten, und jetzt schnappten sie wütend.

Inspektor Kirby gefiel der Anblick kein Stück. Rasch trat er vor, um den Schrank wieder zu schließen.

Doch als er dies tat, rutschte er auf dem Kaminvorleger aus und stolperte vorwärts.

In einem verzweifelten Versuch, das Gleichgewicht zu halten, griff er nach dem Kaminsims.

Und verfehlte es.

Und traf das Innere des Schranks.

Inspektor Kirby schrak hoch und sah Billys Mum, die lächelnd über ihm stand.

»Versuchen Sie nicht, sich zu bewegen«, sagte sie. »Sie hatten einen Unfall, aber jetzt ist alles wieder in Ordnung.«

Inspektor Kirby versuchte sich zu bewegen, doch es ging nicht.

»Sie haben ein paar Finger verloren«, sagte Billys Mum. »Ich habe die Stummel verbunden, und für den Augenblick müsste es gehen.«

Inspektor Kirby versuchte zu sprechen. Doch er konnte auch nicht sprechen.

»Ich hab Ihren Mund zugebunden«, erklärte Billys Mum. »Sie wollen doch keinen Lärm machen, oder?«

Inspektor Kirby mühte und wand sich, doch ohne Erfolg. Billys Mum strich ihm über die Stirn. »Regen Sie sich nicht künstlich auf. Ich hab Sie gewarnt, die Handtasche anzufassen, oder vielleicht nicht? Aber Sie konnten ja nicht auf mich hören. Sie mussten die Tasche anfassen, also sind Sie selbst daran schuld. Die Handtasche muss jede Woche gefüttert werden, verstehen Sie, und es war Billys Aufgabe, sie zu füttern. Und Billy hat sie immer mit Stückchen von Großmutter gefüttert. Aber Billy hat Großmutter mitgenommen, und die Handtasche ist seitdem wirklich hungrig geworden. Sie braucht frisches Fleisch, verstehen Sie? Frisches Menschenfleisch.«

Inspektor Kirbys Augen drohten aus dem Kopf zu quellen.

»Es war ein richtiger Glücksfall, dass Sie vorbeigekommen sind, wirklich«, fuhr Billys Mum fort. »Und noch mehr Glück, dass das Telefon geläutet hat. Es war einer Ihrer Vorgesetzten, der nach Ihnen gefragt hat. Ich hab ihm gesagt, Sie wären gerade gegangen und ich hätte gesehen, wie Sie in einen alten VW-Bus eingestiegen sind. Ich glaube nicht, dass sie noch einmal herkommen werden und uns belästigen.«

Inspektor Kirby erschauerte und zitterte.

Billys Mum deckte ihn mit einer alten Hundedecke zu. »Ich hab Sie in diesen alten Reisekoffer gelegt, sehen Sie?«, erklärte sie. »Weil Billy nämlich Großmutters Koffer mitgenommen hat. Aber der wäre wahrscheinlich sowieso ein wenig zu eng für Sie gewesen. Ich hab Luftlöcher in den Deckel gemacht, es ist nicht grausam oder so. Und ich hab mir die Freiheit genommen, Ihnen eine gewisse Droge aus dem Amazonasgebiet zu injizieren. Sie verlangsamt den Stoffwechsel, deswegen brauchen Sie nur noch einmal in der Woche zu essen. Dann kann ich Sie gleich füttern, wenn ich für den nächsten Finger komme. Es ist einfach perfekt, finden Sie nicht?«

Und indem sie dies sagte, klappte Billys Mum den Deckel des Reisekoffers zu, sperrte ihn ab und schob ihn unter ihr Bett.

Und dann ging sie nach unten, um zu essen.

11

Akzeptiere alles.
Und dann erkläre es auf deine Weise.

Charles Fort

Ich betrat den *Fröhlichen Gärtner* genau in dem Augenblick, als der Dudelsackpfeifer nach draußen kam. Was mir nur recht war, weil ich den Kerl noch nie habe ausstehen können. Nicht, dass ich etwas gegen Schotten hätte, verstehen Sie, schließlich bin ich selbst einer, ein direkter Nachfahre von William Wallace. Aber dieser Dudelsackpfeifer ging mir wirklich auf die Nüsse. Und außerdem hatte ich ein ziemlich heftiges Nachdenken zu erledigen, und wo hätte ich das besser tun können als hier?

Ich war inkognito unterwegs. Die Menschen in diesem verschlafenen ländlichen Weiler wissen nichts von meiner Lazlo-Woodbine-Persona oder meinen weltrettenden Eskapaden. Sie kennen mich als Mr. Rupert Tractor, einen Streckenplaner für die einheimische Fuchsjagd.

Und weil es Freitagmittag war, hätte ich ganz bestimmt nicht damit gerechnet, hinter der Bar den Leadsänger der heute legendären 1960er-Jahre-Garagen-Psycho-Band *The 13th Floor Elevators* zu sehen. Deswegen war ich doppelt überrascht, statt dessen Paul hinter dem Tresen anzutreffen.

»Paul!«, sagte ich. »Ich dachte, du wärst tot.«

Paul hob langsam den Blick von seinem Kreuzworträtsel. »Wenn ich mit einer schlagfertigen Antwort so weit bin, lasse ich es dich wissen«, sagte er.

»Aber du hast das Buch gelesen! Das Buch von Johnny Quinn!«

»Johnny *wer*?«, fragte Paul.

»Hör auf damit. Johnny Quinn. *Snuff Fiction.* Ich hab es selbst gesehen.«

»Oh, Johnny Quinn. Eigenartig, dass du Johnny Quinn erwähnst. Als du letzten Dienstagabend gegangen bist, hab ich angefangen, über Johnny Quinn nachzudenken, und je länger ich über ihn nachgedacht hab, desto weniger schien ich mich an ihn erinnern zu können.«

»Versuch ja nicht diese Tour!«, sagte ich zu ihm. »Du hattest das Buch in den Händen. Ich hab's mit meinen eigenen Augen gesehen.«

»Was denn, *dieses* Buch hier?« Paul zog ein Buch unter dem Tresen hervor. Weißes Hardcover. Unkorrigierter Vorabdruck. Er reichte es mir, und ich untersuchte es.

The Sniff Function, stand dort, von Jimmy Quonn.

»Leicht zu verwechseln, eh?«, sagte Paul. »Ich hab eine Weile gebraucht.«

»Huh!«, sagte ich.

»Ein Pint vom Üblichen, oder wie?«

»Was auch immer das Übliche sein mag, ja.«

»Ich gehe und sehe nach, ob ich ein geeignetes Glas finde.«

Ich stand am Tresen und wartete geduldig, und nach einer ganzen Weile wurde meine Geduld belohnt. Paul zapfte mir ein Pint von irgendwas.

»Danke«, sagte ich, zahlte meine Rechnung und trug das Glas zu meinem Tisch in meiner Lieblingsecke, wo ich leise vor mich hin murmelte und über das soeben Gehörte nachdachte.

»Leicht zu verwechseln, leck mich am Arsch«, murmelte ich.

»Also keine besonders einfallsreiche Erklärung, was, Chef?«

»Das ist eine verdammte Verschwörung!«

»Wie wahr, wie wahr. Aber sag mir, Chef, jetzt, wo du die Voodoo-Handtasche hast, was wirst du damit tun? Wirst du sie Mrs. Barnes zurückgeben?«

»Machst du Witze, Barry? Diese Frau ist vollkommen irre! Denk doch nur an den armen Inspektor Kirby in seinem Koffer unter dem Bett!«

»Ja, darüber denke ich seit zehn Jahren nach, Chef. Wie es kommt, dass du, als sie in deinem Büroschuppen mit dir geredet hat, als sie erzählt hat, was sie mit dem Inspektor gemacht hat und du kotzen musstest und alles, wie es kommt, dass du nicht gleich im Anschluss zur Polizei gegangen bist, Chef.«

»Was denn, einen Vertrauensbruch gegenüber einem Klienten begehen? Ich habe gewisse Regeln einzuhalten, Barry! Ich bin ein Profi!«

»Das bist du ganz ohne Zweifel, Chef. Aber was wirst du nun mit der Handtasche anfangen?«

»Ich werde sie dazu benutzen, Billy Barnes zu vernichten und das Necronet ein für alle Mal abzuschalten.«

»Du hast einen ziemlichen Hals auf Mr. Barnes, Chef, nicht wahr?«

»Einen ziemlichen Hals? *Einen ziemlichen Hals?* Wegen diesem Wahnsinnigen war ich zehn Jahre lang im Necronet gefangen! Und drei weitere Monate im Irrenhaus!«

»Du kannst aber nicht wirklich beweisen, dass es seine Schuld war, Chef.«

»Es war aber seine Schuld, Barry! Billy Barnes ist ein Serienmörder, und wenn er nicht aufgehalten wird, stürzt er die Welt, wie wir sie kennen, in den sicheren Untergang.«

»Billy Barnes ist der oberste Macker der Welt, Chef!«

»Aha? Und wie ist er dahin gekommen?«

»Harte Arbeit? Hingabe? Natürliche Begabung?«

»Scheißdreck!«

»Ohne Zweifel war auch eine gewisse Menge davon involviert, Chef, aber ist das nicht immer so?«

»Ich hasse ihn, und ich werde ihn vernichten.«

»Nicht so laut, Chef! Die Leute fangen schon an zu starren!«

»Er ist ein mörderischer Bastard!«, flüsterte ich. »Und er wird uns noch alle umbringen!«

»Du bist nicht rein zufällig ein ganz klein wenig eifersüchtig?«

»*Eifersüchtig*?«

»Na ja, ich meine ja nur, weil ihr beide zusammen zur Schule gegangen seid. Und er hat viel mehr im Leben erreicht als du, oder?«

»Mehr als ich? Wie meinst du das?«

»Nun ja, er ist immerhin der Obermacker. Der Führer der Welt. Und du...«

»Was *ich*?«

»Nun ja, Chef, es gibt sicher den ein oder anderen, der denken könnte, du wärst nichts weiter als ein paranoider Schizophrener mit einer multiplen Persönlichkeitsspaltung und Verfolgungswahn.«

»Unverschämtheit! Und wer könnte so etwas von mir denken?«

»Offen gestanden, da war dieser Arzt in der Anstalt, aus der du erst vor kurzem entkommen bist.«

»Ach der.«

»Der, Chef.«

»Und was ist mit dir, Barry? Glaubst du etwa auch, ich bin verrückt?«

»Ich, Chef? Im Leben nicht! Andererseits, was weiß ich schon? Ich bin schließlich nur eine leise grüne Stimme in deinem Kopf.«

»Ganz genau. Im Übrigen kann ich beweisen, dass ich nicht verrückt bin. Ich habe die Voodoo-Handtasche, schon vergessen?«

»Und das wäre die Handtasche, die angeblich Menschen isst, ja?«

»Ganz genau selbige.« Ich zerrte die Voodoo-Handtasche aus der Tasche meines Trenchcoats und legte sie vor mir auf den Tisch. »Da«, sagte ich. »Beweise mir doch das Gegenteil.«

»Ich wünschte, ich könnte es, Chef, aber ...«

»Was?«

»Sie sieht im Augenblick gar nicht hungrig aus, findest du nicht? Ich meine, die Kiefer bewegen sich nicht und so.«

Ich musterte die Voodoo-Handtasche ein wenig genauer. Und ich musste gestehen, dass sie tatsächlich alles andere als bedrohlich aussah. Im Gegenteil, sie sah aus wie eine ganz gewöhnliche alte Plastikhandtasche. Absolut nichts Auffälliges. »Vielleicht hatte sie heute schon etwas zu essen?«, vermutete ich. »Oder sie schläft?«

»Sie schläft, Chef. Das wird es vermutlich sein. Man sollte schlafende Taschen nicht wecken, eh?«

»Willst du mich auf den Arm nehmen?«

»Ich doch nicht, Chef.«

»Nun, ich warne dich. Du weißt genau, was ich durchgemacht habe, Barry. Du weißt, dass ich zehn Jahre lang im Necronet gefangen war.«

»Das ist aber so nicht ganz richtig, Chef, oder? Ich meine, ich war nicht die ganze Zeit dabei, oder?«

»Nein. Aber ich war dort. Und alles war nur die Schuld von diesem Bastard Barnes.«

»Das sagst du ständig, Chef. Aber vergiss nicht, ich hab dich erst wiedergetroffen, als du in diesem

Hospital für Geisteskranke warst. Ich weiß nicht wirklich, was du alles durchgemacht hast und warum du Billy Barnes so sehr hasst.«

»Muss ich dir die ganze Geschichte noch mal von vorn erzählen?«

»Könnte vielleicht ganz hilfreich sein, Chef.«

»Also schön. Wo war ich stehen geblieben?«

»Na ja, Chef, Billy Barnes hat sich gerade einen Job als Informationssammler bei Necrosoft erschlichen, und seine Mum ist zu dir in deinen alten Schuppen gekommen, um dir diese grauenhafte Geschichte über Inspektor Kirby zu erzählen und dich zu bitten, ihre Voodoo-Handtasche zu suchen.«

»Ah, ja.«

»Aber sie hat noch nicht erklärt, wie die Handtasche abhanden gekommen ist.«

»Das hat sie nie getan. Ich musste es ganz allein auf mich gestellt herausfinden.«

»Und du bist Billy Barnes nach Brentford gefolgt, stimmt's?«

»Ich hab zwei Vögel mit einem Stein erschlagen, Barry. Ich dachte mir, dass Billy wahrscheinlich im Besitz der Handtasche war, also machte ich mich auf die Suche nach Billy.«

»Und was geschah, als du Billy gefunden hattest?«

»Langsam, langsam, immer schön eins nach dem anderen. Ich brauchte eine ganze Weile, um Billy zu finden, und bevor ich ihn fand, passierten andere Dinge. Soll ich mit der Geschichte fortfahren?«

»Bitte, Chef.«
»Also gut.«

Die Immobilienmaklerin führte Billy durch die Penthouse-Wohnung.

»Das ist so ziemlich das Beste, was es zu mieten gibt«, sagte sie. »Diese Suite bietet den schönsten Ausblick auf Brentford, den man sich denken kann. Von hier aus können Sie sogar den Wasserturm sehen.« Sie deutete mit langem, schlankem Finger auf den Turm. »Und der berühmte Gasometer. Dahinter befindet sich die Brücke nach Kew und die Royal Gardens.«

Billys Blick folgte der angegebenen Richtung und kehrte dann von der Fingerspitze über den Arm, die Schulter und den Hals zu dem attraktiven Gesicht der eleganten jungen Frau zurück. »Sehr hübsch«, sagte Billy.

Die Immobilienmaklerin erwiderte sein Lächeln, dann wandte sie sich um und ging auf langen, schlanken Beinen über den schwarzen Marmorboden davon. »Hier haben Sie die voll ausgestattete Küche«, sagte sie. »Hightech, sehr schick. Hier das Esszimmer, Spiegelkacheln und Bauhausmobiliar, und das Badezimmer besitzt selbstverständlich einen Jacuzzi.«

»Selbstverständlich«, sagte Billy.

»Werden Sie allein hier wohnen, Mr. Barnes?«

»Ich habe mich noch nicht so recht entschlossen.«

»Nun, die Wohnung passt jedenfalls zu Ihnen,

soviel steht fest. Sie sehen aus, als gehörten Sie hierher. Als sei diese Wohnung extra für Sie gemacht worden.«

»Danke sehr. Und was befindet sich hinter jener Tür dort drüben?«

»Dort ist das große Schlafzimmer. Möchten Sie es sehen?«

»Alles zu seiner Zeit.«

»Ich bin sicher, es wird Ihnen gefallen. Die Wohnung kann sofort bezogen werden. Der Kühlschrank ist gefüllt, der Champagner liegt auf Eis.«

»Vielleicht sollten wir uns das ein oder andere Glas genehmigen?«

Die Immobilienmaklerin lachte ein hübsches Lachen. »Nicht, bevor der Vertrag unterschrieben ist, fürchte ich.«

»Oh, fürchten Sie sich nicht.« Billy zog etwas aus seiner Tasche; es war in Silberfolie eingeschlagen. »Hier habe ich etwas für Sie«, sagte er. »Ein Geschenk.«

»Ein Geschenk für mich?«

»Speziell für Sie.«

Die Immobilienmaklerin nahm das Geschenk entgegen und packte es aus. Es war ein buntes Plastikdingsbums. »Was ist das?«, fragte sie und drückte es behutsam.

»Man nennt es einen Pleaser«, sagte Billy. »Jetzt machen wir den Champagner auf, und anschließend besichtigen wir das große Schlafzimmer.«

12

*Halt dich mit den Fingernägeln fest
und sieh bloß nicht nach unten!*

Rorschach (Erfinder des Tintenkleckses)

Der Hut stand Billy gut, genau wie der Mantel. Sie gefielen ihm, und sie standen ihm. Der Verkäufer beim Schneider bemerkte dies, genau wie sein Assistent. Sie halfen Billy beim Tragen seiner Einkäufe, hinaus zu seinem Wagen. Seinem neuen Wagen, mit der weiblichen Fahrerin.

Der Fahrerin, die bis vor kurzem noch eine Immobilienmaklerin gewesen war. Sie luden Billys Einkäufe in den Kofferraum und winkten ihm hinterher, als er sich von der Fahrerin davonfahren ließ.

»Der Wagen steht ihm wirklich gut«, sagte der Schneidergeselle, und sein Assistent stimmte ihm zu.

Billy ließ sich in den Rücksitz sinken und fummelte am CD-Spieler. Seiner Meinung nach passte der Wagen ausgezeichnet zu ihm. Er war definitiv eine Klasse höher als das Automobil, das dem verstorbenen jungen Mann bei Necrosoft gehört hatte. Es war kein absolutes Spitzenmodell, doch es war das Beste, das sich seine weibliche Fahrerin hatte leisten können. Das Autotelefon klingelte, und Billy nahm das Gespräch entgegen.

»Barnes«, meldete er sich.

»Billy«, sagte die Stimme von Mr. Dyke. »Leben Sie sich allmählich ein? Sie haben eine hübsche Wohnung gefunden, wie ich höre?«

»Mir geht es blendend, danke sehr«, bedankte sich Billy.

»Ausgezeichnet. Dann wird es Zeit für Sie, an die Arbeit zu gehen.«

Billys Mutter saß lange Zeit in dem alten Schuppen und redete mit dem jungen Mann, der einmal Lazlo Woodbine sein würde. Doch sie gab keine weiteren Einzelheiten bezüglich des Verschwindens der verschwundenen Voodoo-Handtasche von sich. Offensichtlich froh, dass sie mit dem geflüsterten Teil ihres Berichts fertig war, veranstaltete sie eine Menge Lärm. Sie klapperte mit leeren Blumentöpfen und knallte mit einer Schaufel gegen die Wände des Schuppens.

Nach einer Weile kam eine Reihe Nachbarn vorbei, um sich zu beschweren; es gab einige Unannehmlichkeiten, und Billys Mum wurde gewaltsam aus dem Schuppen entfernt.

Der Junge, der eines Tages Woodbine sein würde, saß dort und dachte nach. Billys Mum hatte ihm eine wöchentliche Summe angeboten – eine Summe, die rein zufällig mit der Pension von Billys Großmutter übereinstimmte –, wenn er die Handtasche finden und zurückbringen würde. Und, so schloss er, und so würde er es auch zehn Jahre später seinem heiligen Schutzrosenkohl sagen, der beste Weg, dies zu tun, war, die beiden Vögel mit einem Stein zu erledigen und nach Billy Barnes zu suchen.

Also machte er sich ans Werk.

Es muss eingestanden werden (auch wenn nicht von ihm), dass er sich nicht in der gleichen Liga bewegte wie Billy Barnes, wenn es um geistige Agilität ging.

Er war ein Junge mit guten Absichten, wild entschlossen, ein berühmter Privatdetektiv zu werden, aber nicht gerade, wie sollen wir es nennen, *begabt.* Er hatte Hugo Rune gelesen und sein Gesetz der Offensichtlichkeit, doch er hatte die zugrunde liegenden Prinzipien nicht in ihrer ganzen Tragweite begriffen.

Als er den Schuppen verließ, etwa einen Monat später, ein wenig grau und hohlwangig wegen der einseitigen Ernährung aus ungekochten Kartoffeln, war er wenigstens zu dem Schluss gekommen, dass der Schuppen zwar ein relativ aussichtsreicher Kandidat für den am wenigsten offensichtlichsten Aufenthaltsort von Billy Barnes und der verschwundenen Voodoo-Handtasche war (und deswegen der offensichtlichste, an dem er auftauchen würde), doch offensichtlich würde er es nicht tun!

Und so konnte er genauso gut, bevor er riskierte, Hungers zu sterben, irgendwo anders anfangen zu suchen. Sozusagen.

Und da Brentford genauso irgendwo anders war wie irgendein anderes Kaff, und weil der Knabe einen Onkel hatte, der in Brentford lebte, kam er zu dem Schluss, dass Brentford genauso gut wie jeder andere Ort war, um mit der Suche anzufangen.

Und so traf er – das heißt genau genommen: ich – ich traf also auf der Schwelle meines Onkels Brian ein, mit einem Lachen im Gesicht und frischer Unterwäsche am Leib. Das Jahr war 1977 und das Datum der siebenundzwanzigste Juli. Es war ein Sonntag, und ein sonniger Sonntag obendrein.

Onkel Brian öffnete die Tür. Er war ein kurzer Mann, mein Onkel Brian, entschieden zwergenartig. Er war kein Waliser, aber wer hat auch je behauptet, dass er das war?

»Wer ist da?«, fragte mein Onkel Brian.

»Ich bin da«, sagte ich.

»Man kann nie vorsichtig genug sein. Herein mit dir.«

Und ich trat ein.

Ich musste mich an einer Reihe von Kartons vorbeiquetschen, die den gesamten Flur versperrten. »Was ist in diesen Kartons?«, erkundigte ich mich bei meinem Onkel Brian.

»Gummihandschuhe. Möchtest du vielleicht eine Tasse irgendwas?«

»Tee wäre nicht schlecht.«

»Ja, wäre er nicht.«

Onkel Brian führte mich in sein Wohnzimmer. Es war bar jeglichen Mobiliars, und der Boden war mit Kissen bedeckt. »Hattest du eine Party?«, fragte ich ihn.

»Ich hab geschlafen«, sagte er. »Ich schlafe so viel, wie ich nur irgendwie kann. Wann immer ich kann. Um all die Probleme der Welt in den Griff zu kriegen.«

»Prima«, sagte ich. »Würden die Menschen mehr Zeit mit Schlafen verbringen und weniger Zeit damit, die Probleme der Welt in den Griff zu bekommen, würden sich die Probleme der Welt wahrscheinlich von alleine erledigen.«

»Hast du getrunken?«, fragte mein Onkel.

»Nein«, antwortete ich.

»Nun, du solltest es einmal versuchen. Ich für meinen Teil mache es auch. Es hilft beim Einschlafen.«

»Ich verstehe«, sagte ich, doch ich verstand nichts.

»Du verstehst nicht«, sagte mein Onkel Brian. »Aber setz dich, ich werd's dir erklären.«

Und so setzte ich mich, und er erklärte es mir.

»Träume«, begann mein Onkel. »Die Macht der Träume. Was glaubst du, woher Ideen kommen?«

»Man denkt sie sich aus«, sagte ich.

»Ja, aber woher kommen sie?«

»Man denkt sie sich aus«, sagte ich erneut.

»Nein, nein, nein!«, sagte mein Onkel. »Sie müssen schließlich von irgendwo her kommen. Sie erscheinen nicht einfach so mir nichts, dir nichts in deinem Kopf.«

»Ich denke irgendwie schon. Ich denke, eine Idee besteht im Grunde genommen aus einer ganzen Menge anderer Ideen, die ihr sozusagen auf die Sprünge helfen.«

»Schnickschnack«, sagte mein Onkel Brian. »Wenn du jemanden fragst, wie er auf diese oder jene wirklich erstaunliche Idee gekommen ist, dann sagen alle: ›Sie ist mir geradewegs zugeflogen, einfach so‹ oder ›Eben war sie noch nicht da, und dann war sie in meinem Kopf‹ oder ›Ich hatte da so einen Traum‹ oder ›Ich hatte eine Vision‹ oder was weiß ich.«

»Du willst mir sagen, dass Ideen von außerhalb unserer Köpfe kommen.«

»Nein, sie kommen aus dem Innern. Aber aus einer anderen Welt im Innern. Der Welt der Träume.«

»Ich glaube nicht, dass es eine andere Welt ist«, sagte ich. »Ich glaube, wenn man schläft, ist der Verstand in einer Art Leerlauf, und Träume sind lediglich so etwas wie durcheinander gewürfelte Informationen.«

Onkel Brian schüttelte den Kopf. »Es ist eine andere Welt, die wir betreten, wenn wir schlafen und träumen. Sie erscheint uns merkwürdig, weil wir dort Fremde sind und die Gesetze nicht verstehen, die dort herrschen. Es ist eine Welt der reinen Ideen, verstehst du? Nur Gedanken, ohne Substanz, und manchmal, wenn wir aufwachen, bringen wir ein wenig von dort mit. Peng, da ist die neue Idee.«

»Und genau danach suchst du?«

»Genau danach. Nach einer ganz großen Idee. Deswegen das viele Traumsurfen.«

»Und was genau wäre dieses ›Traumsurfen‹?«

»Wenn du des Nachts schlafen gehst, stellst du

deinen Wecker. Du brauchst einen digitalen Wecker und stellst ihn so ein, dass er zufällig losgeht. Mitten in der Nacht, während du am Träumen bist. Er reißt dich aus deinen Träumen, verstehst du? Denn normalerweise, und das liegt in der Natur der Dinge, wachst du erst auf, wenn ein Traum vorüber ist, deswegen erinnerst du dich nie daran. Wenn du den Wecker benutzt, wirst du ein paar Mal mitten in der Nacht aus deinen Träumen gerissen und kannst niederschreiben, woran auch immer du dich gerade erinnerst.«

»Und?«, fragte ich. »Funktioniert es?«

Mein Onkel machte eine verdrießliche Miene. Es war jene Sorte von verdrießlicher Miene, welche Menschen zu Eigen ist, die in letzter Zeit nicht besonders gut geschlafen haben. »Wo wir gerade von Arbeit sprechen«, antwortete er, »womit hast du dich eigentlich in letzter Zeit so beschäftigt?«

»Ich bin Privatdetektiv geworden«, sagte ich und rieb stolz die Revers meines Trenchcoats.

»Ich dachte, du wärst im Showgeschäft? Carlos der Chaos-Kakerlak, wenn ich mich recht entsinne?«

»Das mache ich nicht mehr.«

»Aber hatte es nicht etwas mit dem Schmetterling der Chaostheorie zu tun? Hattest du nicht behauptet, du wärst imstande, große Ereignisse heraufzubeschwören, indem du mit dem Kugelschreiber herumfuchtelst oder dir Büroklammern irgendwo hinsteckst?«

»Ich bin darüber hinweg.«

»Die Tabletten helfen, eh?«

»Tabletten helfen immer, dafür sind sie doch da, oder nicht?«

»Meine Schlaftabletten helfen jedenfalls definitiv«, gähnte mein Onkel.

»Willst du dich nicht für eine halbe Stunde hinlegen?«, schlug ich vor.

»Nein, nein, mir geht es gut. Aber manchmal schlafe ich mitten in einer Unterhaltung ein, nimm's nicht persönlich. Es hat nichts damit zu tun, dass du langweilig wärst oder sonst was.«

»Ich verstehe«, sagte ich.

»Erzähl mir doch von dieser Detektivarbeit, Neffe. Sie muss höllisch interessant sein.«

»Ist sie«, sagte ich. »Nimm zum Beispiel diesen Fall hier...«

»Zzzzzzzzzzzzzzzzzzzz«, machte mein Onkel.

Eine Stunde später schrillte der elektronische Wecker, und mein Onkel war wieder wach. Er riss ein Notizbuch an sich und begann hektisch mit einem Kugelschreiber darin zu kritzeln.

»Und?«, fragte ich, als er fertig war. »Hast du eine gute Idee?«

Mein Onkel betrachtete sein Geschreibsel. »Das ist wirklich sehr merkwürdig«, sagte er dann. »Aber ich schätze, es hat irgendetwas zu bedeuten.«

»Was hast du denn aufgeschrieben?«

»Nun ja, ich hatte diesen Traum, dass ich irgendwo in einem Fischerhafen wäre. Überall lagen diese Walboote, sehr altmodisch, und ich ging in diese Bar am Kai und kam mit einem alten Seebären ins Gespräch.«

»Und er hat dir einen Albatross vermacht?«

»Er hat mir eine Botschaft für dich mitgegeben.«

»Was?«

»Er meinte, du wärst in großer Gefahr, und du solltest dich vor einem gewissen Billy Barnes hüten.«

»*WAS?*«

»Billy Barnes. Kennst du diesen Billy Barnes?«

»Ich war mit Billy in der Schule. Und ja, es ist Billy Barnes, nach dem ich gegenwärtig suche.«

»Vielleicht solltest du es besser sein lassen.«

»Leck mich am Arsch«, sagte ich.

»Nein, danke«, sagte mein Onkel.

»Aber das ist unglaublich! Du träumst seinen Namen. Hat der alte Seemann sonst noch etwas gesagt?«

Onkel Brian konsultierte sein Notizbuch (das irgendeine zukünftige Glocke zum Klingen brachte). »Ich habe das Wort ›KÄSE‹ in dicken fetten Buchstaben aufgeschrieben und unterstrichen.«

»Was hat das zu bedeuten? Dass ich mich vor Käse in Acht nehmen soll?«

Onkel Brian schüttelte den Kopf. »Es ist wahrscheinlich ein Symbol. Man findet eine Menge Symbolismus in Träumen. Käse bedeutet wahrscheinlich nicht Käse, sondern irgendetwas anderes.«

»Beispielsweise?«

»Nun, was bringst du denn so mit Käse in Verbindung?«

»Mausefallen?«, fragte ich.

»Mausefallen. Gut. Und wo würde man eine Mausefalle finden?«

»In der Speisekammer?«

»In der Speisekammer, schön. Und wo findet man Speisekammern?«

»In alten VW-Campingbussen?«

»Genau. Das ist es, was es bedeutet. Du bist besser vorsichtig, wenn du mit deinem alten VW-Bus fährst.«

»Aber ich habe keinen alten VW-Bus.«

»Schön, dann probieren wir etwas anderes. Was fällt dir sonst noch zu Käse ein?«

»Zwiebeln.«

»Warum Zwiebeln?«

»Kartoffelchips mit Käse und Zwiebeln.«

»Ja, gute Idee.«

»Tatsächlich?«

»Nun, eine Zwiebel ist ein Gemüse, und Chips werden ebenfalls aus Gemüse gemacht. Und wo bekommt man sein Gemüse?«

»Aus der Speisekammer?«, fragte ich.

»Hm«, sagte mein Onkel. »Und worauf reimt sich Käse?«

»Vielleicht auf Mayonnaise?«

»Sonst noch etwas?«

»Öse?«

»Öse ist gut. Schlüssel haben Ösen. Das könnte etwas sein«, sagte mein Onkel.

»Schlüssel?«

»Der Grüne-Nelken-Club, das ist es!«, rief mein Onkel freudig. »Das muss es sein!«

»Was denn, hast du die Schlüssel für diesen Club oder wie?«

»Nein, es ist eine einfache Assoziation. Schlüssel. Schlüssel gehen in Schlösser, Schloss reimt sich auf Kloß, Klos gibt es in Häusern, und Häuser stehen in Städten. Und Oscar Wilde hat in einer großen Stadt gelebt, in London. Chesham Place Nummer neun.«

»Und Oscar Wilde hat grüne Nelken im Knopfloch getragen.«

»Richtig. Der Grüne-Nelken-Club befindet sich rein zufällig in der Nachbarschaft, in der Moby Dick Terrace um die Ecke.«

»Und Moby Dick war ein Wal, und du hast von Walfangbooten geträumt.«

»So ist es«, sagte mein Onkel. »Jede Wette, dass Billy Barnes einen VW-Bus fährt.«

Ich schüttelte den Kopf. »Unglaublich!«, sagte ich, und ich meinte es ernst.

Mein Onkel lächelte. »Das war doch ganz einfach. Ein Sahneschnittchen!«

»*Käse*sahne?«

O wie wir lachten.

»Aber ich sag dir was«, sagte mein Onkel. »Wenn du zum Grüne-Nelken-Club gehst, dann pass bloß auf.«

»Du meinst, weil es eine Schwulenbar ist? Keine Sorge, das macht mir nichts aus.«

»Nein, es ist *die* Bar. Die Bar aus all den Witzen.

Du weißt schon, ›kommt ein Mann in eine Bar‹. Diese Sorte von Witzen. Die Grüne-Nelken-Bar ist die Bar, in der all diese Witze entstanden sind.«

»Du machst Witze.«

»Alles kommt von irgendwo her«, sagte mein Onkel.

Und er hatte natürlich Recht.

Ich hätte in jener Nacht nicht in die Grüne-Nelken-Bar gehen sollen. Ich hätte, nachdem ich von Onkel Brian weggegangen war, auf dem kürzesten Weg nach Hause zurückkehren sollen. Dann wäre ich niemals in den Horror und das Entsetzen verwickelt worden, und ich wäre in Sicherheit gewesen. Und vielleicht hätte ich viele Jahre später sogar Billy Barnes um einen Job anhauen können. Andererseits, wenn ich nicht in den Grüne-Nelken-Club gegangen wäre, könnte ich heute nicht diese Geschichte erzählen, oder vielleicht doch, aber Sie wären nicht da, um sie zu lesen. Oder Sie wären da, aber ich nicht, um sie zu erzählen. Oder vielleicht doch. Vielleicht aber auch nicht.

Ich bin mir nicht ganz sicher.

Jedenfalls ging ich nicht nach Hause, sondern in die Grüne-Nelken-Bar.

Und vor der Bar stand ein VW-Bus.

Er gehörte zwar nicht Billy Barnes, sondern Johnny Ringpeace, dem Barbesitzer, und Johnny stammte aus dem Norden, wo alle richtigen Männer herstammen. Richtige Männer mit zugeknöpftem Kragen und Speichel auf den Stiefeln. Johnny war verdammt hart. Er hatte einen tätowierten Dödel, einen Wachhund namens Ganesha und eine Beule namens Norris am Hals.

Als ich die Bar betrat, stritt Johnny gerade mit einem Gast.

»Und ich sage dir!«, brüllte Johnny. »Du bringst diesen Hund nicht mit in meinen Laden!«

»Ach, komm schon«, entgegnete der Gast. »Nur ein schnelles Pint, und ich bin schon wieder weg.«

»Nicht mit diesem Hund! Du musst ihn draußen lassen.«

»Warum?«, erkundigte sich der Gast.

»Weil mein Hund ihn umbringt, wenn er ihn sieht, darum!«

»Ich bin nicht so sicher, ob er das tut«, entgegnete der Gast.

»Er tut es, verdammt noch mal. Er ist ein Rottweiler. Er macht Hackfleisch aus diesem Köter!«

»Oh, jede Wette, dass er es nicht macht.«

»Wette? *Wette?* Du willst wetten, ja?« Johnny grub in den Taschen seiner Lederhose. »Nun, hier ist ein Hunni. Ich sage, er macht Hackfleisch aus ihm.«

»Einhundert Pfund?« Der Gast blickte ein wenig besorgt drein.

»Nimm die Wette an oder zieh Leine!«

»Also schön!« Der Gast kramte seinerseits in den Taschen und zählte einhundert Pfund auf den Tresen. »Das ist lächerlich!«, sagte er.

»Das werden wir ja sehen. *Ganesha!*«

Ein sehr großer Rottweiler sprang um den Tresen herum nach vorn. »Fass, mein Junge!«, brüllte Johnny. Und der Rottweiler stürzte vor.

Es war in Sekundenschnelle vorbei. Doch es waren grauenhafte Sekunden. Das Heulen, das Bersten von Knochen, das Blut.

Johnny starrte über den Tresen. Von Ganesha war nicht mehr viel übrig außer ein wenig blutiges Fell und einem Schwanz.

»Zur Hölle!«, sagte Johnny. »Zur Hölle!«

»Tut mir Leid«, sagte der Gast und steckte seinen Gewinn hastig ein.

»Ich glaube das einfach nicht! Ich *glaube* das einfach nicht!« Johnny war richtig ins Schwitzen gekommen. »Er hat meinen Hund gefressen. *Er hat ihn aufgefressen!*«

»Tut mir Leid«, wiederholte der Gast.

»Muss dir nicht Leid tun. Aber ich will auch so einen Hund wie deinen. Ich muss so einen Hund haben! Wie heißt diese Rasse?«

»Oh«, sagte der Gast, »ich nenne ihn kurzohrigen, langnasigen, kahlköpfigen, krummbeinigen Spaniel. Aber meine Frau nennt ihn Krokodil.«

O wie wir lachten.

Ich bestellte einen *Tod durch Cidre*, wurde als »Landei« beschimpft und entschied mich daraufhin für ein Lager. Ich verzog mich mit meinem Lager in eine dunkle Ecke und setzte mich. Johnnys Kellnerin kam mit einem Eimer und einem Lappen nach vorn und wischte Ganeshas Überreste auf. Der Typ mit dem Krokodil leerte sein Pint und verließ die Bar.

Ich musterte das Lokal intensiv. Es verschloss sich jeglicher Beschreibung, und ich versuche es an dieser Stelle erst gar nicht. Stattdessen nahm ich ein paar Schlucke von meinem Lager.

Schließlich schwang die Tür auf, und es kamen drei junge Geschäftstypen herein. Ich vermute, es hätte eigentlich ein Engländer, ein Schotte und ein Ire heißen sollen, aber so war es nicht. Es waren drei junge Geschäftstypen. Nicht mehr und nicht weniger. Ganz normale Standard-Geschäftstypen. Mit diesen grauenhaften dunklen Anzügen, die noch nie richtig in Mode waren und es auch nie sein werden. Mit Mobiltelefonen, die sie wie Symbole der Macht schwangen. Mit rosigen, verschwitzten Gesichtern und vorzeitig kahl werdenden Köpfen. Man hat ständig das Gefühl, dass sie wahrscheinlich richtig gemeine Dinge mit den Frauen anstellen, die sie zu sich ins Bett kriegen. Und sie reden so verdammt laut. Und immer über den letzten Urlaub.

»Bringen Sie mir etwas Hohes und Kaltes mit jeder Menge Gin darin, Herr Wirt!«, rief einer der Geschäftstypen zu Johnny. Johnny schickte ihm seine Frau.

O wie haben wir gelacht.

»Ich bin dieses Jahr drei Wochen auf Robbenjagd«, sagte einer der Geschäftstypen.

»Hab ich auch schon gemacht«, sagte ein anderer. »Dieses Jahr gehe ich auf die Jagd nach Schneeleoparden. Der Porsche braucht neue Sitzbezüge.«

»Weiße Tiger eignen sich besser dazu«, sagte der

Dritte. »Hab letztes Jahr drei Stück eingesargt. Zwei in einem Wildreservat und den dritten in einem Zoo.«

»Bastarde!«, dachte ich. Leute mit Kohle haben immer allen Spaß für sich allein.

»Vor ein paar Tagen war ich im Netz«, sagte Geschäftstyp No. 1. »Und da bin ich doch auf diese Webseite mit dem Namen Murder Inc. gestoßen. Sie werben für den ultimativen Jagdurlaub für Waffenenthusiasten. Sie fliegen dich nach draußen zu einem unruhigen Flecken, wo du nach Herzenslust auf die Eingeborenen feuern kannst. Du kannst natürlich keine Trophäen mit zurück nach Hause bringen – der Zoll würde sie einem wegnehmen. Aber sie nehmen für dich alles auf Video auf, damit du später den Spaß noch einmal durchleben kannst.«

»Hab davon gehört«, sagte Geschäftstyp No. 2. »Offensichtlich sind sie seid mehr als hundert Jahren im Geschäft. Sie behaupten, dass sämtliche größeren Mordanschläge des zwanzigsten Jahrhunderts bei ihnen gebucht wurden.«

»Was denn, meinst du vielleicht JFK und solche Leute?«

»Ein Kumpel aus einem Schießclub in Leeds hat ihn erwischt. Es war ein Pauschalarrangement, zwei Wochen mit Vollpension.«

»Hast du vielleicht die Nummer da?«, fragte Geschäftstyp No. 3, während er sein Mobiltelefon zückte.

»Nicht bei mir, sorry. Hab sie im Geschäft liegen.«

»Und wo genau ist dein Geschäft?«

»Anderswo.«

Anderswo? Ich spähte aus zusammengekniffenen Augen zu den drei Geschäftstypen hinüber, und dann sah ich ihn. Es war Billy Barnes. Ich hatte ihn im ersten Augenblick nicht erkannt. Er sah den beiden anderen so verdammt ähnlich. Genau wie sie. Aber er war es, definitiv. Jedenfalls so definitiv wie nur möglich.

Ich erhob mich, um hallo zu sagen, doch dann überlegte ich's mir anders. Der Traum meines Onkels war in dieser Hinsicht ziemlich eindeutig gewesen. *Nimm dich vor Billy Barnes in Acht,* und hier stand Billy, mitten im Grüne-Nelken-Club.

Ich würde auf Nummer Sicher gehen. Ich würde seine Unterhaltung belauschen, ihm folgen und sehen, was er im Schilde führte.

»Selbstverständlich«, sagte Billy in diesem Augenblick. »Der große Hit dieses Jahr ist der maximale Trip.«

»Der maximale Trip?«, fragte Numero Zwo.

»Virtuelle Reisen«, sagte Billy. »Geh, wohin du willst, tu, was du willst, erfahre alles, was du willst, ohne auch nur einen Schritt aus dem Sessel zu machen.«

»Was denn, eine Computersimulation?«, fragte Numero Drei.

Billy nickte. »Das habe ich jedenfalls gehört.«

»Sie ist noch nicht perfekt«, sagte Numero Zwo.

»Dann hast du auch schon davon gehört?«, erkundigte sich Billy.

»Meine Gesellschaft arbeitet an etwas Ähnlichem. Es ist sehr geheim, das wirtschaftliche Potential ist gewaltig. Ich bin beim Crypto-Encodement, oberste Geheimhaltungsstufe, ich darf nicht darüber reden.«

»Du erzählst einen Riesenhaufen Scheiße«, sagte Numero Drei.

»Tu ich nicht«, sagte Numero Zwo.

»Erzähl mir mehr«, sagte Billy.

»Kann ich nicht. Du könntest ein Spion von Necrosoft sein, woher soll ich das wissen?«

»Necrosoft?«, fragte Billy. »Was ist das?«

»Die Konkurrenz. Sie würden alles geben, um das in die Finger zu kriegen, was ich weiß.«

»Dann verkauf's ihnen doch.«

Numero Zwo lachte. »Bestimmt nicht! Ich habe ein Copyright auf alles, was ich tue. Ich werde jede Menge Kohle machen, wenn wir erst online gehen.«

»Dann viel Glück«, sagte Billy. »Ich geb noch eine Runde.«

Und ich beobachtete, wie sie den ganzen Abend tranken. Billy warf noch eine ganze Reihe Runden, doch er selbst trank nur Fruchtsaft. Die Bar füllte sich mit Engländern, Schotten und Iren. Mit Grenadieren, Seemännern mit Papageien auf den Schultern, einem Mann mit einem Zwölf-Zoll-Pianisten und einem Typen mit einem Kopf so klein wie eine Orange.

Doch ich ignorierte sämtliche Gags und behielt

Billy im Auge. Geschäftstyp Numero Drei stolperte gegen zehn aus der Bar, doch Billy unterhielt Numero Zwo weiter und spendierte ihm weiter Drinks. Als die Bar schloss, erbot sich Billy, ihn nach Hause mitzunehmen.

Ich folgte ihnen nach draußen. Billy erzählte irgendwas von seinem Wagen, der gleich um die Ecke stand, legte dem anderen den Arm um die Schulter und führte ihn davon.

Ich folgte leise.

Sie wanderten über die Moby Dick Terrace, überquerten die High Street und bogen in die Horseferry Lane ein.

Ich folgte ihnen weiter und war noch leiser.

Sie waren fast bei der Schleuse angekommen, wo der Grand Union Kanal in die Themse mündet, als der junge Mann seine Zweifel bekam. Ich duckte mich hinter eine Mülltonne und beobachtete das Geschehen. Es gab eine Auseinandersetzung, wenngleich eine ziemlich einseitige, und dann schlug Billy den jungen Mann. Der junge Mann ging zu Boden, und ich beobachtete aus meinem Versteck, wie Billy begann, einen kompliziert aussehenden elektronischen Apparat zusammenzubauen, den er in seinen zahlreichen Taschen mitgeführt hatte. Wenn Sie mich fragen, er sah fast aus wie eine von diesen Strahlenpistolen aus den Fünfzigern. Billy hielt den Apparat an die Schläfe des jungen Mannes und betätigte den Abzug. Der junge Mann zuckte und wand sich grauenhaft, dann wurde er schlaff. Billy zerlegte die Strahlenpistole wieder und steckte die Einzelteile zurück in die Taschen. Dann hob er den Körper des jungen Mannes hoch, trug ihn zum Flussufer und ließ ihn ins Wasser fallen. Dann drehte er sich um, grinste und rief: »Komm raus! Ich weiß, dass du da bist!«

Ich hockte zusammengekauert hinter meiner Mülltonne und verhielt mich mucksmäuschenstill.

»Ich weiß, dass du da bist!«, wiederholte Billy. »Du bist uns die ganze Zeit gefolgt.«

Ich erhob mich so leise, wie ich konnte, um mich in die Schatten zu drücken und eilig einen taktischen Rückzug anzutreten. Und dann traf mich etwas sehr hart mitten auf den Kopf.

Ich drehte mich um und stolperte und nahm das Bild einer wunderschönen jungen Frau mit gehetzten Augen in mir auf. Sie steckte in einer Chauffeuruniform.

Und dann fand ich mich wieder einmal auf dem Weg hinunter in dieses tiefe dunkle Loch aus Nichts, das der 1950er amerikanische Genredetektiv so sehr liebt.

Und es tat kaum weh.

13

Der Weg zum Glauben eines Mannes führt über Konfusion und Absurdität.

Jaques Vallée

Ich erwachte in ziemlicher Konfusion, und ich fühlte mich höchst absurd. Es war nicht der Schlag auf den Kopf, der mich so getroffen hatte, es war die Art und Weise des Schlages. Von einer Frau! Woodbine hätte sich niemals von einer Dame auf den Kopf schlagen lassen! Austricksen – vielleicht. Täuschen – vielleicht auch noch. Unrecht antun – auch das. Aber niemals auf den Kopf schlagen. Diese Schande, diese unaussprechliche Schande!

Doch andererseits war ich gar nicht Woodbine.

Tatsächlich war ich sogar, wenn ich ganz ehrlich sein soll, ein ziemlich bescheidener Abklatsch von Woodbine. Ich hatte mich überhaupt nicht meiner Rolle gemäß verhalten, als ich den Schlag auf den Kopf bekam. Und ich hatte auch nicht mein übliches spöttisches Geplänkel mit Barry veranstaltet. Ich hatte es wirklich und richtig vermasselt, und ich bekam nur das, was ich mir eingebrockt hatte. Ich konnte niemandem die Schuld geben außer mir selbst.

Doch genug vom Selbstmitleid.

»Das war deine verdammte Schuld, Barry!«, sagte ich. »Du hättest mich warnen können, dass sie kommt. Du nennst dich einen heiligen Schutzrosenkohl?«

Doch Barry antwortete nicht.

»Hör schon auf zu schmollen«, sagte ich. »Gib einfach zu, dass alles deine Schuld war, und wir reden nicht weiter über die Sache.«

Doch Barry antwortete noch immer nicht.

»Also schön«, sagte ich, »es war nicht alles deine Schuld. Das meiste, aber nicht *alles.*«

Doch Barry ...

»Barry«, sagte ich. »Barry, bist du da?«

Ich schüttelte den Kopf und tippte mir gegen die Schläfen. »Barry? Barry?« Doch er war nicht da. Ich konnte spüren, dass er nicht da war. Mein Kopf fühlte sich leer an. Richtig leer, wirklich.

»Das ist wieder mal verdammt typisch!«, brummte ich. »Genau wie Gott. Nie in der Nähe, wenn man ihn wirklich braucht!«

Ich mühte mich unsicher auf die Beine und rieb mir den Schädel. Doch mein Schädel tat überhaupt nicht weh. Weder innen noch außen. Ich hatte auch keine Beule. Ich fühlte mich prima.

»Sie muss mich mit irgendetwas ganz Weichem geschlagen haben«, dachte ich. »Aber wo bin ich eigentlich?«

Ich warf einen Blick in die Runde. Ich war nicht in einer Seitengasse, wo ich auf jeden Fall gewesen wäre, hätte ich Woodbine gespielt, doch wo immer ich auch war, es sah alles andere als vertraut aus.

Es sah genau genommen alles andere als überhaupt aus.

Absolut anders.

Ich stand auf einer absolut ebenen Fläche. Wie eine Eisscholle oder wie durchsichtiges Plastik oder was weiß ich. Und es erstreckte sich in jede Richtung. Und der Himmel ...

»Au Scheiße!«, sagte ich zu mir. »Der Himmel!«

Der Himmel war weiß. Weiß wie Papier. So einen weißen Himmel hatte ich noch nie zuvor gesehen. Andererseits – war es überhaupt der Himmel? Je angestrengter ich hinsah, desto unsicherer wurde ich. Vielleicht war es gar nicht der Himmel, vielleicht war es etwas ganz anderes. Vielleicht war es eine Decke. Vielleicht war ich im Innern eines sehr großen, sehr modernen Gebäudes mit einer weißen Decke und einem glatten Plastikboden. Das musste es sein. Doch was auch immer es war, ich musste weg von hier.

Zum einen musste ich unverzüglich die Polizei informieren.

Ich mag mich gegenüber Billys Mum diskret verhalten haben, angesichts des Koffers mit dem armen Inspektor Kirby darin, doch das hier war etwas anderes. Ich wurde nicht von Billy bezahlt, und dieser Bastard hatte jemanden ermordet. Ich hatte einen richtigen, echten Mord beobachtet, mit meinen eigenen Augen! Und das war alles andere als zum Lachen!

»Wo ist der Ausgang?«, fragte ich mich.

»Ich weiß es nicht«, antwortete ich mir.

Doch ich machte mich auf den Weg, ihn zu suchen.

Ich weiß nicht genau, was mit meiner Armbanduhr nicht in Ordnung war, doch sie hatte aufgehört zu funktionieren.

Ich war höchst ärgerlich darüber, denn es war eine wirklich kostspielige Armbanduhr gewesen. Eine *Piaget*. Eine Imagegeschichte, ich will mich nicht großartig darüber auslassen. Ich sage nur eines: Sie können einen Mann schon an der Qualität seiner Armbanduhr einschätzen. Genauso, wie Sie die Moral einer Frau an ihren Schuhen erkennen. Mein Dad konnte das Alter einer Frau erkennen, wenn er ihre Knie ansah. Leider hat er mir diese Fähigkeit nie vermacht.

Doch ich schweife ab. Meine Uhr hatte also aufgehört zu funktionieren, und obwohl meine Beine prima funktionierten, schienen sie mich nirgendwo hinzubringen. Wie weit war ich inzwischen gelaufen? Und wenn ich schon dabei war – ging ich weiter in diesen Ort hinein, oder war ich auf dem Weg nach draußen?

Ich hatte mich verlaufen, und das war eine Tatsache.

Ich erinnerte mich, dass ich mich schon früher verlaufen hatte. Einmal. Vor langer, langer Zeit. Als ich noch ein kleiner Junge war.

Mein Dad hatte mich mitgenommen ins Britische Museum, um mir die Schrumpfköpfe zu zeigen. Wir waren durch die Ägyptische Galerie gelaufen, und ich war stehen geblieben, um mir einen Sarkophag in einem Schaukasten anzusehen. Ich war fasziniert von all den Hieroglyphen. Reihe um Reihe vertikaler Zeichen. Was hatten sie zu bedeuten, und wer hatte sie gemacht? Wer waren diese Leute, wie hatten sie gelebt? Ich fragte meinen Dad, doch er war nicht da. Ich war ganz allein in der riesigen Galerie, ganz allein unter all den Toten. Und genau damals und an dieser Stelle begriff ich zum ersten Mal die Einsamkeit des Todes. Sie traf mich mitten aus dem Nichts, und sie traf mich sehr hart. Die Jungen sind so fern vom Tod, dass sie sich alle für unsterblich halten. Alte Tantchen oder Großeltern sterben, aber nicht die Jungen, ihre Zeit ist das Jetzt. Und meine Zeit war ebenfalls das Jetzt. Trotzdem stand ich dort, ganz allein unter den Toten, deren Zeit so unendlich lange her war.

Ich bekam Angst, und ich begann zu weinen.

Ich weinte, wie ich jetzt weinte.

Jetzt weinte? Ich wischte mir die Tränen von den Wangen. Ich weinte tatsächlich. Warum weinte ich?

Und wo ...?

Ich sah mich um. Ich war nicht länger allein in der Mitte des Nichts. Ich war allein in dieser ...

In dieser Ägyptischen Galerie im Britischen Museum.

Und alles war ganz genau so, wie ich es in Erinnerung hatte. Ich stand vor genau dem gleichen Schaukasten. Dem Schaukasten mit dem Sarkophag und den Hieroglyphen. Und ich roch den Geruch des Ortes und sah dieses eigenartige Licht, *ganz genau* wie in meiner Erinnerung.

Und bei diesem Gedanken stieg große Angst in mir auf.

»Alles in Ordnung, mein Junge? Hast du deinen Dad verloren?«

Ich blickte auf. Und ich erinnerte mich an diesen Mann. Er war der Kurator der Ägyptischen Abteilung des Museums. Er hatte mich damals gefunden, als ich ein kleiner Junge war. Er hatte mich an die Hand genommen und herumgeführt, während wir gemeinsam nach meinem Dad gesucht hatten.

»Komm mit«, sagte der Kurator. »Komm, wir suchen nach deinem Dad.«

Und er streckte die Hand aus.

»Nein!«, sagte ich und wich zurück. »Ich bin kein Kind mehr! Ich bin nicht hier!«

Und er verblasste. Direkt vor meinen Augen. Er verblasste und löste sich in nichts auf.

Genau wie die Ägyptische Galerie.

Ich war wieder einmal ganz allein. Ganz allein in der Mitte des Nichts. Und dann dämmerte es mir. Denn in diesem Augenblick umschloss mich die Einsamkeit des Todes von allen Seiten.

Da wusste ich, was geschehen war.

Und warum ich hier war.

Und ich wusste, warum Barry nicht mehr bei mir war.

Weil seine Arbeit getan war. Weil Barry nur die Lebenden beschützte.

Und ich gehörte nicht länger zu den Lebenden.

Billy Barnes hatte mich getötet.

Ich war tot.

14

Wenn man die Worte verdreht, kommen
die Ideen von allein zum Vorschein.

John Campbell

Ich war tot.

Und ich war wütend.

Wütend, weil ich tot war. Außer mir, weil ich tot war, und wütend über die Lebenden. Ich erinnere mich noch, wie ich als Kind Windpocken hatte. Und das machte mich wütend. Nicht wütend über den Schmerz oder die Beschwerden, sondern wütend auf alle anderen. Die gesunden Leute, die Leute, die keine Windpocken hatten. Ich saß an meinem Schlafzimmerfenster und starrte wütend hinunter zu den Menschen auf der Straße. Wie konnten sie es wagen, gesund zu sein, wenn ich krank im Bett lag? Es war nicht fair, und es machte mich wütend.

Wenn man älter wird, gewöhnt man sich daran, dass das Leben nicht fair ist. Man nimmt es hin, dass das Leben nicht fair ist, und so tut man sein Bestes, um daraus zu machen, was daraus zu machen ist. Aber man ist immer noch wütend, tief im Innern, selbst wenn man es sich selbst gegenüber nicht eingestehen kann. Man ist immer noch wütend.

Oder wenigstens ich war wütend.

Aber jetzt war ich tot, und jetzt war ich erst recht wütend.

Das war nicht der Blick aus dem Schlafzimmerfenster nach unten, das war ein Blick auf jede lebende Person in der Welt. Ganz gleich, wie reich oder wie elend. Ich war eifersüchtig und wütend auf jeden Einzelnen. Weil sie immer noch lebendig waren, und ich war es nicht.

Aber ich war auf niemanden wütender als auf Billy Barnes.

Er war verantwortlich für meinen Tod. Und er war derjenige, der dafür zahlen würde.

»Ich werde ihn finden!«, brüllte ich. »Ich werde ihn heimsuchen! Ich werde ihn heimsuchen, bis er stirbt, und dann werde ich ihm von Angesicht zu Angesicht gegenübertreten und ihm den Schädel einschlagen!«

Der Gedanke an ewige Rache besserte meine Stimmung vorübergehend, doch dann kam mir ein weiterer Gedanke. Wenn ich tot war – wo war ich? Ich war nicht in der Hölle, doch das hier war so sicher wie die Hölle auch nicht der Himmel.

Die dritte und offensichtlichste Möglichkeit war das Fegefeuer. Und wenn ich im Fegefeuer war, dann bedeutete das, dass Gott sich noch nicht entschieden hatte, in welche Richtung er mich letzten Endes schicken würde. Und falls das der Fall war, dann wäre es möglicherweise eine kluge Entscheidung, jeglichen Gedanken an Wut und Rache zu verbannen und sich mehr auf

Frieden und Ruhe und Dinge dieser Art zu konzentrieren.

Dann würde ich eines Tages hinaufsteigen zu den himmlischen Chören in dem sicheren Wissen, dass Billy Barnes den Lohn für seine schändliche Tat in den Höllenöfen tief unter mir erhalten würde.

Und dieser Gedanke besserte meine Stimmung ganz erheblich.

Ich verbannte ihn genauso hastig wieder aus meinem Verstand, wie er gekommen war. Ich erfreute mich am Missgeschick eines anderen, was? Und das war doch wohl Sünde, oder? Gott würde das gar nicht gerne sehen. Gott achtete auf die Reinheit der Gedanken.

»Scheiße!«, sagte ich. »Das ist vielleicht kompliziert! Wie kann man reine Gedanken haben, wenn man tief im Innern weiß, dass reine Gedanken einen letzten Endes in den Himmel bringen? Das macht reine Gedanken für sich genommen zu einem Motiv, statt zu reinen Gedanken um ihrer selbst willen. Und daher sind es keine reinen Gedanken mehr. Es sind unreine Gedanken!«

»Das ist ja das grundlegende menschliche Dilemma, wenn es um spirituelle Dinge geht«, sagte der wandernde Bettelmönch.

Ich blickte zu ihm und nickte.

»Ich nehme ein weiteres Pint vom besten Bitter, wenn es Ihnen recht ist«, sagte er, und ich erhob mich, um die Runde zu holen.

Dann blickte ich mich um. Und setzte mich wieder. »Ich bin im *Fröhlichen Gärtner*«, sagte ich. »Was zur Hölle mach ich im ...«

»Es ist ein Trost«, sagte der Bettelmönch. »Sie brauchen jemanden, dem Sie vertrauen können.«

»Ich brauche was?«

»Sie vertrauen Andy, oder vielleicht nicht? Fragen Sie ihn.«

»Ich vertraue Andy. Woher wissen Sie das?«

»Ich weiß es nicht. Ich weiß nur, was *Sie* wissen. Fragen Sie Andy. Fragen Sie Andy, was vorgeht.«

»Das mache ich auch!« Ich stolperte zum Tresen. »Was zur Hölle geht hier vor, Andy?«, fragte ich. »Was zur Hölle mache ich hier? Ich bin tot!«

»Du bist nicht tot!«, sagte der Barmann und schüttelte den Kopf. »Denk nicht so einen Mist!«

»Wie kann ich das? Was geht hier vor?«

»Du wurdest heruntergeladen«, sagte Andy. »In das Necronet.«

»Das Necronet? Was ist das?«

»Eine virtuelle Welt. Eine Computersimulation.«

»Du meinst, ich bin in einem Computerspiel?«

»Es ist kein Spiel«, sagte Andy. »Aber es ist das, wo du jetzt bist. Du erlebst eine holographische Repräsentation der Realität. Die Realität ist deine Realität, erschaffen aus deinen Erinnerungen und Erfahrungen. Du bist derjenige, der all dies denkt.«

»Du meinst, ich träume das alles? Ich schlafe und träume nur?«

»Es ist kein Traum. Du wirst nicht mehr aufwachen.«

»Ich verstehe das nicht.«

»Nimm einen Drink«, empfahl Andy. »Es wird dir besser gehen, wenn du erst einen Drink hattest.«

»Ja«, sagte ich. »Ja, in Ordnung. Gib mir einen *Tod durch Cidre.* Nein, vergiss es! Gib mir eine Flasche von diesem Long Life Bier.«

»Kommt direkt.« Andy schob mir die Flasche hin. »Probier nur«, sagte er. »Sag mir, ob das nicht das beste Lager ist, das du jemals getrunken hast.«

Ich hob die Flasche an meine Lippen. »Bestimmt nicht«, sagte ich. »Das beste Lager, das ich in meinem ganzen Leben getrunken habe, gab es in Indiana, damals in den Sechzigern, auf dem Hippie-Trip. Ich erinnere mich daran, als wäre es erst gestern gewesen. Offen gestanden, als wäre es heute gewesen.« Ich nahm einen Schluck. »Und es hat genauso geschmeckt wie das hier«, sagte ich sehr, sehr langsam.

»Digitale Erinnerung«, sagte Andy. »Denk einen Moment darüber nach. Du hast eine totale Erinnerung, stimmt's? Du erinnerst dich an alles, was du je getan oder gesehen hast. Du erinnerst dich, wie du als Kind in der Ägyptischen Galerie gewesen bist, und du hast es so deutlich vor Augen, als wäre es heute geschehen. Überleg nur mal einen Augenblick. Versuch es.«

Ich überlegte einen Augenblick. Und ich versuchte mich zu erinnern. An alles. Gleichzeitig.

Alles, was ich je gesehen und erlebt hatte. Es brach über mich herein wie eine Flutwelle.

Ich taumelte rückwärts vom Tresen weg.

»Systemüberlastung«, sagte Andy. »Herunterfahren und neu starten.«

Ich schüttelte den Kopf. Ich stampfte auf den Boden. »Dieser Boden ist real«, sagte ich zu Andy. »Dieser Boden ist keine Computersimulation.«

»Dann bist du auch nicht tot, oder?«

»Nein«, sagte ich, »vermutlich nicht.«

»Kannst du das begreifen? Du bist nicht tot. Sag dir immer wieder, du bist nicht tot.«

»Ich bin nicht tot«, sagte ich. Und der Klang meiner Worte gefiel mir. »Ich bin nicht tot. Ich bin nicht tot. Hey, ihr alle! Ich bin nicht tot!«

»Was soll das überhaupt bedeuten?«, fragte Sean O'Reilly, der in diesem Augenblick in den *Fröhlichen Gärtner* hereinschneite. »Hast du gerade gesagt, du wärst nicht tot?«

»Ich bin nicht tot, Sean. Ich dachte, ich wäre tot, aber ich bin nicht tot. Ist das nicht brillant?«

»Brillant!«, sagte Sean. »Hast du in letzter Zeit irgendein gutes Buch gelesen? Ich hab gerade dieses Buch von Johnny Qu ...«

»Halt, einen Augenblick«, sagte ich und drehte mich zu Andy um. »Ich begreife das noch immer nicht! Das hier ist real, diese Bar. Ich kann sie fühlen, ich kann sie riechen, und sie ist massiv.«

»So erinnerst du dich jedenfalls an sie, ja«, sagte Andy.

»Du meinst, sie ist aus meinen Erinnerungen aufgebaut?«

»Hier haben Gedanken Substanz.«

»Ich verstehe das nicht. Aber – halt, nein, warte. Wenn ich mich im Innern einer Computersimulation befinde, wie schalte ich sie dann ab? Wie komme ich wieder raus? Habe ich eine Art Virtual-Reality-Helm auf oder so was? Wo sind die Kontrollen?«

»Ich bin nicht programmiert, diese Informationen weiterzugeben.«

»Programmiert? Wer hat dich programmiert?«

»Ich bin ein Produkt von Necrosoft Industries. Ich bin hier, um dich mit sämtlichen Informationen zu versorgen, die du benötigst, um einen möglichst angenehmen Aufenthalt zu gewährleisten.«

»Ich will mich aber nicht hier aufhalten!«, sagte ich. »Ich will hier raus! Sag mir, wie ich hier rauskommen kann!«

»Ich bin nicht programmiert, diese Information zu liefern.«

»Dann verrate mir, wer mir diese Information liefern kann.«

»Zugriff verweigert«, sagte Andy.

»Ach ja?«

»Ach ja«, sagte Andy. »Aber hör mal, denk doch mal drüber nach. Warum solltest du nach draußen wollen? Hier hast du die vollkommene Erinnerung. Ein digitales Gedächtnis. Du kannst dich an alles erinnern, was dir jemals an Wunderbarem widerfahren ist, du kannst es wieder und immer wieder durchleben, wann immer du willst, wieder und wieder, so oft du willst. Du kannst diese Welt erforschen, kannst zu jedem Teil von ihr reisen. Sie besteht nicht nur aus deinen Erinnerungen, sondern aus den Erinnerungen tausender anderer Menschen. Eine weltweite Datenbank. Unendliche Möglichkeiten für Erfahrung und Entwicklung. Für immer und ewig.«

»Schwachsinn«, sagte ich. »Draußen in der wirklichen Welt muss ich früher oder später auf die Toilette. Ich muss irgendwann den Helm abnehmen.«

»Denk nicht mal dran«, sagte Andy. »Denk nur an die Möglichkeiten. Hier kann dir niemand etwas tun. Hier gibt es keine Krankheiten und keinen Tod. Nur den Austausch von Erfahrungen und Informationen. So viel zu sehen, so viel zu lernen. So viel zu genießen.«

»Du klingst wie ein verdammter Reiseveranstalter.«

»Wie kannst du es wagen!«, entrüstete sich Andy. »Ich bin ein Info-Paket!«

»Steck dir deine Infos irgendwohin! Ich will hier raus und sonst gar nichts!«

»Du kannst aber nicht raus«, sagte Andy. »Schmink dir das nur ganz schnell ab, sonst...«

»Sonst was?«

»Sonst könnte es vielleicht erforderlich sein, eine korrigierende Therapie einzuleiten.«

»Und was soll das nun wieder heißen?«

»Ich bin nicht darauf programmiert, dir diese Informationen zu liefern.«

»Jede Wette, dass du nicht darauf programmiert bist.« Ich nahm mein perfektes Pint und kehrte damit in meine Lieblingsecke zurück. Ich war noch immer wütend. Nicht mehr ganz so wütend wie noch vor einer Seite, aber noch immer verdammt wütend.

Doch war es überhaupt *echte* Wut?

Schließlich saß ich hier in einem virtuellen Pub und trank virtuelles Bier, also war meine Wut vielleicht auch nur virtuell.

»Nein!«, sagte ich zu mir. »Es ist echte Wut, keine Frage. Und ich komme irgendwie hier raus. Ich verbringe nicht den Rest meines Lebens in irgendeiner Computersimulation, ganz gleich, wie gut das Bier auch sein mag. Ich lasse mich nicht mit einem digitalen Gedächtnis und grenzenlosen Erfahrungen abspeisen! Was ist schon dabei, wenn ich die wundervollsten Augenblicke meines Lebens in jeder Einzelheit zurückrufen kann?«

Was war schon dabei …

Und dort saß ich nun und blickte sie über den Tisch hinweg an. In diesem Restaurant in Lewes, an jenem Sonntag im März. Sie mit ihren leidenschaftlichen bernsteinfarbenen Augen und diesem faszinierenden Mund. Wir waren so verliebt, dass wir beide kaum etwas essen konnten. Ich roch ihr Haar und spürte ihre Haut und …

»Nein!«, brüllte ich und sprang von meinem Stuhl im *Fröhlichen Gärtner* auf. »Ich habe sie geliebt, und ich habe sie verloren, und es ist absolut kein Vergnügen, die glücklichsten Augenblick des Lebens erneut zu durchleben. Es ist eine Qual! Eine unerträgliche Qual!«

»Langsam, langsam«, sagte Andy. »Du wirst dich schon noch daran gewöhnen. Selektives Denken ist angesagt. Immer nur ein klein wenig zur gleichen Zeit. Und ruhig. Ganz ruhig!«

»Nein!«, brüllte ich. »Ich will nicht, verdammt! Ich will hier raus! Die richtige Welt mag vielleicht beschissen sein, aber das hier ist noch viel beschissener! Sich an alles zu erinnern, in jeder Einzelheit! An jeden Fehler, den man jemals begangen hat! Jeden Schmerz, den man anderen zugefügt hat! Ich bin in der Hölle! Lasst mich hier raus! Helft mir! Hilfe! Zu Hilfe!«

Und dann schlug mich irgendjemand. Oder löschte mich aus oder irgendwas. Und alles zog sich zusammen zu einem winzigen weißen Fleck auf einem dunklen Schirm, bevor es ganz verschwand. Schwärze.

Blendende Helligkeit.

Ich saß im Zimmer des Doktors und blinzelte zur Decke hinauf.

Der Doktor meinte, ich sei ein paranoider Schizo.

Nun ja, er hatte es nicht wirklich gesagt, aber ...

»Erzählen Sie mir über dieses Necronet«, verlangte er von mir.

»Das Necronet?« Ich schüttelte den Kopf.

»Diesen Ort, an dem Sie Ihren Worten zufolge gefangen gehalten wurden. Dieser virtuellen Welt im Innern eines Computers.«

»Ich verstehe nicht.« Ich schüttelte erneut den Kopf.

Der Doktor konsultierte seine Unterlagen. »Sie sagten, diese Welt wäre unmöglich von der wirklichen Welt zu unterscheiden gewesen, doch Sie hätten gewusst, dass es sich um eine Simulation handelte, die aus Ihren Erinnerungen und Erfahrungen zusammengesetzt war.«

»Das hat Andy zu mir gesagt.«

»Andy.« Der Doktor blätterte durch weitere Papiere. »Der Wirt des *Fröhlichen Gärtners.*«

»Genau der.«

»Sie hatten zu diesem Zeitpunkt getrunken?«

»Ich hatte einen Drink, mehr nicht.«

»Nur einen also.«

»Nur einen, ja.«

»Virtuelles Bier, sagen Sie?«

»Ja, es war nicht real. Nichts von alledem war real.«

»Aber es fühlte sich real an. Es war fest. Sie konnten es berühren, doch Sie wussten, dass es nicht real war.« Der Doktor rückte sein Monokel zurecht. Ich hatte auch einmal ein Monokel wie seines. Obwohl meines nur aus Fensterglas war. Eine Imagesache. Ich will nicht weiter darauf eingehen.

»Glauben Sie eigentlich immer noch, dass Sie sich in einer virtuellen Welt befinden?«, erkundigte sich der Doktor.

»Ich weiß es nicht. Ich ...«

»Sie wissen es also nicht.«

»Ich meine, ich ...«

»Diese Welt bestand, wie Sie es ausdrücken, aus Ihren Erinnerungen. Erinnern Sie sich an mich?

Haben Sie mich jemals zuvor gesehen? Waren Sie je zuvor in diesem Zimmer?«

»Ich kann mich nicht erinnern.« Ich drehte den Kopf von einer Seite zur anderen. »Warum bin ich eigentlich so zusammengeschnürt? Nehmen Sie mir diese Zwangsjacke ab!«

»Alles zu seiner Zeit.« Der Doktor kramte in seinen Unterlagen. »Digitale Erinnerung«, sagte er.

»Ja?«, fragte ich.

»Totale Erinnerung. Sie wurden also in dieses Necronet heruntergeladen und hatten von da an die vollkommene Erinnerung. Sie konnten jede Erinnerung wieder und wieder durchleben. Jeden Gedanken denken, den Sie schon einmal gedacht hatten.«

»Das ist richtig.«

»Und können Sie das jetzt auch noch?«

Ich dachte darüber nach. »Nein«, sagte ich dann. »Kann ich nicht.«

»Und was schließen Sie aus dieser Tatsache?«

»Dass ich nicht länger im Necronet stecke?«

»Sehr gut. Wirklich ganz ausgezeichnet. Wir machen Fortschritte. Und an was genau erinnern Sie sich? Erinnern Sie sich beispielsweise an die Nacht des siebenundzwanzigsten Juli?«

»Ich war in Brentford.«

»Gut.«

»Ich folgte Billy Barnes.«

»Ja.« Der Doktor zögerte. »Billy Barnes«, sagte er dann. »Dieser Name erscheint in Ihren Notizen wieder und immer wieder. Warum sind Sie Mr. Barnes eigentlich gefolgt?«

»Ich war auf der Suche nach der Voodoo-Handtasche.«

»Ah, die Voodoo-Handtasche. Darüber haben wir eine sehr große Anzahl von Notizen. Doch bleiben wir für den Augenblick bei Mr. Barnes. Sie sind ihm zur Horseferry Lane gefolgt.«

»Wo er einen jungen Geschäftsmann ermordet hat. Ich hab es mit eigenen Augen gesehen.«

»Diesen Mann vielleicht?« Der Doktor zeigte mir ein Post-mortem-Foto. Der gleiche junge Mann, bleich und aufgequollen auf einem Untersuchungstisch.

»Ja«, sagte ich und wandte den Blick ab.

»Und Sie kannten diesen Mann nicht. Sie haben ihn niemals zuvor gesehen.«

»Nur in diesem Pub zusammen mit Billy Barnes.«

»Also hatten Sie kein Motiv. Also war es ein Akt willkürlicher Gewalt.«

»Was?«

»Sie haben sich diesem Mann genähert und einen Streit provoziert. Sie haben ihn niedergeschlagen und dann in die Themse geworfen.«

»Ich habe nichts dergleichen getan! Was erlauben Sie sich!«

»Sehen Sie her.« Der Doktor lenkte meine Aufmerksamkeit auf einen kleinen Fernseher auf seinem Schreibtisch. Er schob ein Video hinein, betätigte eine Fernbedienung und drehte den Bildschirm in meine Richtung.

Ein Bild flackerte. Eine nächtliche Szene zeigte die Horseferry Lane von oben her, von einer

Sicherheitskamera aufgenommen. Zwei Männer näherten sich, lachend und scherzend. Billy Barnes und der junge Geschäftstyp. Sie sahen aus wie die allerbesten Freunde. Und dann tauchte in den Schatten ein dritter Mann auf. Er schwankte betrunken und hielt ein Stück Bauholz in der Hand.

Ich blinzelte; dieser dritte Mann war ich!

Ich beobachtete, wie ich den Knüppel schwang. Wie ich Billy Barnes zur Seite stieß und dann immer und immer wieder auf den jungen Mann einschlug. Wie ich seinen reglosen Körper zum Ufer schleifte und ins Wasser warf. Dann gab es einen weiteren Kampf mit Billy, der sich wieder erholt hatte. Einen Kampf, den ich verlor, als er mich mit einer perfekten Rechten am Kinn erwischte.

Der Bildschirm wurde schwarz, und der Doktor machte tsss, tsss, tsss. »Da haben wir's«, sagte er. »Und sogar in Farbe. Es heißt, Mr. Barnes soll eine Medaille für seine Zivilcourage erhalten.«

»Nein!«, brüllte ich. »Nein! Nein! Nein! Das ist eine Fälschung! Das ist nicht real! Dieses Video wurde bearbeitet!«

»Eine Computersimulation, meinen Sie?«

»Ja, das muss es sein! Billy Barnes hat die Aufnahme gefälscht, um mich zu belasten!«

»Diese Aufnahme belastet Sie nicht nur«, sagte der Doktor. »Sie zeigt ohne jede Spur von Zweifel Ihre Schuld.«

»Aber sie ist eine Fälschung! Barnes muss sie gefälscht haben! Während ich im Necronet gefangen war. Er hat mich aufs Kreuz gelegt! Ich war dort, und ich habe ihn gesehen! Irgendeine Frau hat mich niedergeschlagen. Seine Komplizin. Ich bin unschuldig! Ich hab das nicht getan! Sie müssen mir glauben!«

»Ich denke, das reicht für den Augenblick«, sagte der Doktor. »Ich denke, wir werden Sie in Ihre Zelle zurückbringen.«

»Sie stecken mit in dieser Sache!«, brüllte ich. »Das ist eine Verschwörung! Sie werden von diesem mörderischen Bastard Barnes bezahlt!«

Der Doktor drückte einen kleinen Knopf auf seinem Schreibtisch, und die Tür ging auf. Ein sehr großer Krankenpfleger tauchte im Eingang auf.

»Pfleger Cecil«, sagte der Doktor. »Bitte bringen Sie den Gentleman zurück in seine Zelle.«

»Nein!«, kreischte ich und stemmte mich vergeblich gegen meine Fesseln. »Hier stimmt etwas nicht! Hier geht etwas vor! Etwas Großes!«

»Soll ich dem Patienten seine Medikamente verabreichen?«, erkundigte sich Cecil.

»Ja«, sagte der Doktor. »Und nehmen Sie die große Spritze.«

»Die ganz große mit der extra langen Nadel?«

»Ich denke, genau die«, sagte der Doktor.

»Nein!«, kreischte ich. »Nein! Nein, nein, nein!«

Aber ja. Ich wurde davongeschleift, schreiend und um mich tretend, hechelnd und geifernd, und dann erhielt ich meine Spritze, und alles wurde schwarz.

Ich stand in der Frühstücksschlange und umklammerte mein Blechtablett. Ich war in ziemlich erbärmlicher Verfassung, sowohl körperlich als auch geistig. All diese Geschichten über einen ertrinkenden Mann, der sich an jeden Strohhalm klammert, sind wahr. Aber wie es schien, hatte ich nicht einmal einen Strohhalm, an den ich mich klammern konnte.

Der große hässliche Hundesohn klatschte Porridge auf einen Emailleteller und schob diesen in meine Richtung. Ich nahm einen Löffel aus dem Besteckkasten und trug mein Tablett zu einem leeren Tisch. »Barry«, flüsterte ich immer wieder leise vor mich hin. »Barry, wo steckst du? Barry?«

Doch Barry war nicht da. Ich war ganz allein, und ich fürchtete um meinen Geisteszustand, ohne Barrys tröstende Stimme in meinem Kopf.

»Ist hier noch frei?«

Ich blickte auf und sah einen jungen Mann, der mich fragend ansah. Er hatte ein schmales Gesicht, eine spitze Nase und einen rötlichen Schnurrbart. Er sah ziemlich normal aus, doch das konnte hier auch täuschen.

»Verraten Sie es mir«, sagte ich.

Er hob verblüfft die Augenbraue. »Der Stuhl ist jedenfalls unbesetzt«, sagte er.

»Wenn er in Ihren Augen unbesetzt ist, dann ist er es auch in meinen.«

Der junge Mann setzte sich und stellte sein Tablett auf den Tisch. Ich starrte den Teller an. Pilze, Würstchen, Rühreier, Toast. Der junge Mann bemerkte meinen Blick. »Ich kann Porridge auf den Tod nicht ausstehen«, sagte er. »Liegt mir im Magen wie ein Gartenzwerg im Blumenkasten einer Nutte. Ich vertrag's einfach nicht.«

»Ich auch nicht, aber wie haben Sie ...«

»Management Service«, sagte er und zeigte mir eine Plakette auf seinem Revers.

Ich schielte auf die Plakette. Es war ein Kronkorken, mit Tesafilm befestigt. »Aber ... wie?«, fragte ich.

Der junge Mann zwinkerte. »Diese Typen halten sich für schlau, aber sie sind es nicht. Sie sind dümmer als ein Eselsdödel. Ich komme und gehe, wie es mir beliebt. Dieses Porridge sieht echt widerlich aus, möchten Sie vielleicht mein Würstchen?«

»O ja, gerne!«

Der junge Mann gabelte sein Würstchen auf und legte es auf meinen Teller.

»Danke sehr«, sagte ich.

»Ich bin Roger«, sagte der junge Mann.

»Rob«, antwortete ich.

»Erfreut, Sie kennen zu lernen, Rob. Sind Sie noch immer wütend?«

»Verdammt richtig!«

»Wunderbar.« Roger machte sich über sein Essen her. »Ich hab Sie beobachtet«, sagte er kauend. »Sie murmeln ständig vor sich hin. Ich hab Sie wochenlang beobachtet. Sie sind nicht wie die anderen. Sie haben es noch immer.«

»Was?«

»Ein Gefühl für sich selbst. Sie wissen noch immer, wer Sie sind.«

»Nicht mehr lange, schätze ich.«

»Dann müssen wir Sie ziemlich schnell hier rausschaffen, wie?«

»Was?«

»Arbeiten Sie in der Computerindustrie, Rob?«

Ich schüttelte den Kopf. »Absolut *nicht.*«

»Dachte ich's mir. Aber die anderen. Jeder hier drin. Sie arbeiten alle irgendwie in der Computerindustrie. Forscher, Systemanalytiker, Programmierer. Sie alle, ohne Ausnahme.«

»Alle?«

»Bringt einen zum Nachdenken, eh?«

Ich sah mich um und musterte meine Leidensgenossen. Sie saßen dort, starrten dumpf vor sich hin und kauten geistesabwesend auf ihrem Porridge.

»Zombies«, sagte Roger. »Automaten. Konditioniert, sie alle. Leerer Verstand und abgeschaltetes Gehirn.«

»Ich muss hier raus«, sagte ich.

»Ich weiß das, und ich werde Ihnen helfen. Haben Sie das hier bekommen?«

Er öffnete die Hand und zeigte mir eine Reihe von Kapseln.

»Tabletten«, sagte ich. »Die Gleichen, die ich

auch nehme. Ich dachte eigentlich, dass Tabletten immer helfen. Ich bin mir gar nicht mehr so sicher.«

»Aber haben Sie diese Tabletten genommen?«

»Selbstverständlich hab ich sie genommen! Nur weil ich das Vertrauen in Tabletten verloren hab, bedeutet das noch lange nicht, dass sie wirklich nicht mehr helfen!«

»Sehen Sie.« Roger nahm eine der Kapseln und zog sie vorsichtig auseinander. »Was halten Sie davon?«

Ich betrachtete den Inhalt. »Es ist ein mikroskopisches Ding. Ein Chip oder so etwas«, sagte ich staunend.

»Nicht ganz das, was man in einer Tablette zu finden erwartet, eh?«

»Absolut nicht. Hören Sie, was geht hier vor? Wissen Sie mehr?«

»Ich hab so eine Idee. Es ist etwas ziemlich Großes, und es hat mit einer Firma namens Necrosoft zu tun.«

»Der verdammte Billy Barnes!«, flüsterte ich.

»Ja, genau dieser Bastard.«

»Sie kennen ihn?«

»Er war es, der mich hierher gebracht hat. Ein dummes Missverständnis. Ich hab ihn in einem Pub kennen gelernt und hab versucht, mit ihm ins Geschäft zu kommen. Er dachte, ich wollte ihn übers Ohr hauen, und zack, hier bin ich.«

»Und? Haben Sie ihn übers Ohr gehauen?«

»Nur ein wenig.«

»Wie wenig?«

»Siebzigtausend.«

»Pfund?«

»Nein«, sagte Roger. »Rechtshändige Gummihandschuhe.«

15

Lex Talionis –
Das Gesetz der Vergeltung.

»Ja, in Ordnung«, sagte Roger. »Also bin ich eben ein Tarnkappenfuchs/Hund/Pferd/Mensch-Hybride, aber wir suchen uns unsere Eltern nicht aus, oder?«

»Nein«, sagte ich. »Vermutlich nicht.«

»Ich bin rein zufällig ganz glücklich, wie ich bin. Man findet nicht viele wie mich.«

»Das ist kaum überraschend. Sodomie ist keine alltägliche Sache.«

»Hören Sie endlich auf damit«, sagte Roger.

»Was?«

»Haben Sie sich nie gefragt, warum so viele Hunde aussehen wie ihre Besitzer?«

»Wollen Sie etwa sagen ...«

»Heutzutage wird ganz schön viel im genetischen Pool herumgeplanscht. Sie züchten Schweine mit menschlichen Genen, um ihre Organe für Transplantationen zu benutzen. Irgendein Typ kriegt so ein Schweineherz, und damit hat er ein Schwein in sich, oder nicht? Wer weiß schon, wohin das in ein, zwei Generationen führt, eh?«

»Also glauben Sie, dass sich eines Tages sämtliche Spezies auf der Erde vermischen?«

»Zumindest jede, die dazu imstande ist. Das wird die nächste Stufe auf der Evolutionsleiter.«

»Was für ein selten dämlicher Quatsch.«

»Wie Sie meinen. Aber ich sage die Wahrheit. Sie haben doch sicher auch bemerkt, wie sich das Verhalten der Leute gegenüber Tieren verändert hat? Und damit meine ich nicht nur, dass alle plötzlich Hunde und Katzen zu lieben scheinen. Was ist mit diesen Protesten wegen der Ausfuhr lebender Schafe? Und all dieses ›Rettet die Wale und schützt gefährdete Spezies‹? Die Menschheit hat sich noch nie um so etwas gekümmert. Trotzdem, mit jedem vergehenden Jahr kommt sie den Tieren näher und näher. Scheiße, man kann inzwischen sogar CDs von singenden Delphinen kaufen! Mehr und mehr Leute werden zu Vegetariern, was glauben Sie eigentlich, was dahinter steckt?«

Ich zuckte die Schultern.

»Vielleicht haben alle schon ein wenig von Schafen in sich.« Roger fuhr sich mit einer langen, spitzen Zunge über die Lippen. »Bringt einen zum Nachdenken, eh?«, fragte er. »Aber hören Sie, wollen Sie nun, dass ich Ihnen hier raus helfe oder nicht?«

»Ja, bitte«, sagte ich.

»In Ordnung. Ich helfe Ihnen, aber als Gegenleistung müssen Sie mir einen Gefallen tun.«

»Und der wäre?«

»Ich brauche eine Gefährtin.«

»Meinetwegen«, sagte ich. »Dann bin ich eben Ihre Gefährtin.«

»Nicht diese Art von Gefährtin, Sie Blödmann. Ich brauche eine Gefährtin, um mich mit ihr zu paaren. Eine von meiner eigenen Sorte.«

»Ich dachte eigentlich, Sie betrachten die ganze Menschheit als Ihre Gefährten?«

Roger schüttelte den Kopf. »Ich will nicht dazugehören. Ich bin ein Außenseiter, und ich beabsichtige, einer zu bleiben. Ich werde mich keinem Rudel anschließen. Ich will mich paaren, mit einer von meiner eigenen Sorte, und das ist alles.«

»Und woher soll ich wissen, wo ich eine finde?«

»Sie sind ein Detektiv, oder nicht?«

»Ja, schon, aber ...«

»Ich hab ein Foto. Von meiner Gefährtin.«

»Tatsächlich?«

Roger fischte es aus der Tasche und reichte es mir. »Sie ist eine Immobilienmaklerin. Die meisten von meiner Art haben derartige Berufe, Gebrauchtwagenhandel, Immobilien, Jura – sie war ziemlich gut in ihrem Job, doch dann ist sie plötzlich verschwunden.«

Ich musterte das Foto. »Leck mich am Arsch«, sagte ich.

»Wenn Sie meinen, dass es hilft«, sagte Roger.

»Nein, ich meine, ich kenne diese Frau. Als ich sie das letzte Mal gesehen habe, trug sie eine Chauffeuruniform. Sie hat mich niedergeschlagen. Ich glaube, sie steht im Dienst von Billy Barnes.«

»Gut«, sagte Roger, nahm das Foto wieder an sich und steckte es ein. »Dann haben wir einen Handel. Sind Sie bereit zur Flucht?«

»Bin ich.«

»Dann packen wir's an.«

Ich war sehr beeindruckt von der Art und Weise, wie Roger es anstellte. Ich begriff es nicht ganz, aber irgendwie schaffte er es.

»Wie haben Sie das gemacht?«, fragte ich, nachdem wir draußen auf dem Parkplatz standen.

»Darin bin ich am besten«, sagte Roger. »Darin und im Hühnchenessen natürlich. Scheint, dass ich nicht von dieser Gewohnheit ablassen kann. Zeigen Sie mir einen Hühnerstall, und ich drehe durch. Rein, reißen, fetzen, beißen, überall Federn und ...«

»Meinetwegen«, sagte ich. »Aber das möchte ich lieber nicht so genau wissen.«

»Entschuldigung. So, welchen Wagen möchten Sie denn nun?«

»Sie wollen ein Auto stehlen?«

Roger zuckte die Schultern. »Wenn Sie eine bessere Idee haben?«

»Nein, von mir aus stehlen wir einen Wagen. Schließlich bin ich ein verurteilter Mörder. Was macht da schon ein Autodiebstahl aus?«

»Überhaupt nichts«, sagte Roger. »Welchen möchten Sie denn nun?«

Ich zeigte es ihm. »Den da«, sagte ich. »Den

1958er Cadillac Eldorado, den elektrisch-blauen mit den großen Heckflossen.«

»Also den.«

Wieder einmal konnte ich nicht genau sehen, wie er es tat, doch Roger brachte den Motor zum Laufen und klappte das Verdeck auf. Er saß am Steuer, und ich saß neben ihm.

»Und?«, fragte er. »Wohin jetzt?«

»Brentford, schätze ich. Dort hab ich Billy Barnes und Ihre Fuchsdame zum letzten Mal gesehen.«

»Und in welcher Richtung liegt dieses Brentford?«

»Das weiß ich nicht. In welcher Stadt sind wir hier?«

Roger zuckte einmal mehr die Schultern. »Keine Ahnung«, gestand er.

»Fahren Sie einfach los, wir werden es schon irgendwie herausfinden.«

»Meinetwegen.«

Roger fuhr vom Parkplatz, und bald befanden wir uns in einer modern aussehenden Stadt, die überall hätte sein können. Ein Franchise-Laden nach dem anderen. Next, Gap, The Body Shop. Roger folgte den Einbahnstraßen ...

Und bald darauf ...

»Wir sind wieder auf dem Parkplatz«, sagte ich.

»Soll ich es in einer anderen Richtung versuchen?«, fragte er.

»Ich denke ja.«

Wir fuhren einmal mehr los. Diesmal bog er links ab, und bald kamen wir an einem Next, einem Gap und einem The Body Shop vorbei. Und wir waren wieder in einem System aus Einbahnstraßen und schließlich wieder auf dem Parkplatz.

»Sie Trottel«, sagte ich zu Roger. »Lassen Sie mich fahren.«

Also fuhr ich. Vom Parkplatz runter, die zweite Straße rechts, an einem Next-Laden, einem Gap und einem The Body Shop vorbei …

»Was zur Hölle *ist* das nur?«, fragte ich, als ich auf dem Parkplatz angekommen war.

»Immer das Gleiche«, sagte Roger. »Ich hatte gehofft, Sie wären anders.«

»Ich wäre anders?«

»Ich hab's mit allen anderen Insassen versucht. Aber keiner scheint einen Weg raus aus dieser verdammten Stadt zu finden.«

»Dann gehen wir eben zu Fuß«, sagte ich.

»Hab ich auch schon probiert.«

»Sie waren zu Fuß unterwegs?«

»Dutzende Male. Aber es ist immer das Gleiche. Ganz egal, wie weit ich gehe, irgendwann komme ich immer wieder hier heraus. Das ist vermutlich der Grund, warum ihre Sicherheitsvorkehrungen so lasch sind. Niemand kann irgendwohin.«

»Das ist doch absurd! Wenn man immer weiter geradeaus läuft, muss man doch irgendwo herauskommen!«

»Nicht von hier aus«, sagte Roger. »Ich denke, es

ist eine Art Möbiusband. Ganz gleich, in welche Richtung man läuft, man kommt immer wieder am Ausgangspunkt heraus.«

»Wir gehen jedenfalls«, entschied ich.

Und wir gingen.

Wir gingen stundenlang. Wir gingen in diese und in jene Richtung. Doch ganz gleich, wie weit wir gingen, wir endeten jedes Mal direkt vor der Anstalt.

Es muss so beim zwölften Mal gewesen sein, als wir von Krankenpfleger Cecil erwartet wurden.

»Euer Essen wird kalt«, sagte er.

Also gingen wir zum Essen hinein.

»Werden Sie nachher noch einmal losgehen?«, erkundigte sich Pfleger Cecil. »Ich könnte Ihnen ein paar Sandwichs und eine Kanne Kaffee machen, wenn Sie mögen.«

»Höchst amüsant«, sagte ich, doch ich war nicht amüsiert.

»Flügel aus Federn«, sagte Roger. »Wir könnten es mit Flügeln versuchen.«

Nach dem Mittagessen (ich bekam Porridge, Roger bekam ein T-Bone-Steak und Pommes frites) saß ich im Freizeitraum und haderte mit meinem Schicksal. Gewisse Gedanken kamen in meinen Kopf, und ich behielt sie dort. Der Morgen war wie einer jener schrecklichen Albträume verlaufen, wo man verzweifelt versucht, irgendwo hinzukommen, aber es geht nicht. Man verpasst den Bus und den Zug, und die Beine funktionieren nicht richtig, und man wacht ziemlich schweißgebadet auf und fuchtelt mit den Händen und sagt immer wieder: »Nein, nein, nein!«

Es musste ganz offensichtlich einen Weg geben, aus dieser Irrenanstalt und dieser Albtraumstadt zu entfliehen. Doch offensichtlich war der offensichtlichste Weg nicht der Weg, der zum Erfolg führte.

Womit nur noch ...

Mein Verhalten in der folgenden Woche war beispielhaft. Ich wischte Korridore und lächelte die Krankenpfleger und Ärzte freundlich an. Ich scherzte sogar ein oder zweimal mit Cecil. Ich beobachtete Roger, wie er kam und ging, doch ich wanderte nie mehr wieder nach draußen auf den Parkplatz.

Der Doktor meinte, ich machte Fortschritte.

Nun ja, er sagte es nicht so explizit, doch ...

»Erzählen Sie mir von diesem Necronet«, bat der Doktor mich.

»Was kann ich Ihnen erzählen?«, fragte ich. »Theoretisch ist es eine virtuelle Welt, erschaffen durch Computertechnologie. Die Persönlichkeiten und Erinnerungen von Menschen können hineingeladen werden. Die Welt dort drin erscheint ihnen so real wie die wirkliche Welt hier draußen.«

»Und Sie glauben, dass Sie sich in dieser virtuellen Welt befinden?«

»›Der Weg zum Glauben eines Mannes führt über Konfusion und Absurdität,‹« sagte ich. »Das ist von Jacques Vallée. Ich habe im Verlauf der letzten Woche sehr häufig darüber nachdenken müssen.«

»Und zu welchem Schluss sind Sie gekommen?«

Ich zuckte in meiner Zwangsjacke die Schultern. »Nun, nehmen Sie beispielsweise das Video der Sicherheitskamera. Es scheint zu zeigen, wie ich den jungen Geschäftsmann ermorde. Ich könnte argumentieren, dass es zahlreiche Möglichkeiten gibt, wie dieses Video gefälscht worden sein kann, doch es erscheint zweifelhaft, dass irgendjemand mir glauben würde.«

»Die Frage ist doch sicherlich, was *Sie persönlich* glauben.«

»Ich glaube dem, was meine eigenen Augen mir sagen. Selbst wenn es mit dem im Widerspruch steht, was meine Erinnerung behauptet.«

»Oder was Sie glauben, das Ihre Erinnerung sagt.«

»Ganz genau. Und da beginnt das Problem. Ist meine Erinnerung zutreffend? Vielleicht habe ich den jungen Mann ermordet, doch ich habe die Erinnerung daran verdrängt. Möglich wäre es.«

»Mehr als möglich«, sagte der Doktor.

»In der Tat. Mein Problem scheint darin zu liegen, dass ich nicht weiß, was real ist und was nicht.

Verstehen Sie, im Necronet besaß ich ein digitales Gedächtnis. Ich konnte jede Erfahrung aus meiner Vergangenheit aufrufen und immer wieder aufs Neue durchleben, als wäre ich mittendrin im Geschehen. Es war real, und es war massiv. Jetzt habe ich kein digitales Gedächtnis mehr, deswegen muss ich schließen, dass ich zurück in der Realität bin. Und dass dieses Hospital die wirkliche Welt ist.«

»Sehr gut.«

»Und doch, als ich letzte Woche versuchte, aus dem Hospital zu entfliehen, fand ich mich immer wieder hier wieder, ganz gleich, welche Richtung ich einschlug. Als bewegte ich mich im Kreis.«

»Diese Stadt ist der Albtraum eines Planers«, sagte der Doktor.

Ich nickte. »Ein Albtraum«, sagte ich. »Genau mein Gedanke. Oder vielleicht eines von diesen Computerspielen, wo man in einem Labyrinth steckt und sich immer und immer wieder im Kreis bewegt, bis man die geheimen Passworte gefunden und die nötige Energie und was weiß ich nicht alles eingesammelt hat.«

»Eine recht unglückliche Analogie«, sagte der Doktor. »Wenn man bedenkt, aus welchem Grund Sie hier sind.«

»Ich stimme Ihnen zu«, sagte ich. »Weil ich, wenn ich noch immer in der Computersimulation wäre, noch immer mein digitales Gedächtnis hätte.«

»Exakt«, sagte der Doktor.

»Es sei denn ...«

»Es sei denn?«

»Es sei denn, mein digitales Gedächtnis würde irgendwie unterdrückt.«

»Du meine Güte!«, sagte der Doktor und streckte die Hand nach dem kleinen Knopf auf seinem Schreibtisch aus.

»Nein, bitte. Hören Sie mir noch einen Augenblick zu. Stellen Sie sich folgendes Szenario vor. Stellen Sie sich vor, ich hätte das Necronet nie verlassen. Stellen Sie sich vor, dies hier wäre nicht die wirkliche Welt und kein wirkliches Hospital.«

»Wie schade«, sagte der Doktor. »Wirklich ausgesprochen schade. Sie haben sich so wacker geschlagen. Ich dachte schon, die Tabletten hätten wirklich angefangen zu helfen.«

»Ich hab aufgehört, die Tabletten zu nehmen«, sagte ich. »Ich habe seit einer Woche keine mehr genommen.«

Der Doktor schüttelte traurig den Kopf und drückte mit dem Zeigefinger auf den Knopf.

»Ich glaube, die Tabletten sind Erinnerungsunterdrücker«, fuhr ich fort. »Kleine Siliciumchips mit Programmen, die mir den Zugriff auf meine eigenen Erinnerungen verwehren. Ich glaube, wenn ich meine digitale Erinnerung zurückhabe, kann ich ganz leicht von hier verschwinden. Ich muss nichts weiter tun, als mir einen Weg nach draußen zu *denken.* Mir vorstellen, dass ich irgendwo anders bin, irgendwo, wo ich schon einmal war, und zack, weg bin ich. Verschwunden. In einem einzigen Augenblick.«

Die Tür ging auf, und Krankenpfleger Cecil stand im Eingang.

»Seien Sie so freundlich und bringen Sie den Gentleman in seine Zelle zurück«, sagte der Doktor. »Und verdoppeln Sie von heute an seine Dosis.«

Krankenpfleger Cecil stand dort, ohne sich zu rühren, und auf seinem Gesicht bildete sich ein idiotisches Grinsen.

»Welchen Gentleman?«, fragte er.

16

Sei vernünftig. Verlange das Unmögliche.

Opportunistisches Graffito

Die Anhänger des John-Frum-Cargo-Cults saßen auf ihrer selbst gebauten Landepiste und starrten in den azurblauen Himmel hinauf.

»John Frum, er kommt«, sagte einer. »Bringt Fracht, wir alle reich.«

»Bald kommt«, sagte ein anderer. »Wirklich bald jetzt kommt.«

»Ich warte schon eine ganze Weile auf ihn«, sagte ein Eingeborener mit einem Hut.

»Wen du warten?«, fragte ein vierter, ein mürrischer Bursche mit einem menschlichen Fingerknochen durch die Nase.

Die ersten drei Eingeborenen blickten ihn voller Ehrfurcht an.

»John Frum«, sagten sie. »John Frum.«

»Oh, er. Er kommen. Ihr nur warten.«

Und so warteten sie.

Und am nächsten Tag warteten sie erneut.

Genau wie an den beiden folgenden Tagen.

Und am darauf folgenden.

Ein Eingeborener sagte: »Jetzt nicht mehr lange dauern.«

Ein anderer sagte: »Ich glauben nicht.«

Und ein dritter: »Wohin ist eigentlich der Typ mit dem Hut verschwunden?«

Etwa eine Woche darauf sagte einer von ihnen: »Ich wäre nicht überrascht, wenn John Frum jetzt jeden Augenblick hier auftauchen würde.

»Ich auch nicht«, sagte ein zweiter. »Hat irgendjemand in letzter Zeit den Typ mit dem Knochen in der Nase gesehen?«

Etwa drei Wochen nach diesem Ereignis, an einem schönen, sonnigen Morgen, kehrte John Frum zurück. Enttäuscht, dass niemand dort war und ihn erwartete, ging er wieder, doch nicht, ohne eine Notiz zu hinterlassen, welche besagte, dass er definitiv zu einem späteren Zeitpunkt noch einmal zurückkehren würde.

»Da!«, sagte ein Eingeborener. »Ich hab euch doch gleich gesagt, er würde zurückkommen.«

»Und er kann jetzt jeden Augenblick kommen«, sagte ein anderer.

Ein Eingeborener mit einer glänzenden Glatze deutete zum Himmel hinauf. »Ist er das nicht vielleicht schon?«, fragte er.

Doch er war's nicht.

Und so beschlossen sie zu warten.

Ich kam auf der Ostseite der Insel an Land. Das Meer war warm und blau, genau wie ich es mir vorgestellt hatte.

Ich erinnerte mich, wie ich als Kind Arthur Thicketts Buch über den melanesischen Cargo-Cult gelesen hatte, *John Frum He Come: An Anthropological Study of Cargo Culture*, und es hatte mir viel Freude bereitet. Tatsächlich erinnerte ich mich jetzt an jedes einzelne Wort in diesem Buch, genau wie an jedes andere Buch, das ich in meinem Leben gelesen hatte. Mehr als fünfzehntausend Bücher. Fünfzehntausendvierhundertsiebenunddreißig Stück davon, um genau zu sein. Und nicht ein einziges von Johnny Quinn war unter ihnen allen.

Ich war nicht mehr länger zornig. Ich war entschlossen. Entschlossen, aus dem Necronet zu fliehen und Billy Barnes der Gerechtigkeit zuzuführen.

»Zorn ist eine der treibenden Kräfte der Seele«, schreibt Thomas Fuller in seinem Buch *The Holy State and the Profane State.* Auf Seite dreiundfünfzig, um genau zu sein, was zufällig die letzte Seite war, die ich gelesen hatte, bevor mich das Buch zu langweilen anfing und ich mich stattdessen in *The Beano* versenkte. Doch ich bin sicher, er hatte

Recht. Sie ist wirklich eine von ihnen. Mein Vater sagte einmal: »Wenn du nicht zornig bist, dann lebst du nicht«, und ich erinnerte mich ganz genau, wann er dies sagte. Also war ich ein wenig zornig, doch nicht so sehr, dass es mein Urteilsvermögen trübte.

Zugegeben, ich war noch immer im Necronet gefangen, doch hier war ich nicht ganz der Trottel, der ich in der wirklichen Welt dort draußen gewesen war. Hier konnte ich mich an die Folgen von allem erinnern, was ich je getan hatte. Also würde ich hier ganz gewiss nicht die gleichen Fehler begehen.

Ich schlurfte den Strand hinauf, zog mein Hemd aus und breitete es auf dem Sand zum Trocknen aus. Dann zog ich meine restlichen Kleidungsstücke ebenfalls aus und saß nackt da und sonnte mich.

Es war ziemlich wunderbar.

Aber war es sicher?

Ich hatte beträchtliche Umsicht bei der Wahl meines Zielortes walten lassen, bevor ich mich aus der Anstalt dachte. Ich wollte einen wirklich geheimen Ort, den am wenigsten Offensichtlichsten von allen Offensichtlichen, wo man mich am allerwenigsten suchen würde. Einen Ort, zu dem mich niemand zurückverfolgen konnte. Ich hatte mich für diese Insel entschlossen, weil ich nicht genau wusste, wo sie lag, obwohl ich das Buch gelesen und jedes Detail über die Insel in mich aufgenommen hatte. Ich hätte sie nicht auf einer Karte finden können, weil ich sie nie auf einer

Karte gesehen hatte. Hier war ich sicher. Hier musste ich sicher sein. Zumindest für eine Weile. Und von hier aus konnte ich meine Flucht planen.

In aller Ruhe.

Arthur Thicketts Buch stammte aus dem Jahr 1961, als der John-Frum-Cargo-Cult eine große Zahl Anhänger besessen hatte. Die Cargo-Cults rührten aus dem Zweiten Weltkrieg her, wo zum ersten Mal weiße Männer in großer Zahl auf den Inseln gelandet waren. Die Eingeborenen beobachteten die Errichtung von Landepisten und Kontrolltürmen. Sie sahen zu, wie weiße Männer ihre Flugzeuge landeten, die Frachtluken öffneten und Cargo ausluden. Wunderbare Dinge, wie sie die Eingeborenen noch niemals zuvor gesehen hatten. Also setzten sie sich hin und hielten ein großes Palaver. Und ihre Schlussfolgerungen waren stichhaltig. Es schien offensichtlich, dass die weißen Männer mit den Göttern, wenn sie nicht gar selbst Götter waren, zumindest mit ihnen unter einer Decke steckten. Und wenn die Götter ihre Geschenke vom Himmel brachten, dann würden sie sich einen Teil dieser gottgegebenen Gaben nehmen. Also gingen sie hin und walzten ihrerseits Landebahnen und richteten Kontrolltürme auf und marschierten in nachgemachten Uniformen umher und sagten Dinge wie »Roger Wilco«, wie sie es von den weißen Männern gehört hatten.

Doch kein Cargo kam.

Die weißen Männer sahen, was die Eingeborenen taten, und bemühten sich, sie wieder zur Vernunft zu bringen. Doch die Eingeborenen wollten keine Vernunft zeigen. Sie wussten genau, was die weißen Männer vorhatten, und sie würden sich nicht um ihren Anteil Cargo betrügen lassen.

Ich erinnere mich (ganz genau), in den frühen Sechzigern eine Fernsehdokumentation über diese Sache gesehen zu haben. Armand Denis sprach mit einem der Ältesten des Cargo-Cults. »Sie warten nun seit nahezu fünfundzwanzig Jahren, sehen Sie das denn nicht? Ihr Gott John Frum wird nicht wieder zurückkommen.«

Der alte Eingeborene blickte Denis direkt in die Augen. »Ihr wartet seit nahezu zweitausend Jahren auf die Rückkehr eures Gottes«, sagte er. »Was bringt euch auf den Gedanken, dass meiner nicht zuerst hier ist?«

»Ist er«, sagte ich und erhob mich aus dem Sand. Das Buch hatte John Frum als einen Mann in einem weißen Anzug mit einem Sonnenschirm beschrieben. Ich stellte mir beides vor. Und dann streifte ich meine Revers glatt, schwang meinen Schirm und marschierte über den Strand in Richtung des Dorfes davon.

Blazer Dyke starrte auf den Gasometer. Das Wetter in Brentford war alles andere als tropisch, und der Regen prasselte gegen die Scheiben seines Bürofensters. Blazer wandte sich ab und nahm wieder hinter seinem Zedernholzschreibtisch Platz. Er funkelte über die Tischplatte hinweg seinen Besucher an und sagte: »Ich bin nicht beeindruckt.«

»Bitte entschuldigen Sie«, erwiderte Billy Barnes.

»Ich bin nicht im Geringsten beeindruckt. Tatsächlich bin ich sogar ausgesprochen wütend.«

»Ich verstehe nicht«, sagte Billy.

»Sie haben Ihre Kompetenzen überschritten. Sie haben ohne Erlaubnis Subjekte in das Necronet geladen.«

»Nur eines oder zwei«, erwiderte Billy.

»Nur eines oder zwei? Sie begreifen nicht den Ernst der Lage!«

»Begreife ich nicht.«

»Subjekt Nummer eins, Roger Vulpes.«

»Ein Trickbetrüger«, sagte Billy. »Er hat versucht, mich aufs Kreuz zu legen.«

»Der Verlobte ihrer Chauffeurin.«

»Möglich, dass er das war.«

»Und Sie haben seinen Leichnam beseitigt?«

»Platsch!«, sagte Billy.

»Und Subjekt Nummer zwei?«

»Er hat die Beseitigung des Programmierers beobachtet. Ich war nur vorsichtig.«

»Aber nicht vorsichtig genug! Was haben Sie mit seiner Leiche gemacht? Auch ›Platsch‹?«

»Ich hab sie hübsch sicher verwahrt«, sagte Billy. »In einem Koffer unter meinem Bett. Ich habe noch Verwendung für die Leiche.«

»Sie wissen überhaupt nicht, was Sie getan haben, oder?«

»Nein«, sagte Billy. »Was habe ich getan?«

»Wahrscheinlich den Erfolg des gesamten Projekts gefährdet!«

»Ich wüsste nicht, wie ...«

»Nun, dann sag ich es Ihnen. Subjekt Nummer zwei ist entkommen.«

»Aus dem Necronet? Das ist völlig unmöglich!«

»Nicht aus dem Necronet. Niemand kann aus dem Necronet entkommen. Wenn man erst einmal drin ist, bleibt man drin. Es sei denn, jemand von hier draußen beschließt, einen wieder in den eigenen Körper zurückzuladen. Doch Subjekt Nummer zwei hat sich unserer Jurisdiktion entzogen. Wir wissen nicht, wo es sich gegenwärtig aufhält.«

»Löschen Sie seine Datei«, sagte Billy. »Schalten Sie ihn ab, ziehen Sie ihm den Stecker raus.«

»Das geht nicht, solange wir nicht wissen, wo der Betreffende sich aufhält.«

»Warum nicht?«

»Weil das Necronet noch nicht vollständig online ist. Es ist nicht global vernetzt. Die Subjekte, die wir in das Necronet laden, sind mit größter Sorgfalt ausgewählt, wegen der Informationen, die wir von ihnen erhalten können.«

»Die Großmütter wohl kaum.«

»Die Großmütter sind harmlos. Die meisten von ihnen denken, sie wären gestorben und im Himmel wieder aufgewacht.«

»Und warum ist dieses Subjekt nicht harmlos?

Ich bin mit dem Blödmann in der Schule gewesen. Etwas Harmloseres gibt es nicht.«

Blazer Dyke seufzte. »Wir haben gewisse Programme in das System eingefügt. Zuckerbrot-und-Peitsche-Programme. Solange sich das Subjekt angemessen verhält, genießt es seinen Himmel auf Erden, seine Welt voller fantastischem Sex und entspanntem Leben. Wenn es sich danebenbenimmt, wird es zur Rehabilitation in ein virtuelles Sanatorium geschickt. Ein Automatismus; niemand hier draußen muss auf irgendwelche Knöpfe drücken.«

»Ich verstehe noch immer nicht, wo das Problem liegt.«

»Das Subjekt ist entkommen. Es hat seine virtuellen Medikamente nicht genommen.«

»Dann sollten Sie mir danken«, sagte Billy.

»Danken?«

»Weil ich einen Fehler im System aufgedeckt habe.«

»Dieser Fehler im System könnte uns Kopf und Kragen kosten.«

»Ich wüsste nicht wieso. Sie haben es mir nicht erklärt.«

»Haben Sie je den Ausdruck ›Computervirus‹ gehört? Dieses Subjekt schwirrt frei in unserem System herum. Es kann überall und nirgends sein, wo immer es sich hinwünscht. Wir könnten auf wertvolle Informationen zugreifen wollen, und das Subjekt würde uns Datenmüll liefern. Wir würden den Unterschied nicht einmal bemerken!«

»Sie sind überängstlich«, sagte Billy. »So weit wird es nicht kommen.«

»Ach, wird es nicht?«

»Nein, wird es nicht. Wie ich ihn kenne, hat er sich wahrscheinlich irgendwo auf einer abgelegenen tropischen Insel als Gott irgendeines Kultes niedergelassen.«

»Sie glauben das wirklich, wie?«

»Das würde ich tun, wenn ich an seiner Stelle wäre.«

»Absurd«, sagte Blazer Dyke.

»Es ist alles andere als absurd«, entgegnete Billy. »Es ist eine ganz gewöhnliche Fantasie für einen Heranwachsenden. Weißer Gott auf irgendeiner tropischen Insel mit dunkelhäutigen Schönheiten, die einem jeden Wunsch von den Augen ablesen. Eine ganz offensichtliche Wahl.«

»Ist Ihnen eigentlich bewusst, wie lange es dauern würde, jede mögliche tropische Insel abzusuchen? Und jede Zeit?«

»Nicht unbedingt«, sagte Billy.

»Und warum nicht?«

»Weil er weiterhin das Offensichtlichste tun wird. Wo hat er gerade gedacht, als dieses automatische Programm ihn in das Sanatorium befördert hat?«

»In einem Pub«, sagte Blazer Dyke. »In seiner Stammkneipe, dem *Fröhlichen Gärtner.* Das Infopaket, das ihn an seine neue Situation gewöhnen sollte, war der Wirt der Kneipe. Es läuft alles automatisch; das Programm findet jemanden, dem das Subjekt vertraut.«

»Da haben Sie's«, sagte Billy. »Und er wird dorthin zurückkehren, warten Sie's nur ab und sehen Sie. Bis dahin haben Sie das virtuelle Sanatorium ausbruchssicher gemacht. Vielleicht verwandeln Sie es lieber gleich in eine virtuelle Gaskammer?«

»Und wie kommen Sie auf den Gedanken, er könnte in den *Fröhlichen Gärtner* zurückkehren?«

Billy seufzte. »Weil es so verdammt offensichtlich ist. Was sagen all die Kriminellen, die aus dem Gefängnis ausbrechen? ›Ich sehne mich nach Hause und nach meinem Pub! Nach einem guten englischen Bier[1]!‹ Er wird zurückkehren, sobald es ihm in seinem Paradies langweilig wird. Vertrauen Sie mir, er wird zurückkehren.«

Blazer Dyke nickte langsam. »Sie sind ein sehr cleverer Junge, Billy«, sagte er. »Aber seien Sie nicht zu clever. Ich werde Ihre Fortschritte sorgfältig im Auge behalten. Enttäuschen Sie mich nicht noch einmal.«

Billy lächelte. »Keine Sorge«, sagte er, »das werde ich nicht.«

Mir war ziemlich heiß, bis ich das Dorf erreicht hatte, und ich dachte gerade darüber nach, wie sehr ich ein Pint gutes englisches Bier vertragen könnte, als ich etwas bemerkte, das den Gedanken

1 Ein Widerspruch in sich. Der unbedeutenden Meinung des Übersetzers nach jedenfalls.

sofort und augenblicklich aus meinem Kopf vertrieb. In der Mitte des Dorfes stand ein großer, throngleicher Stuhl, errichtet aus gebrauchten Autoteilen und Bambus, und auf diesem Thron saß, umringt von gebeugt stehenden Eingeborenen, ein Typ in einem weißen Anzug. Mit einem Sonnenschirm auf dem Schoß.

Ich marschierte schnurstracks zu ihm. »Hey!«, rief ich. »Hey, Sie! Was glauben Sie eigentlich, was Sie da machen?«

Die Gestalt auf dem Thron blickte mich verblüfft an. »Wer sind sie?«, fragte sie.

»Ich bin John Frum, wer sonst?«

»Das sind Sie ganz sicher nicht!«

»Das bin ich ganz sicher!«

»Sind Sie nicht«, sagte die Gestalt. »*Ich* bin John Frum.«

Ich funkelte ihm aus kürzester Entfernung direkt ins Auge. Na ja, fast aus kürzester Entfernung, denn er befand sich ein Stück über mir. »Das sind Sie verdammt noch mal nicht!«, sagte ich. »Aber ich weiß, wer Sie sind. Sie sind ...«

»Halt, hören Sie auf!« Der Bursche in dem weißen Anzug hob die Hände und kletterte von seinem Thron herab. Er winkte seine sich erhebenden Untertanen beiseite und zog mich mit sich.

»Hören Sie auf damit!«, sagte ich.

»Nur ein oder zwei Worte unter vier Augen.«

»Ich bin nicht an irgendwelchen Worten unter vier Augen interessiert! Sie sind ein Hochstapler!«

»Genau wie Sie. Und ich war zuerst hier.«

»Hören Sie«, sagte ich. »Ich weiß, wer Sie sind. Sie sind Arthur Thickett.«

»Pssst!«, sagte Arthur Thickett. »Sie verderben ja alles!«

»Ich verderbe alles? Sie täuschen diese armen Eingeborenen! Das ist unerhört!«

»Völlig harmlos. Und woher wissen Sie überhaupt, wer ich bin?«

»Ich hab Ihr Buch gelesen. Ihr Foto ist auf dem Umschlag.«

»Wenigstens einer erinnert sich an mich.«

»Es war ein großartiges Buch. Aber was machen Sie hier?«

»Ich hätte gedacht, dass es doch vollkommen offensichtlich ist. Aber was machen *Sie* hier? Sie sollten nicht hier sein. Das ist nicht *Ihr* Traum, sondern meiner.«

»Mein Traum?«

»Es ist *mein* Traum«, sagte Arthur. »Ich träume ihn, und Sie sollten nicht hier sein. Also verpissen Sie sich, ja?«

»Das tue ich ganz bestimmt nicht! Warten Sie, was heißt überhaupt: *Ihr* Traum? Soll das vielleicht heißen, dass Sie nicht im Necronet sind?«

»Was ist denn das Necronet?«

»Schon gut. Aber wollen Sie mir allen Ernstes erzählen, dass Sie dies alles nur träumen?«

»Man nennt es Lichtträumen. Ich bin in einem Zustand des erweiterten Bewusstseins.«

»Erzählen Sie weiter.«

Arthur seufzte. »Hören Sie«, sagte er. »Nachdem mein Buch ein wirtschaftlicher Misserfolg wurde, machte ich eine harte Zeit durch. Ich begann zu trinken; das ist bei Schriftstellern nichts Ungewöhnliches, sie mögen Talent haben und sicher ein großes Selbstbewusstsein, doch die meisten von ihnen sind unter der harten Schale schwach. Sie kommen in der alltäglichen Welt nicht zurecht, sie sind nicht fähig, mit anderen Menschen Beziehungen zu unterhalten. Sie sind Fantasten, und sie leben in ihren eigenen Fantasiewelten.«

»Und Sie sagen, das hier ist eine davon?«

»In gewisser Hinsicht. Man nennt es Lichtträumen. Es ist das Einzige, was mich am Überschnappen hindert. Ich kann aus der Realität entfliehen. Man nimmt diese spezielle Droge aus dem Amazonasurwald, und man gerät in einen veränderten Bewusstseinszustand. Man übernimmt die Kontrolle über das, was auch immer man gerade träumt. Die Zeit auf der Insel war die glücklichste Zeit meines Lebens. Also träume ich, dass ich hier bin, und ich träume, dass ich John Frum bin.«

»Unglaublich. Also träumen Sie gerade in diesem Augenblick? Sie träumen *das hier*?«

»Ganz genau. Was der Grund dafür ist, dass Sie nicht hier sein sollten.«

»Aber ich bin hier.«

»Ja, das sehe ich. Vielleicht wäre es besser, wenn ich meinen Eingeborenen befehle, Ihnen den Kopf abzuhacken.«

»Das würde ich an Ihrer Stelle nicht versuchen.«

»Ach nein?«

»Ach nein.« Ich stellte mir vor, wie es wäre, fünfzehn Meter groß zu sein und auf Arthur Thickett herabzusehen, und dann stellte ich mir wieder vor, normal zu sein. Ich bückte mich und half ihm beim Aufstehen.

»Sie sind ohnmächtig geworden«, sagte ich.

»Ich kann das nicht«, sagte Arthur.

»Was, ohnmächtig werden? Aber Sie sind gerade ohnmächtig geworden.«

»Nein, ich meine, mich selbst so groß machen. Welche Droge nehmen Sie?«

»Ich nehme keine Droge. Und es tut mir Leid, wenn ich Sie erschreckt habe. Aber hören Sie, ich möchte, dass Sie mir einen Gefallen tun. Wenn Sie mir diesen Gefallen erweisen, verschwinde ich aus Ihrem Traum und belästige Sie nie wieder. Na, wie klingt das?«

»Es klingt wundervoll«, sagte Arthur Thickett. »All meine Eingeborenen sind davongerannt.«

»Sie werden schon wieder zurückkommen. Also, ich möchte, dass Sie Folgendes für mich tun ... Wenn Sie aufwachen, möchte ich, dass Sie zur Polizei gehen und sagen...« Und ich berichtete Arthur Thickett von Billy Barnes und dem Mord, den ich beobachtet hatte. Ich erzählte ihm von Necrosoft und dem Necronet. Als ich geendet hatte, fragte ich Arthur: »Und? Werden Sie das für mich tun?«

Arthur setzte seinen Panama ab und kratzte sich

am Kopf. »Ich sehe da das ein oder andere Problem«, sagte er schließlich.

»Zum Beispiel?«

»Nun ja, ich träume doch schließlich nur, oder? Und wenn ich zur Polizei gehe und diese Anschuldigungen erhebe, dann wird man mich nach Beweisen fragen, und ...«

»Hm«, sagte ich. »Ich verstehe, was Sie meinen. Sie könnten natürlich lügen. Sie könnten sagen, Sie hätten gehört, wie irgend so ein Kerl in einer Kneipe darüber geredet hat. Und überlegen Sie nur – Sie werden ein Held sein, wenn Billy Barnes erst verhaftet und seiner gerechten Strafe zugeführt worden ist. Sie könnten ein neues Buch schreiben!«

»O ja!«, sagte Arthur. »Das gefällt mir!«

»Vergessen Sie nicht, Sie müssen der Polizei alles über das Necronet und Necrosoft erzählen. Sie muss jemanden beauftragen, der sich bestens mit Computern auskennt, um mich hier rauszuholen.«

»Computer«, sagte Arthur. »Das klingt alles so schrecklich futuristisch!«

»Ja. Modernste Technologie der Neunziger.«

»Sagten Sie gerade *Neunziger*?«

»Sicher, was dachten Sie denn?«

»Also wurde dieses Verbrechen auch in den Neunzigern begangen?«

»Selbstverständlich.«

»Und Sie selbst kommen ebenfalls aus den Neunzigern?«

»Woher sonst? Arthur«, sagte ich, »worauf laufen diese Fragen hinaus?«

»Nur eines«, antwortete Arthur. »Ich träume meinen Traum nicht in den Neunzigern. Ich träume meinen Traum im Jahr 1965.«

17

Geh niemals wütend zu Bett.
Bleib auf und kämpfe!

Phyllis Diller

Ich war nicht allzu wütend auf Arthur Thickett. Schließlich war es wirklich nicht seine Schuld, dass er in 1965 war und ich in 1997. Deswegen reagierte ich nicht allzu wütend. Gewalttätig, ja. Gewalttätig wurde ich.

Doch er nahm es wie der englische Gentleman, der er war. Und nachdem die Eingeborenen zurückgekehrt waren und seine Blessuren verbunden hatten, stellte er mich ihnen als seinen Bruder Derek vor. Wir kamen ganz gut miteinander aus, Arthur und ich. Er war ein interessanter Zeitgenosse, und ich denke, er war recht froh über meine Gesellschaft. Ich erzählte ihm vom Hippie-Trip und von Woodstock, und er meinte, er würde wahrscheinlich beides ausprobieren, wenn es denn so weit war. Dafür erzählte er mir alles über jene geheimnisvolle Droge aus dem Amazonasurwald und von seinem Lichtträumen.

Es war eine ziemliche Enthüllung für mich, zu erfahren, dass die Welt des so genannten Cyberspace, in welcher ich nun wohnte, die gleiche Welt ist, die wir in unseren Träumen besuchen oder wenn wir halluzinogene Drogen einnehmen oder eine mystische Erfahrung haben. Arthur nannte es nicht Cyberspace, sondern den *Bizarren Ort, Mundus Magicus.* Keine physische Welt, nichtsdestotrotz real.

Woher sollte ich auch wissen, dass ich die nächsten zehn Jahre damit verbringen würde, einem Doktor in der Heilanstalt für Konspirationstheoretiker diese Wahrheiten ins Gesicht zu schreien? Und dass dieser Doktor mir nicht ein Wort glauben würde?

»Was wissen Sie über Voodoo?«, fragte ich Arthur, als wir auf einem Felsen saßen und die Füße im Ozean baumeln ließen.

»Ich habe drei Jahre auf Haiti verbracht«, antwortete Mr. Thickett. »Damals, gegen Ende der Vierziger. Ich brachte alles in Erfahrung, was ich in Erfahrung bringen konnte, doch ein weißes Gesicht ist bei den Zeremonien nicht willkommen.«

»Was wissen Sie über Maîtresse Ezilée?«

»Genug, um für kein Geld der Welt in ihrer Handtasche kramen zu wollen.«

»Erzählen Sie weiter.«

»Nun, zum Ersten ist Voodoo kein Kult wie der um John Frum. Der Cargo-Cult basiert auf einer Fehlinterpretation. Voodoo ist eine ausgewachsene Religion mit einem Pantheon voller Götter. Das Faszinierende an Voodoo ist die Tatsache, dass es nicht aus Afrika entstammt. Es ist keine importierte Religion, sondern eine, die ihren Ursprung ganz und gar in Haiti hat. Doch jeder Voodoo-Gott ist ein Ebenbild eines anderen Gottes in einer anderen Religion. Maîtresse Ezilée ist ein gutes Beispiel. Sie entspricht der Heiligen Jungfrau Maria. Andererseits ist die Heilige Jungfrau Maria auch nur ein Ebenbild einer anderen, vorhergehenden weiblichen Gottheit.«

»Sie glauben, dass alle Religionen aus einem gemeinsamen Ursprung entstanden sind?«

»Das ist ein weit verbreiteter Glaube, doch ich bin anderer Ansicht. Was, wenn die Maîtresse Ezilée tatsächlich die Heilige Jungfrau Maria in ihrer letzten Inkarnation ist? Was, wenn all die Voodoo-Götter schon vorher existiert haben und unter anderen Namen bekannt sind?«

»Na und? Worauf wollen Sie hinaus? Warum sollten Götter so etwas tun?«

»Ah«, sagte Arthur. »Worauf ich hinauswill, ist Folgendes: Die Voodoo-Götter sind lebendige Götter. Sie sind auf der Erde, hier und jetzt. Die Voodoo-Priester sprechen zu ihnen, jeden Tag. Das geschieht in den anderen Religionen nicht. Christen mögen davon reden, vom Heiligen Geist erfüllt zu sein, doch Jesus kommt nicht auf eine Tasse Tee und ein Schwätzchen in ihre Wohnzimmer. Christen wissen genau, wo Jesus ist. Er ist im Himmel.«

»Aber nicht mit seiner Mum, wenn sie auf Haiti ist.«

»Vielleicht wechseln sie sich ab«, sagte Arthur. »Außerdem ist es recht interessant, wenn man die Spuren jeder Religion zurückverfolgt. Einige von ihnen wurden, wie wir alle wissen, durch Eroberung und Missionierung verbreitet. Doch jede Religion hat einen genauen Ursprungspunkt, an dem sie zum Leben erwacht ist. Man kann sie auf einer Weltkarte markieren. Und ich glaube nicht, dass diese Orte zufällig sind. Es ist, als hätten die Götter selbst einen ganz bestimmten Ort aus einem ganz bestimmten Grund ausgewählt. Doch bevor Sie fragen – ich habe nicht die leiseste Ahnung, was für ein Grund das sein könnte.«

»Ganz offensichtlich haben Sie sehr lange und sehr gründlich darüber nachgedacht«, sagte ich. »Erzählen Sie mir mehr über Maîtresse Ezilée.«

»Sie ist eine merkwürdige Gestalt. Auf der einen Seite eine ganz normale Standard-Muttergöttin; ihre Anhänger sind ihre Kinder, sie belohnt die Artigen und bestraft die Bösen. Andererseits gibt es da diese Geschichte mit ihrer Handtasche.«

»Sie meinen die Voodoo-Handtasche.«

»Sie trägt angeblich eine Handtasche, die aus Schädeln gemacht ist. In der Mitte befindet sich ein menschlicher Schädel, eingerahmt von anderen, die nicht von Menschen stammen.«

»Tierschädel.«

»Keine Tierschädel, nein. Wesen aus der Geisterwelt. Die Tasche hat einen eigenen Kult, eigene Anhänger. Sie wird ganz unabhängig von Maîtresse Ezilée verehrt.«

»Soll diese Tasche nicht angeblich die Macht besitzen, ihren Träger in die spirituelle Welt zu versetzen?«

»Auf eine Reise ohne Wiederkehr, würde ich

meinen. Gerüchte behaupten, dass dieser Tasche Menschenopfer dargebracht werden.«

»Ich habe von diesen Gerüchten gehört. Doch die Handtasche ist real, sie ist physisch, man kann sie anfassen, oder nicht?«

»Das würde ich nicht empfehlen. Doch sie ist real, ja. Die Tasche ist keine Legende, sondern ein echtes Artefakt. Ich habe sie nie selbst gesehen, doch ich habe einen Freund, der einen Freund hat, der ihm erzählt hat, er hätte sie gesehen.«

»Bei derartig stichhaltigen Beweisen widerspricht man nicht.«

»Warum interessieren Sie sich für Maîtresse Ezilée und ihre Handtasche?«

»Gehört alles zu dieser Billy-Barnes-Geschichte. Billys Mutter behauptet, dass ihre Familie die Handtasche seit mehreren Generationen hütet. Billy ist verschwunden, und kurze Zeit später die Handtasche ebenfalls.«

»Und Sie glauben, dieser Billy Barnes könnte die Voodoo-Handtasche haben?«

»Wie es aussieht hat er jedenfalls mit Stücken von seiner Großmutter gefüttert. Und er hat sie aller Wahrscheinlichkeit nach mitgenommen. Soweit ich weiß, hat er inzwischen irgendeinen anderen armen Schlucker in dem Koffer unter seinem Bett, den er Stück für Stück an dieses Ding verfüttert.«

»Das ist ja grauenhaft!«, sagte Arthur. »Aber hören Sie, ich muss jetzt gehen, die Wirkung der Droge lässt langsam nach. Gibt es irgendetwas, das ich für Sie in den Sechzigern tun kann?«

Ich schüttelte den Kopf. »Neunzehnhundertfünfundsechzig war ein ziemlich ereignisloses Jahr, wirklich. Es ist noch zu früh, um Elvis zu warnen und zu einer Diät zu raten oder John Lennon davon zu überzeugen, dass er nicht nach Amerika gehen soll. Aber hören Sie, versuchen Sie alles, um im nächsten Sommer in San Francisco zu sein. Das wird der angesagteste Ort auf der ganzen Welt sein. *The Summer of Love,* wird man ihn später nennen. Seien Sie auf jeden Fall dort.«

»Danke sehr«, sagte Arthur.

»Und noch etwas, Arthur ...«

»Ja?«

»Wenn Sie in San Francisco einem Kind namens Charlie Manson über den Weg laufen, drehen Sie sich um und gehen Sie einfach davon.«

»Charlie Manson. In Ordnung, ich werd's mir merken.«

»Wir sehen uns dann irgendwann wieder.«

»Seien Sie nicht albern«, sagte Arthur und verschwand.

Ich saß eine Weile auf dem Felsen und warf Kieselsteine ins Wasser. Es war verlockend, einfach hierzubleiben, die dunkelhäutigen Mädchen, den Kokoswein und all die anderen Vorteile des Gottseins zu genießen. Oder vielleicht sollte ich mir auch eine Nachbarinsel herbeiträumen und dort meinen eigenen persönlichen Kult gründen. Eine von jenen Vereinigungen, wo freie Liebe praktiziert wird, mit mir als dem Obersten Fürsten

Muckamuck und einem Schwarm dunkelhäutiger Pornodarstellerinnen als Akolythinnen. Schon gut, ich weiß, es ist eine vollkommen normale Fantasievorstellung für einen heranwachsenden jungen Mann, aber stellen Sie sich doch nur vor, sie könnten es wirklich!

Ich jedenfalls konnte es wirklich.

Und ein Teil von mir wollte es.

Ein bestimmter Teil ganz besonders.

Doch ich wusste, dass es keine gute Idee war. Schließlich war ich ein Flüchtling, und ich war *hier*. *Hier* war aber nicht real, nicht hier im Necronet. Es schien real zu sein, und es war verlockend, doch es war nicht real, und ich wollte zurück in die reale Welt. Und so konnte ich hier nichts weiter erreichen als meine Zeit zu verschwenden.

Die Sonne schien auf den Strand hinunter, und ich dachte wieder einmal daran, wie schön es doch wäre, jetzt ein gutes altes Pint englisches Bier zu trinken, um die Sinne zu erfrischen und das Nachdenken zu erleichtern.

Und so verschwand ich ebenfalls, mit einem theatralischen *Puff!*

Puff!

Einfach so.

Ja, Puff! Nur nebenbei bemerkt – haben Sie sich eigentlich je gefragt, was für eine Art Geräusch der Urknall hervorgerufen hat? Und ob es wirklich das allererste Geräusch gewesen ist? Wenn es das erste Geräusch war, dann ohne jeden Zweifel das verdammt lauteste, das es je gegeben hat, und alle anderen Geräusche danach waren im Vergleich zum Urknall nur ein jämmerlicher Abklatsch.

Aber war der Urknall tatsächlich das erste Geräusch?

Ich erinnere mich, in der Schule gelernt zu haben, dass Schall sich nicht durch ein Vakuum hindurch ausbreiten kann. Falls dies zutrifft, dann kann der Urknall in dem umgebenden unendlichen Vakuum des Weltraums nicht das geringste Geräusch verursacht haben. Was wiederum bedeuten würde, dass es eigentlich gar kein Urknall gewesen sein kann, oder?

Eher ein Ur-Puff.

Ich bin immer ganz fasziniert, wenn ein Wissenschaftler eine neue Theorie über die Entstehung des Universums aufstellt. Und wenn er einen ganzen Satz von Gleichungen produziert, die seine Theorie untermauern sollen. Was um alles in der Welt (oder jenseits davon!) haben mathematische Gleichungen mit der Erschaffung des Universums zu tun? Die Mathematik ist eine Erfindung der Menschheit; das Universum hat sich ganz allein erschaffen.

Mir scheint, so ein Satz Gleichungen sagt eine ganze Menge mehr über die überzogene Meinung aus, die der betreffende Wissenschaftler von sich selbst hat, als alles andere. Allen Ernstes zu glauben, er könnte etwas so Gewaltiges wie das Universum auf einen Satz Gleichungen reduzieren! Was für eine unverschämte Frechheit!

Was glauben diese Leute eigentlich, wer sie sind?

So, nachdem das gesagt wurde, möchte ich erwähnen, dass ein einziger Mann alles herausgefunden hat. Sie finden ihn nicht auf den Bestsellerlisten neben Stephen Hawking. Weil dieser Mann keinen Taschenrechner besitzt und weil dieser Mann die Meinung vertritt, dass etwas, »das nicht auf der Rückseite einer leeren Zigarettenschachtel gelöst werden kann, überhaupt nicht gelöst werden kann.«

Der Name dieses Mannes lautet Hugo Rune, und **R**unes **U**niverselle E**n**tstehungslo**e**sung[1] (die Runes Gesetz der Offensichtlichkeit zugrunde liegt) steht ganz allein für ihre Eleganz und Einfachheit.

Runes Universelle Entstehungslösung lautet:

»Die Geburt des Universums war das Unmöglichste, das jemals geschehen konnte, und genau das ist der Grund dafür, dass es geschah.«

Es mag eine Weile dauern, bis man die Tragweite dieser Feststellung begriffen hat. Doch letztendlich ist es die Mühe wert, weil es die Lösung sein muss. Man muss gewisse Worte mit einer besonderen Betonung lesen. Beispielsweise *das Unmöglichste.* Die Geburt des Universums war das Unmöglichste, das jemals geschehen konnte. Denken Sie

1 Es ist bedeutsam anzumerken, dass Rune an dieser Stelle das Wort »Lösung« und nicht den Begriff »Theorie« benutzt. Runes Währung waren die Ultimativen Wahrheiten. Eine seiner zahlreichen Maximen lautete: »Wenn ich ein Problem erst konklusiv gelöst habe, dann betrachte ich diese meine Lösung nicht mehr als Theorie.«

darüber nach. In einer zeitlosen Ewigkeit können jede Menge anderer unmöglicher Dinge geschehen. Doch die Geburt des Universums war das Unmöglichste von allen. Und genau das ist der Grund, warum es geschah.

Selbstverständlich waren die Graubärte der wissenschaftlichen Gemeinde außer sich, weil ausgerechnet Rune dieses Problem mit derartiger Leichtigkeit und ohne jegliche Gleichung gelöst haben wollte, und sie verlangten, dass er seine Lösung ein wenig genauer erklärte. Nicht genug, dass er eine Erklärung geliefert hatte, die praktisch alles erklärte, sie wollten von ihm wissen, *wie* sie die Dinge erklärte. Und auf welchem Weg er zu dieser Erklärung gelangt war.

Rune hielt also einen Vortrag und erklärte den Graubärten geduldig, wie kleinen Kindern, wie seine Erklärung funktionierte.

Mit knappen Worten folgendermaßen:

Ordnung aus Chaos.

Vor der Ordnung herrschte Zufall. Willkür, bis hinunter auf molekulare Ebene. Universelle Willkür. Endlose, unendliche, zeitlose Willkür. Und dann ereignete sich ein Zufall. Der erste Zufall von allen. Ein nahezu unmögliches Ereignis ereignete sich. Zwei Teilchen Willkür machten das Gleiche zur gleichen Zeit. Der erste Zufall; ein neues Ereignis in der Geschichte des Universums. Etwas ganz und gar Neues. Es hätte sich nicht ereignen können, wäre nicht der Zufall gewesen. Dieses neue Ding war für sich genommen etwas absolut Einzigartiges – bis es gegen ein weiteres Ding stieß, ebenso einzigartig, identisch mit dem ersten und gebildet durch einen gleichermaßen einzigartigen, unwahrscheinlichen Zufall. Die beiden begegneten sich, und wieder ereignete sich etwas Neues, denn dieser Zufall war ein anderer neuer Zufall. So ging es weiter und weiter, doch alles in infinitesimaler Zeit, in einem einzigen winzigen Augenblick. Rumms!

Urknall!

Rune führte aus, dass wir eine falsche Vorstellung vom Universum hätten. Das physische Universum, das aus Materie besteht, ist gar nicht so unendlich groß. Es ist im Gegenteil unendlich klein. Der Raum ist endlos, doch es gibt nicht allzu viel Materie darin. Der Urknall, der große Knall war in Wirklichkeit ein ziemlich kleiner Knall. Keine große Sache, absolut nicht. Ein Knall in fast mikroskopisch kleinem Maßstab. Ein winziges Ereignis.

Die Graubärte strichen sich über die grauen Bärte. Runes Theorie schien tatsächlich alles zu erklären. Doch dann fragten sie Rune, ob sie sich noch vereinfachen ließe. Ob sie sich nicht auf ein paar Buchstaben reduzieren ließe. Wenn man Willkür mit W bezeichnete und Zufall mit Z, und wenn die Erschaffung des Universums U war, für Urknall, wie verhielten sich die Größen in Relation zueinander?

Vielleicht W + W = Z, Z hoch zwo = U, oder war es U = W hoch zwo x Z hoch zwo?

Rune erklärte, dass man die Ws weiter zerlegen müsse, dass W (1) die ursprüngliche Willkür sei, auch Z (0) bezeichnet, und W (2) sei der zweite Akt, die Post-Koinzidenz, vor Z (3) gelegen, dem Zeitpunkt, an dem sich zwei post-koinzidente Ereignisse ereigneten und ein viertes schufen. U selbst war schließlich eine Kombination aus W (1) zum Quadrat mal W (2) zum Quadrat mal W (3) zum Quadrat mal W (4) und so weiter. Sozusagen.

Welche Katalysatoren brachten die ursprünglichen Ereignisse ins Rollen?, fragten die Graubärte. Und wie passten diese in die Gleichung? Konnte man sie mit E(u) bezeichnen?

Rune nahm ein Stück Kreide zur Hand und trat an die Tafel.

Er hielt nie wieder einen Vortrag zu diesem Thema.

Und er löste niemals die Gleichung.

Manche behaupten, er hätte den Rest seines Lebens mit dem Versuch zugebracht. Andere, die besser informiert sind und Runes Vortrag beiwohnten, berichten, dass Rune die Graubärte mit seinem Gehstock versohlt habe, bevor er sich auf ein Pint in das nächstgelegene Pub zurückzog.

Ein Pint gutes englisches Bier wahrscheinlich.

Ich kehrte nicht in den *Fröhlichen Gärtner* zurück. Also wirklich, hören Sie! Glauben Sie wirklich, ich bin so dumm und marschiere geradewegs in eine auf mich wartende Falle?

Tatsächlich? Schämen Sie sich!

Ich träumte mir mein eigenes Pub zusammen. Ich nannte es Rob's Bar, platzierte mich hinter den Tresen und bevölkerte es mit all der Kundschaft, der ich schon immer hatte begegnen wollen.

Dort war Captain Beefheart und spielte mit Salvador Dalí Domino, Aleister Crowley schwatzte auf Madonna ein, Hugo Rune diskutierte mit Albert Einstein, Oscar Wilde kehrte gerade von der Herrentoilette zurück, und Long John Holmes betrat das Damenklo.

Ich schlürfte mein gutes englisches Bier, servierte Jimi Hendrix ein Pint *Tod durch Cidre* und lächelte die Versammlung an. Sie alle unterhielten sich munter; alle schienen sich mit Vornamen zu kennen. Ich stand im Begriff, Bob Dylan ein Bier zu zapfen (der jungen Version, nicht dem heutigen Abklatsch von einst), als ich für einen Augenblick hinter dem Tresen hervor musste, um David Bowie rauszuwerfen, den ich nicht eingeladen hatte.

Ich kehrte hinter den Tresen zurück, bediente Bob und hämmerte dann mit meinem Totschläger auf die Bar. »Ladys und Gentlemen!«, rief ich. »Wenn ich für einen Augenblick um Ihre Aufmerksamkeit bitten dürfte!«

Das Geschwatze ging weiter, und ich wurde ignoriert.

»Ladys und Gentlemen, bitte!«

Noch mehr Schwatzen.

Ich hämmerte den Totschläger mit einiger Wut auf den Tresen. »Ladys und Gentlemen, *bitte*!«

Schwatz, schwatz, schwatz.

»Bitte! Bitte! Bitte!« und *hämmer, hämmer, hämmer!*

Das Schwatzen verstummte, und Köpfe drehten sich in meine Richtung.

»Danke sehr«, sagte ich. »Sie werden sich wahrscheinlich fragen, warum ich Sie alle hergebracht habe.«

Ich blickte sie an, und sie blickten mich an.

»Nun, für den Fall, *dass* Sie sich gefragt haben, es ist folgendermaßen ...«

Und schon setzte das Schwatzen wieder ein.

»Hören Sie auf damit!« Ich hämmerte mit beträchtlicher Gewalt auf den Tresen. »Ich habe Sie hergebeten, weil ich Ihre Arbeit in der Vergangenheit bewundert habe, und ich würde gerne Ihre ...«

Chris Eubank trat vor und reichte mir etwas.

»Was ist das?«, fragte ich.

»Ein Autogrammfoto«, sagte Chris.

»Nun, danke vielmals, aber das ist es nicht, was ich wollte.«

Chris riss mir das Bild aus den Händen. »Pass bloß auf!«, grollte er. »Trottel!«

»Ich würde gerne Ihre Meinungen hören«, fuhr ich fort. »Verstehen Sie, jeder von Ihnen hat auf gewisse Weise dazu beigetragen, mein Leben zu formen. Ein Stück hier, ein Gemälde dort, eine Show oder eine Veranstaltung, zu der ich gegangen bin.«

»Entschuldigen Sie«, sagte Hugo Rune, »aber wer genau sind Sie eigentlich?«

»Ich bin Rob«, antwortete ich. »Und dies

hier ist meine Bar. Meine Traumbar, offen gestanden.«

»Und sind Sie berühmt?«

»Nein.«

»Und wie kommen Sie dann darauf, dass Sie für uns von Interesse sein könnten?«

»Jetzt hören Sie aber auf damit!«, sagte ich. »Ich bin sehr wohl darüber informiert, wie reich und berühmt Sie alle sind, das ist gar nicht anders zu erwarten. Aber wenn nicht die kleinen Leute wie wir gewesen wären, die Ihre Platten gekauft hätten und so weiter, dann wären Sie nicht reich und berühmt.«

»Ich denke, Sie verstehen nicht, worum es geht«, sagte Rune. »Wir sind reich und berühmt, weil wir anders sind. Wir sind die Leithammel. Wir sind es, die die Gesellschaft verändern. Wir geben der Herde die Richtung vor.«

»Und das ist der Grund, aus dem ich Wert auf Ihre Meinung lege, verstehen Sie? Ich stecke in großen Schwierigkeiten. Ich bin hier gefangen, und ich brauche alle nur erdenkliche Hilfe, um ...«

»Ich muss Sie schon wieder unterbrechen«, sagte Hugo Rune. »Sie begreifen nicht, worum es geht. Erinnern Sie sich an Maggie Thatchers berühmten Ausspruch ›Es gibt keine Gesellschaft, nur Gruppen von Individuen‹?«

»Ja«, sagte ich.

»Nun, sie hat aus dem Nähkästchen geplaudert. Sie hätte sagen sollen ›nur *eine* Gruppe von Individuen und den Rest. Und der Rest ist das, was wir Gesellschaft nennen.‹«

»Sie aufgeblasener Spinner«, sagte ich.

»Es ist das Privileg des Zwergs, den Riesen zu beleidigen.«

»Der Zwerg auf den Schultern des Riesen sieht von beiden am weitesten.«

»Nicht, wenn er nicht hochgehoben wird.«

»Und Sie wollen mich nicht hochheben, ist es das?«

»Sie sind eine Statistik«, sagte Rune. »Eine Verkaufszahl. Die oben an der Spitze sehen Sie nicht als Individuum, sondern nur in Prozenten.«

»Sie herzloser Bastard.«

»Herzlosigkeit hat damit nicht das Geringste zu tun.«

»Also hören Sie«, sagte ich. »Jeder von Ihnen. Ich habe Sie unterstützt. Mir ein wenig zu helfen ist wirklich das Wenigste, was Sie tun können, wenn ich in der Klemme stecke.«

»Ihnen helfen?« Rune hob verblüfft die Augenbraue. »Und wo waren *Sie*, als wir Ihre Hilfe benötigten? Nehmen Sie Mr. Keith Richards hier.« Keith winkte, und ich winkte zurück. »Wo waren Sie, als er unter seiner Heroinsucht litt? Waren Sie an seinem Krankenbett und haben sich erbeten, seine Bettpfanne zu wechseln?«

»Einige Fans haben das getan, ja.«

»Aber nicht *Sie*.«

»Nun, nicht ich persönlich, nein.«

»Tatsächlich sind Sie wahrscheinlich einer von jenen Bastarden, die sich insgeheim freuen, wenn jemand Berühmtes aus dem Tritt gerät. Wenn er in einen Skandal verwickelt wird oder all sein Geld verliert. Es verschafft Ihnen eine richtige Ersatzbefriedigung. Die Boulevardblätter würden nicht eine einzige Ausgabe verkaufen, wenn es nicht Menschen gäbe wie Sie, die sich an den Problemen der Reichen ergötzen.«

»Wir ...«

»A-ha!«, sagte Rune. »*Wir!* Sie haben ›wir‹ gesagt. Sie sind kein Individuum. Sie gehören zur Herde, zu der gleichen Herde, die Boulevardblätter kauft.«

»Ich bin ein Individuum. Hören Sie endlich auf, mich zu schikanieren.«

»Nein«, entgegnete Rune. »Ganz bestimmt nicht. Nehmen Sie Mrs. Madonna hier.« Madonna winkte, und ich winkte zurück. »Sie hat Millionen Fans. Stellen Sie sich vor, jeder einzelne von ihnen würde ihr schreiben und sie um Rat bitten. Sie mag sich vielleicht wünschen, ihn zu erteilen, denn sie ist eine sehr verantwortungsbewusste Person, aber sie hätte überhaupt nicht die Zeit dazu. Sie könnte unmöglich all die Briefe beantworten. Sie unterhält ihr Publikum, und sie macht Millionen Menschen auf einmal glücklich.«

»Also wollen Sie mir nicht helfen. Ist es das, was Sie mir sagen wollen?«

»Wir können nicht«, sagte Rune. »Wir haben Ihnen bereits geholfen. Sie haben es selbst gesagt. Jeder von uns hier hat auf die ein oder andere Weise dazu beigetragen, Ihr Leben zu formen. Das ist es, was wir tun. Durch unsere Musik, unsere Bücher, unsere Gemälde. Es ist nicht gefühllos, dass wir uns nicht mir Ihrem Einzelschicksal auseinander setzen. Wir können es einfach nicht. So funktioniert es nicht. Verstehen Sie, was ich sagen will?«

»Ja«, sagte ich und nickte düster.

»Wir sind keine schlechten Menschen«, sagte Rune.

»Nein. Das habe ich auch nicht behauptet.«

»Es ist eben einfach so.«

»Ja, ich habe verstanden.«

»Sie müssen Ihr Ding machen, und wir machen unseres.«

»Schon gut, es ist angekommen.«

»So ist der Lauf der Welt. Wir ...«

»Ich sagte *schon gut*! Sie müssen die Sache nicht unnötig weiter auswälzen! Sie werden mir nicht helfen, aber es ist nicht Ihre Schuld, dass Sie mir nicht helfen können.«

»Ganz genau«, sagte Rune.

»Dann können Sie sich ja auch genauso gut wieder verpissen.«

»Was?«, sagte Rune.

»Verpissen Sie sich. Ziehen Sie Leine. Ich kann Sie nicht gebrauchen.«

»Aber wir nehmen doch nur einen Drink und halten ein Schwätzchen«, sagte Rune.

»Ja, schön, aber das bringt mich nicht weiter.«

»Es steht Ihnen ja wohl kaum zu, uns zu vertreiben, wie?«

»Es steht mir sehr wohl zu, und ich sage es noch einmal. Verpissen Sie sich. Alle!«

»Sie kleiner flegelhafter Bastard!«, sagte Hugo Rune.

»Nennen Sie mich nicht noch einmal Flegel, sie dickes Schwein!«

Da schwang Rune seinen dicken Stock und schlug mir ins Gesicht. Ich schwang meinen Knüppel und traf Chris Eubank, und Chris Eubank verpasste Max Miller einen Kinnhaken, und John Steinbeck versetzte Edith Sitwell eine Kopfnuss. Andy Warhol trat Tod Browning in die Eier, und mit einem Mal fiel rings um mich herum alles übereinander her.

Ich seufzte ein letztes Mal, als Lawrence von Arabien mich ausknockte.

»So ist das nun mal im Showgeschäft«, sagte Lawrence.

18

Es ist alles wahr, oder sollte es wenigstens sein, und mehr und besser außerdem.

Sir Winston Churchill
(über König Artus)

Ich war nicht wütend. Ich war aufgebracht. Ich war verletzt. Ich war grün und blau von den Schlägen, die Lawrence mir verpasst hatte. Aber ich war nicht wirklich wütend. Vermutlich hätte ich damit rechnen müssen. Aber wer rechnet schon mit so etwas – Sie? Es war eine weitere Offenbarung, sonst nichts.

Ich lernte eben immer noch dazu.

Ich saß für mich allein in Rob's Bar, trank gutes altes englisches Bier und lauschte den Schreien, während die private Miliz, die ich mir herbeigeträumt hatte, eine Berühmtheit nach der anderen packte und in einen großen Schredder stopfte (den ich ebenso herbeigeträumt hatte). Es war offensichtlich, dass ich ganz allein mit dieser Sache fertig werden musste. Möglich, dass ich auf dem Weg zu meinem Ziel auf andere traf, die mir ein wenig weiterhelfen würden, doch im Großen und Ganzen würde es eine Ein-Mann-Operation werden.

Das Werk eines Individuums mit einer Mission.

Doch wo sollte ich anfangen? Das war genau das Problem.

Und ich war – offen gestanden – nicht allzu begierig, alles ganz allein zu machen. Es musste doch jemanden geben, auf den ich mich stützen konnte. Und dann dämmerte mir, dass es tatsächlich jemanden gab. Es gab ein Individuum, das mir weiterhelfen konnte. Jemanden, der schon einmal versucht hatte, mir zu helfen.

Der alte Seebär aus dem Traum meines Onkels Brian.

Er hatte mich gewarnt, mich von Billy Barnes fern zu halten, also hatte er gewusst, in welcher Gefahr ich schwebte. Doch wer war dieser Mann, und wo konnte ich ihn finden?

»Richtig«, sagte ich. »Finde den alten Seebären. Aber wie stelle ich das an?«

Und dann kam mir ein Gedanke, und ich ging mit ihm.

Billy Barnes hatte nachgedacht. Hoch oben in seinem Penthouse, behaglich in seinem Sessel sitzend, den Fernseher eingeschaltet, ein Glas mit etwas Schmackhaftem in der Hand, die Füße auf der Chauffeurin.

»Ich werde nicht gut genug bezahlt«, sagte Billy Barnes. »Ich bin für Necrosoft eine Menge mehr wert, als man mir zahlt.«

Die Chauffeurin, nackt bis auf die Handschuhe (die Billy mit Pleasern gesäumt hatte) und auf den Knien, sagte nichts. Sie hatte gelernt, wann sie reden durfte und wann nicht.

»Du bist doch der gleichen Meinung, oder nicht?«, fragte Billy.

»Ich bin der gleichen Meinung«, sagte die nackte Frau.

Billy nahm eine schicke Fernbedienung auf und richtete sie auf den Schirm. »Ich bin jetzt seit sechs Monaten bei Necrosoft«, fuhr er fort. »Und in meiner Eigenschaft als Informationssammler habe ich auf Dykes Bitten hin dreiundzwanzig Subjekte aufgesammelt. Meine Arbeit macht mir Freude, aber ich habe nicht das Gefühl, dass sie anerkannt wird. Weißt du, was ich meine?«

Die nackte Frau blickte Billy aus gehetzten Augen an. Sie wusste ganz genau, was er meinte. Und noch eine ganze Menge mehr.

»Also wirklich.« Billy betätigte die Fernbedienung, und eine Unmenge Zahlen und Fakten flimmerte über den Schirm. »Hier haben wir die Prognosen für die Expansion von Necronet. Nationale Werbekampagnen, Verhandlungen mit Finanzgebern, Abkommen mit Ministerien und Behörden. Das ist übrigens alles streng geheim; ich habe dieses Material eingesammelt, während ich unbeobachtet war. Necrosoft hat seine Hände in fast jedem profitablen Kuchen, den es gibt. Sieh nur, hier und hier und hier.«

Die Chauffeurin tat wie ihr geheißen.

»Fast Food, Markensportartikel, Musikindustrie. Sechs weitere Kliniken für den Download älterer Verwandter. Zehntausend legitime Downloads gleichzeitig, für jeweils eintausend Pfund. Expansion, Expansion. Die Öffentlichkeit kann gar nicht genug von Necrosoft kriegen. Diese Firma ist groß. Größer als alles, was ich mir im Traum vorgestellt hätte. Und ich denke in großen Maßstäben. Oder nicht?« Billy stieß die kniende Frau mit der Fußspitze in die Rippen.

»Du denkst in großen Maßstäben«, sagte sie hastig.

»Informationssammler reicht mir nicht«, sagte Billy. »Direktor schon eher. Vorstandsvorsitzender wäre definitiv angesagt. Aber ganz bestimmt nicht Informationssammler, nein!«

Billy beobachtete die Zahlen, die über den Bildschirm liefen. »Spiele, Spielzeug, Rüstungsgüter, militärische Software, die urbanen und ländlichen Pazifizierungsprogramme. Oh, sogar Milchproduktion. Necrosoft hat soeben eine ganze Kette von Bauernhöfen erstanden. Warum, glaubst du, brauchen sie eine Milchproduktion?«

»Milch«, sagte die kniende Frau.

»Genau«, sagte Billy. »Milch. Genetisch veränderte Milch, ohne Zweifel. Weitere Pazifizierung und Kontrolle. Alles ist so wunderbar. So geordnet. So organisiert. Aber wer steckt hinter alledem, eh? Wer leitet Necrosoft? Wem gehört Necrosoft? Wer hat das Necronet erfunden?«

»Ich weiß es nicht«, sagte die kniende Frau.

»Genauso wenig wie ich. Aber ich werde es herausfinden. Und das kann ich nicht, wenn ich nur ein einfacher Informationssammler bleibe. Ich muss nach oben, eine höhere Position in der Firma einnehmen. Ich glaube, es ist an der Zeit, dass Blazer Dyke einen tragischen Unfall erleidet. Sobald wir ihn in das Netz heruntergeladen haben, kann ich all die Informationen erlangen, dich ich für den Fortschritt meiner Karriere benötige.«

Billy hob die Füße von den Schultern der knienden Frau, erhob sich aus seinem Sessel und starrte hinab auf ihren wunderschönen nackten Leib. Und dann zog er seinen Reißverschluss auf und kniete sich hinter sie. »Wir wollen das feiern«, sagte er und fuhr mit der Fernbedienung über den zitternden Rücken der Chauffeurin.

Blazer Dyke schüttelte den Kopf und machte tsss, tsss, tsss. Er saß hinter seinem Schreibtisch aus Zedernholz, umgeben von seinen Telefonen. In der Mitte des Schreibtischs stand ein tragbarer Monitor.

Auf dem Schirm beging Billy Barnes Akte der Grausamkeit an seiner Chauffeurin.

»Du bist ein sehr böser Junge«, sagte Blazer Dyke. »Ich sehe jetzt, wie klug es war, Mikrokameras in jedem Zimmer deiner Penthousewohnung zu installieren. Du bist zu einer Belastung geworden.«

Und Blazer Dyke nahm eines seiner zahlreichen Telefone auf und tippte eine Nummer ein.

Auf dem Rücksitz einer chauffeurgesteuerten Limousine, Billys eigener nicht unähnlich, klingelte ein Autotelefon.

Mein Telephon schwieg. Es schwieg so eindringlich wie der unbehauene Marmor einer großen Skulptur, die erst noch gehauen werden musste. Schwieg wie die unbefleckte Braut vor der Hochzeitsnacht. Stille. Absolute, lautlose Stille.

Schweigen.

Und doch.

Sind nicht die kostbarsten Augenblicke einer Rede die Pausen?

Das leise Atmen? Indem wir nichts sagen, sagen wir alles?

Ich denke schon.

Ich erkläre hiermit, dass Worte, jene süßen Gedanken, die den Weg zur Zunge gefunden haben und durch die Luft ans Ohr dringen, für sich genommen hübsche Dinge sind, Vögelchen, die frei umherflattern, sicher, aber …

Klopf, Klopf, Klopf.

… frei umherflattern, sicher, aber …

Klopf, Klopf, Klopf.

… äh, wo war ich …

Klopf, Klopf, Klopf.

Ich schob meinen Remington beiseite und funkelte meine Trenntür an. Hier saß ich, mitten in einem Büro, und bemühte mich, ein Sonett über ein lautloses Telefonat für mein neuestes Buch *Snuff Poetry: The Verse of Lazlo Woodbine* zu verfassen, und irgendein unsensibler Philister besaß doch tatsächlich die Stirn, an meine gottverdammte Tür zu hämmern! Klopf, Klopf, Klopf.

»Verschwinden Sie, verdammt!«, brüllte ich nicht wenig herrisch.

Klopf, Klopf, Klopf.

Ich öffnete meine Schreibtischschublade und zog meine zuverlässige Smith and Wesson.

Klopf, Klopf, Klopf.

Ich funkelte die Tür an. Vor der Milchglasscheibe mit der eingeätzten Aufschrift LAZLO WOODBINE INVESTIGATIONS in Caslon Old Face (und nur von dieser Seite aus zu lesen, weil die Tür von einem unter Dyslexie leidenden Glaser eingebaut worden war) erkannte ich einen Schatten.

Es war der Schatten eines Mannes.

Eines Mannes von fünf Fuß elf. Zwölf Stone ein Pfund. Getrimmter Bart, angebrochene Nase, zurückweichender Haaransatz, rundliche Schultern. Eines Mannes in einem Trenchcoat mit einem Schnapprand-Fedora auf dem Kopf.

Ich kannte den Mann nicht. Doch ich kannte die Sorte Schatten.

In meinem Geschäft kann das Kennen dieser Art von Schatten der Unterschied zwischen Hundeausführen und Eselsreiten sein. Wenn Sie wissen, was ich meine, und ich bin sicher, dass Sie es wissen.

»Herein!«, rief ich mit einer Stimme so anmutig wie der Aufschlag eines Schneiders.

Der Türgriff drehte sich, und meine Tür schwang

auf. Im Eingang stand ein Mann von sechs Fuß zwei Zoll, dreizehn Stone Gewicht, bartlos, mit langer, gerader Nase, vollem Haar und breiten Schultern. Er trug einen Abendanzug, Wellingtonstiefel und einen Bowlerhut.

»Ich muss unbedingt diese Glastür richten lassen«, sagte ich.

»Mr. Woodbine?«, fragte ich. »Mr. Lazlo Woodbine?«

»So heiße ich, Freundchen«, antwortete ich. »Aber wer bist du, meinen Namen zu tragen?«

»Ich bin in Schwierigkeiten«, sagte ich. »Und ich bin zu dir gekommen, weil du der berühmteste fiktionale Detektiv der Welt bist. Ich habe jedes einzelne deiner Bücher gelesen, und wenn mir irgendjemand helfen kann, dann bist du das.«

Ich nickte langsam und kühl. Nichts Aufregendes, nichts Aufgesetztes. Nur ein langsames, kühles Nicken, das war alles. Ein Nicken, das alles sagte, was gesagt werden musste. Ohne es tatsächlich aussprechen zu müssen.

»Was bedeutet dieses Nicken?«, fragte ich.

»Halt, einen Augenblick!«, sagte ich. »Bin das ich, oder bist du ich?«

»Verzeihung?«, fragte ich.

»Wir sind beide in der ersten Person. Wir können nicht beide in der ersten Person sein. Das ergibt keinen Sinn.«

»Verzeihung«, sagte ich einmal mehr. »Das ist mein Fehler. Ich arbeite als Privatdetektiv. Ich nannte mich Lazlo Woodbine und alles. Aber jetzt stecke ich in echten Schwierigkeiten, und nur der echte Woodbine kann mir helfen.«

»Tut mir Leid, Freundchen«, sagte ich. »Aber einer von uns beiden muss raus aus der ersten Person. Und dieser eine bin nicht ich.«

»Also schön«, sagte der Typ. »Dann mach ich's eben. Wie ist es jetzt?«

Ich entbot ihm einen stählernen Blick. »Sagen Sie das noch mal.«

»Also schön«, sagte der Typ. »Dann mach ich's eben. Wie ist es jetzt?«

»Schon viel besser.« Ich fischte eine Flasche Bourbon aus meiner Schreibtischschublade, zwei Gläser, ein paar Spitzenuntersetzer, zwei Servietten, eine Runde Hähnchensandwichs, Messer, Gabeln, Löffel, ein Gewürzset aus Chrom, das geformt war wie ein kleiner Ozeandampfer, mit Salz und Pfeffer als Schornsteinen, einen Notizblock, Bleistifte und einen Bleistiftspitzer für den Fall, dass die Stifte stumpf wurden, einen Radiergummi für den Fall, dass ich einen Fehler machte, einen gelben Textmarker für den Fall, dass ich etwas in Gelb hervorheben musste, Straßenkarten, Stadtpläne, einen Miniaturglobus, meinen Pass, Reiseschecks, Tabletten gegen Seekrankheit, eine kleine Schachtel Leukoplast, Nadel und Faden, einen Kompass, drei Streifen Munition, Unterwäsche zum Wechseln, ein Buch über Esperanto ...

»Kippen«, sagte ich. »Wo hab ich bloß meine Kippen hingetan?«

»Sie liegen auf Ihrem Schreibtisch«, sagte der Typ.

»Oh, ja, danke.« Ich schob den ganzen Plunder zurück in meine Schublade. »Lust auf 'ne schmierige Selbstgedrehte?«

»Schmierig?«

»Sicher. Schmierig.«

»Nein danke. Ich rauche meine Pfeife, wenn das in Ordnung ist?«

»Sicher«, sagte ich erneut. »Was für eine haben Sie denn da?«

»Eine Meerschaum. Wie Sherlock Holmes sie zu rauchen pflegte.«

»Holmes hat nie aus einer Meerschaum geraucht«, sagte ich. »Er hat eine fettige Tonpfeife benutzt. Lesen Sie in seinen Büchern nach, wenn Sie es nicht glauben.«

Der Typ ging das Gesamtwerk von Arthur Conan Doyle im Kopf durch. Nicht, dass ich es gewusst hätte, auch wenn ich es mir durchaus hätte denken können. »Sie haben Recht«, sagte er schließlich. »Er raucht nur auf den Bildern von Sidney Padget aus Meerschaumpfeifen.«

»Da haben Sie's, Freund. Wenn Sie Pfeife rauchen, dann verschaffen Sie sich etwas Individuelles. Irgendetwas, das etwas über Sie aussagt.«

»Und an was hätten Sie da gedacht?«

»Nun«, sagte ich, »was halten Sie von einem Maiskolben?«

»Zu ›Hillbilly America‹.«

»Eine Churchwarden?«

»Zu ›middle America‹.«

»Eine Friedenspfeife?«

»Zu ›Native America‹.«

»Dann eben etwas Exotischeres. Hubble-bubble, Hookah, Opiumpfeife, Narghile ...«

»Ist das nicht das Gleiche wie eine Hookah?«

»Meinetwegen. Dudeen?«

»Das ist das Gleiche wie eine Churchwarden.«

»Calumet?«

»Friedenspfeife.«

»Hören Sie«, sagte ich, »Sie kennen sich aber ziemlich gut mit Pfeifen aus.«

»Hören Sie«, sagte der Typ, »in meinem Geschäft kann das Erkennen der richtigen Pfeife der Unterschied sein zwischen einem Glas ...«

»Hören Sie auf!«, brüllte ich. »Hören Sie auf der Stelle auf damit! Ich kann ja ertragen, dass Sie an meiner Tür klopfen und mich aus meiner Muse reißen. Ich kann ertragen, dass Sie in der ersten Person reden ...«

»Womit ich inzwischen aufgehört habe«, sagte er.

»Womit Sie inzwischen aufgehört haben«, sagte ich. »Aber ich werde nicht, ich wiederhole, ich werde nicht dulden, dass Sie mir meine Schlagworte aus dem Mund nehmen. Habe ich mich klar und deutlich ausgedrückt?«

»Klarer als das Bewusstsein eines Autors.«

»War das einer von meinen?«

»Ich denke nicht.«

»Gut. Also setzen wir uns hierher, trinken Bourbon, rauchen eine Camel, und Sie erzählen mir von Ihrem Problem. Ich werde es für Sie lösen, ohne meinen Stuhl auch nur für einen Augenblick zu verlassen.«

»Wie das?«, fragte der Bursche.

»Indem ich meine Begabung zur Deduktion benutze. Ich bin konsultierender Detektiv für die Bücher von Sherlock Holmes.«

»Aber das ist wohl kaum Ihr Stil. Was ist mit der Spur aus Leichen und der Dame, die Ihnen Unrecht tut? Was ist mit den drei restlichen Szenenschauplätzen, der Seitengasse, der Bar (wo Sie so viel dummes Zeug schwatzen) und dem Häuserdach?«

»Ich bin fertig damit«, antwortete ich. »Seit ich mich in den Ruhestand zurückgezogen habe, beschäftige ich mich größtenteils mit dem Verfassen von Poesie und der Herausgabe literarischer Journale.«

»In den Ruhestand zurückgezogen? Sie können sich nicht in den Ruhestand zurückziehen! Holmes hat sich in die Sussex Downs zurückgezogen, aber Lazlo Woodbine niemals!«

»Ich hätte mich zurückgezogen, wenn mein Autor nicht bei einem merkwürdigen Unfall ums Leben gekommen wäre, bei dem eine Jaffa-Orange und weibliche Unterwäsche eine nicht unbedeutende Rolle gespielt haben. Er war gerade dabei, mich den größten Fall aller Zeiten lösen zu lassen, um sich dann auf dem Höhepunkt seines Ruhms zur Ruhe zu setzen. Unglücklicherweise hat es ihn erwischt, bevor er den Roman vollenden konnte.«

»Dann betrachten Sie sich doch als von einem Ghostwriter verfasst«, sagte der Bursche. »Das hier wird nämlich ganz entschieden Ihr allergrößter Fall.«

Ich strich mir über das gemeißelte Kinn. An diesem Burschen war etwas, das mir nicht gefiel, soviel stand fest. Irgendetwas an diesem Kerl machte mich nervös. Etwas Ausweichendes, etwas an der Art, wie er sich verhielt. Etwas Unheimliches, vielleicht sogar Gottloses, Böses genau genommen. Etwas am Rand des Satanischen, etwas …

»Hören Sie auf damit«, sagte der Bursche.

»Verzeihung«, erwiderte ich. »Ich habe nur laut gedacht.«

»Das sollten Sie beobachten«, empfahl er.

Et cetera.

»Also fahren Sie fort«, sagte ich. »Erzählen Sie mir, was Sie haben, und ich erzähle Ihnen, wohin es führt.«

Und der Bursche redete sich alles vom Herzen. Er berichtete mir, wie er versucht hatte, sich als Privatschnüffler zu verdingen. Und über Billy Barnes und dessen Mutter und den Fall der verschwundenen Voodoo-Handtasche. Und über seine Bemühungen, diesen Barnes aufzuspüren, und die Warnung im Traum seines Onkels Brian. Über Necrosoft und darüber, dass er im Necronet gefangen gewesen war und sich seinen Weg auf eine melanesische Insel gedacht hatte, wo er Arthur Thickett begegnet war, wo er vom Traumreich erfahren und eine Bar voller Helden zusammengeträumt hatte, bevor er schließlich auf mich verfallen war.

Als er geendet hatte, lehnte ich mich in meinem Sessel zurück und stieß einen Pfiff aus.

»Warum pfeifen Sie?«, fragte er.

»Weil das«, erwiderte ich, »weil das der größte Schwachsinn ist, den ich in meinem ganzen Leben zu Ohren bekommen habe.«

»Was?«, machte der Typ. »Was? Aber es ist wahr! Jedes Wort davon ist wahr!«

»Es mag wahr sein oder Unsinn. Wie dem auch sei, es macht keinen Unterschied für mich.«

»Und was wollen Sie mir damit sagen?«

»Ich will damit sagen, mein Junge, dass ich diesen Fall nicht anrühren werde. Falsches Genre. Sie reden von Science-Fiction. Ich nehme keine Science-Fiction-Fälle an, dazu ist mir mein Ruf zu schade. Ich bin strikt für ein Leben auf den ›gemeinen Straßen, auf denen ein Mann gehen muss‹. Das ist es, was meine Leser von mir erwarten. Sie können sich in mich hineinversetzen. Sicher, ich habe hier und da meine exzentrischen Phrasen und die Running Gags, aber jeder Fall hat einen Anfang, eine Mitte und ein Ende, das jeder verstehen kann. Bösewichter, die Bösewichter sind, und Gute, die Gute bleiben. Alles mit dem Untertitel, dass der American Way of Life immer noch der beste ist. Das, wovon Sie mir erzählen, finden Sie überall. Charaktere kommen und gehen nach Lust und Laune, keine saubere Kontinuität. Wohin soll das alles führen? Wo soll das alles enden?«

»Heißt das, Sie übernehmen den Fall nicht?«

»Das habe ich nicht gesagt.«

»Also übernehmen Sie den Fall?«

»Das hab ich auch nicht gesagt. Hören Sie, Sie

möchten doch sicher, dass ich diesen alten Seebären für Sie finde, stimmt's?«

»Das ist der Grund, aus dem ich an Sie gedacht habe, ja. Sie sind der Beste.«

»Und Sie glauben, dieser alte Seebär kann Ihnen zeigen, wie Sie aus dem Necronet entkommen und in Ihren Körper zurückkehren können, wo auch immer der im Augenblick sein mag, um anschließend mit Billy Barnes abzurechnen?«

»Ich will, dass er seine gerechte Strafe erhält, ja.«

»Ja. Aber nach allem, was Sie mir erzählt haben, ist dieser Billy Barnes ein ziemlich cleverer Keks.«

Der Bursche zuckte die Schultern. »So clever nun auch wieder nicht«, sagte er.

Das Telefon begann zu läuten.

Doch es war nicht das Telefon auf Lazlos Schreibtisch.

Es war eines der vielen Telefone auf dem von Blazer Dyke.

»Mr. Dyke«, sagte Mr. Dyke.

»Ich bin es, Sir«, erklang die Stimme eines jungen Mannes. »Ich draußen vor Barnes' Penthouse.«

»Gut«, sagte Blazer Dyke. »Sie finden einen Nachschlüssel unter der Topfpalme direkt rechts von der Tür.«

Eine kurze Pause, dann ...

»Ich hab ihn gefunden, Sir.«

»Gut. Dann gehen Sie vorsichtig in das Appartement. Ich habe Barnes auf dem Monitor; er sitzt noch immer im Wohnzimmer und macht unaussprechliche Dinge mit seiner Chauffeurin.«

»Er ist ein Bastard, Sir.«

»Das ist er. Stellen Sie bitte sicher, dass er ein toter Bastard ist. Besser, wenn Sie die Chauffeurin gleich mit erschießen. Sie hat viel zu viel gesehen und gehört.«

»Soll ich Barnes in das Necronet herunterladen, bevor ich ihn erschieße, Sir?«

»Absolut nicht! Ich will unter keinen Umständen, dass Billy Barnes im Necronet sein Unwesen treibt!«

»Sie sagen es, Sir. Eine Kugel für jeden von ihnen. Schnell und sauber.«

»Ich bleibe am Telefon. Halten Sie mich auf dem Laufenden. Ich beobachte das Geschehen über den Monitor.«

»Dann gehe ich jetzt rein, Sir.«

»Gut.«

Pause. Dann …

»Ich bin im Flur, Sir.«

»Gut. Er ist noch immer mit der Chauffeurin zugange. Begeben Sie sich ins Wohnzimmer und überraschen Sie die beiden.«

Pause.

Dann … eine längere Pause. Dann …

»Hier ist niemand, Sir.«

»Gehen Sie ins Wohnzimmer. Sie sind im Wohnzimmer.«

»Ich *bin* im Wohnzimmer, Sir.«

»Sie sind *nicht* im Wohnzimmer. Ich kann Sie nicht auf dem Schirm sehen.«

»Vielleicht ist er ja doch in meinem Wohnzimmer«, sagte die Stimme von Billy Barnes. »Und vielleicht können Sie ihn nicht sehen.«

Blazer Dyke hob entsetzt den Kopf. Vor seinem Schreibtisch stand Billy Barnes. Er hielt eine Pistole in der Hand. »Geben Sie mir das Telefon«, verlangte er. »Und sagen Sie kein Wort mehr.«

»Wie...«

»Nicht ein Wort!« Billy nahm den Hörer und deckte die Sprechmuschel ab.

»Aber Sie sind...« Blazer deutete auf seinen Monitor, wo das Bild von Billy Barnes mit seinem schmutzigen Tun fortfuhr.

»Die Wunder der Wissenschaft...«, sagte Billy. »Eine kleine Überraschung, die ich beizeiten vorbereitet habe. Erinnern Sie sich – Sie selbst haben mir zur Vorsicht geraten, und ich war vorsichtig. Sehr vorsichtig. Ich habe aufmerksam nach weiteren von diesen Mikrokameras gesucht, die mich beim ersten Mal überrascht haben. Und was musste ich feststellen? Sie hatten einige davon in meinem Penthouse installiert. Also bin ich in Ihr Sicherheitssystem eingedrungen. Ihr Möchtegern-Meuchelmörder steht in einem leeren Wohnzimmer, während Sie eine Aufführung beobachten, die ich gestern extra für Sie aufgezeichnet und vor einer Stunde in Ihr System eingespielt habe. Ihr Meuchelmörder ist dort, und mein Meuchelmörder ist hier.«

»Nein!«, sagte Blazer. »Nein, warten Sie…«

»Sir!«, drang die Stimme von Blazers Meuchelmörder aus dem Telefonhörer. »Es ist niemand hier, Sir. Ich habe die gesamte Wohnung abgesucht!«

Billy hielt die Sprechmuschel weiter bedeckt und streckte Blazer den Hörer hin. »Sagen Sie ihm, er soll in dem großen Schrank im Wohnzimmer nachsehen. Sagen Sie ihm, er soll sämtliche Akten herbringen, die er dort findet.«

»Akten? Ich verstehe nicht.«

»Sagen Sie ihm, was Sie sagen sollen, und ich lasse Gnade walten.«

Blazer Dyke nahm den Hörer. »Gehen Sie zu dem großen Schrank im Wohnzimmer«, sagte er. »Bringen Sie alle Akten mit, die Sie dort finden.«

»In Ordnung, Sir«, sagte der Mann am anderen Ende.

Billy legte den Hörer auf die Gabel zurück, dann fischte er eine blutverschmierte Fernbedienung aus der Hosentasche und richtete sie auf den Monitor. »Warum sehen wir uns nicht an, wie es weitergeht?«, sagte er.

Blazer Dyke beobachtete, wie der junge Mann das Wohnzimmer durchquerte. Beobachtete, wie er den Schrank öffnete. Hörte seine Stimme, als er in sein Mobiltelefon sprach, von Wanzen aufgefangen und auf die Lautsprecher des Monitors übertragen. »Ich bin beim Schrank, Sir. Ich habe ihn geöffnet. Ich sehe hinein. Es ist dunkel hier drin. Kein Licht.«

Blazer beobachtete, wie der junge Mann den Schrank betrat und vom Monitor verschwand.

»Ich kann keine Akten sehen, Sir. Es riecht ein wenig eigenartig. Das heißt, faulig. Warten Sie, hier hab ich etwas ... etwas Weißes. Es ist ein ... nein, warten Sie. Was ist das? Es bewegt sich ... Es ist ...«

Und dann: »Aaaaaaaaaaaaagh!«

Und dann Stille.

»Gütiger Himmel!«, sagte Billy. »Wie es scheint, hatte er einen tragischen Unfall.«

Blazer Dykes Hand bewegte sich langsam unter den Schreibtisch.

»Nein«, sagte Billy. »Hände hoch. Sie werden keine Alarmknöpfe drücken.«

»Können wir nicht noch einmal über die Sache reden?« Auf Blazers Stirn zeigten sich nun unübersehbar Schweißperlen. »Eine Beförderung, eine Gehaltserhöhung ...«

»Nein«, sagte Billy. »Ich glaube nicht, dass ich Ihnen trauen kann. Ich habe vor sechs Monaten Ihren Sessel ausprobiert, erinnern Sie sich? Er hat mir damals gut gepasst, und er wird mir auch heute passen.«

»Wollen Sie mich etwa ...« Blazers Stimme verklang zu einem Flüstern. »Wollen Sie mich etwa herunterladen?«

»Sie scheinen gelauscht zu haben, als ich das sagte.«

»Habe ich«, gestand Blazer. »Sie haben es zu Ihrer Chauffeurin gesagt, bevor Sie ...« Er starrte auf die Fernbedienung.

»Ich bin ein Kontrollfreak«, sagte Billy. »Und mir kann man ebenfalls nicht vertrauen. Sie wandern in das Necronet, ja.«

»Wenigstens das«, sagte Blazer. »Danke.«

»Ich glaube nicht, dass Dank angebracht ist. Sie landen geradewegs im Sanatoriumsbereich.«

»Nein!« Blazer schüttelte den Kopf. »Ich habe das Programm geändert! Es ist jetzt eine Gaskammer!«

»So ein Pech«, sagte Billy, während er Blazer Dyke niederschlug. »Aber wer mit dem Schwert der Technologie lebt, wird durch das Schwert der Technologie sterben.«

19

Ein leidenschaftlicher Mann reagiert unbeholfen auf einen Blumenstrauß.

Reg Mombassa

Lazlo Woodbine legte den Telefonhörer wieder zurück, schrieb ein paar abschließende Notizen auf ein Blatt Papier und schob es dem jungen Mann mit dem Bowlerhut auf der anderen Seite seines Schreibtischs hin.

»Was ist das?«, fragte dieser.

»Ich habe eine Menge Gefälligkeiten für Sie einfordern müssen, mein Junge«, sagte der große Detektiv. »Dies hier ist der Weg zu Ihrem alten Seebären. Er lebt in einer Hafenstadt namens Arkham.«

Der junge Mann las die Anweisungen laut.

»Gehen Sie durch die Bürotür. Wenden Sie sich nach links, die Treppe hinunter zum Ausgang. Auf der Straße gehen Sie nach rechts. Biegen Sie rechts in die Seitengasse neben Fangios Bar. Am Ende der Seitengasse beginnt die Wüste ohne Wiederkehr. Durchqueren Sie die Wüste, bis sie die Wahnsinnsberge erreichen. Durch die Berge führt eine Höhle, die Höhle des Ultimativen Horrors, in das Land der Schreienden Schädel. Dort fragen Sie erneut nach dem Weg.«

Einen Augenblick lang herrschte Stille.

Einen kurzen, nichtsdestotrotz prägnanten Augenblick lang.

»Was ist das für ein Scheiß?«, fragte der junge Mann.

Lazlo Woodbine lächelte ein selbstsicheres Lächeln. »Es ist Ihr Genre, mein Junge, nicht meines. Wie schon gesagt, mein Gebiet sind die ganz gewöhnlichen Straßen. Ich würde um kein Geld der Welt zu diesen Wahnsinnsbergen reisen.«

»Genauso wenig wie ich. Arkham, sagen Sie? Ich denke mir ganz einfach meinen Weg dorthin.«

Lazlo hob die Hand. »Funktioniert nicht.«

»Und warum nicht?«

»Weil Sie noch nie in Arkham waren, darum. Sie haben keine Erinnerung, die Sie ins Leben rufen könnten, um diese Stadt zu erschaffen. Um nach Arkham zu gelangen, müssen Sie schon durch all diese haarsträubenden Gegenden reisen. Es führt kein Weg drum herum, mein Junge.«

»Aber es muss einen anderen Weg geben!«

»Junge, bedenken Sie, was Sie bereits herausgefunden haben. Dieses Necronet, von dem Sie erzählen, besetzt den gleichen hypothetischen Raum, der auch für Träume reserviert ist, nicht wahr? Das Traumreich, der *Bizarre Ort*, der *Mundus Magicus*. Der Ort, von dem die Ideen kommen, wo sie entspringen. Ich bin ein fiktionaler Detektiv; ich stamme aus dem träumenden Verstand eines Autors. Das ist die Welt, die ich bewohne. Und aus dieser Welt betrete ich die Imagination meiner Leser. Jeder Leser sieht mich ein wenig anders, stellt sich meine Umgebung ein wenig anders vor, erschafft eine etwas andere Welt für mich, und doch ist alles hier.« Lazlo tippte sich an die Schläfe. »Und es ist alles die gleiche Welt, wirklich.«

»Ich verstehe nicht, was Sie mir zu sagen versuchen.«

»Ich versuche Ihnen zu sagen, dass Sie nicht hier sein sollten, mein Junge. Was Billy Barnes und Necrosoft tun, das ist falsch. Ich sage nicht, dass Technologie an sich falsch ist, doch die beiden Welten zu überbrücken, die äußere und die innere, die physische und die metaphysische – das bedeutet, sämtliche Schaltkreise zu überlasten.«

»Ich verstehe noch immer nicht.«

»Also schön, dann sage ich es noch einmal, und ich sage es ganz offen. Sie wurden in das Necronet heruntergeladen, nicht wahr? Sie sind nicht mehr länger in Ihrem eigenen Kopf, stimmt's?«

»Stimmt.«

»Und was glauben Sie, in wessen Kopf Sie sich gegenwärtig befinden?«

»Ich bin in niemandes Kopf. Ich bin im Cyberspace. Im Innern des Necronet.«

»Und wo ist dieses Necronet genau?«

»Das weiß ich nicht. Jedenfalls nicht genau.«

»Dann verrate ich Ihnen, wo es ist.«

»Schießen Sie los.«

»Kumpel, Sie sind in Gottes Kopf.«

Ich muss gestehen, dass ich erschüttert war. Ernstlich erschüttert. Ich verabschiedete mich von Lazlo, verließ sein Büro, ging auf die Straße hinunter, bog hinter Fangios Bar nach rechts in die Seitengasse und war ernstlich erschüttert.

Sicher, ich wusste – wie wir alle – dass die Menschheit ohne ihre Träume und ihre Vorstellungen nicht die Menschheit war. Doch zu glauben, dass wir, wenn wir träumen, tatsächlich in Gottes Kopf eintreten, das war ein ganz und gar neuer Gedanke für mich. Ein verdammt erschütternder Gedanke.

Was sollte ich nun tun? Ich blickte hinunter auf meine Füße. Ich wanderte also in Gottes Kopf herum?

Und wo ich schon dabei war – wieso trug ich Wellingtonstiefel?

Ich zupfte an meiner Kleidung.

Und einen Abendanzug!

Ich betastete meinen Kopf.

Und einen Bowlerhut!

Das hatte ich mir nie und nimmer zusammengedacht!

»Du meine Güte«, sagte ich zu mir. »Vielleicht beginne ich den Verstand zu verlieren. Vielleicht werde ich verrückt. Das wäre überhaupt nicht gut. Ein Irrer in Gottes Schädel!«

Doch dann kam mir die Erleuchtung. Wie das so ist. Wegen dem, was Lazlo gemeint hatte, als er davon sprach, dass sämtliche Schaltkreise durchbrennen würden und so. Wenn Billy und seine Kohorten bei Necrosoft Menschen in das Necronet herunterluden, dann speicherten sie deren Gedanken unwissentlich im Bewusstsein Gottes. Es war, als würde Gott von Dämonen besessen sein oder unter einer multiplen Persönlichkeitsspaltung leiden. Gott würde zu einem paranoiden Schizo werden.

Gott würde irgendwann den Verstand verlieren.

Ich blickte die Seitengasse hinauf und hinunter. Hinter mir die Straßen von Manhattan, vor mir die Wüste ohne Wiederkehr. Rings um mich war niemand sonst, also fiel ich auf die Knie.

»Lieber Gott!«, betete ich und faltete die Hände. »Ich weiß, dass ich dich in der Vergangenheit immer wieder um irgendwelche Dinge gebeten habe. Doch in letzter Zeit habe ich eine Menge gelernt, über Geben und Nehmen und so weiter. Deswegen werde ich dich jetzt auch nicht um irgendetwas bitten. Ich bete zu dir, weil Mr. Woodbine mich aufgeklärt hat, dass ich in deinem Kopf bin und alles. Und ich wollte dir nur sagen, dass ich wieder verschwinden werde. Und wenn ich verschwinde, nehme ich jeden anderen mit nach draußen und lasse dich ganz allein und in Ruhe. Nun, das war eigentlich schon alles, was ich sagen wollte. Ich bitte dich um nichts. Ich biete dir nur freiwillig meine Dienste an. Ich tue mein Bestes, in Ordnung?

In Liebe, Robert.

Amen.«

Ich bekreuzigte mich, stand auf und klopfte den Staub aus der Hose meines Abendanzugs. »Gut«, sagte ich zu mir. »Wenn es unbedingt die Wüste ohne Wiederkehr sein muss, dann ist es eben die Wüste ohne Wiederkehr. Aber nimm dich in Acht, Billy Barnes, denn ich komme zu dir. Und ich werde dich kriegen.«

Wenn Billy Barnes sich von der Aussicht beunruhigen ließ, dass ein Mann mit einem Bowlerhut, in einem Abendanzug und mit Wellingtonstiefeln versuchen würde, die Wüste ohne Wiederkehr in Gottes Kopf zu durchqueren, um ihn zu fassen zu kriegen, dann verbarg er diese Tatsache jedenfalls erstaunlich gut.

Billy saß in Blazer Dykes Büro. An der Tür des Büros stand inzwischen Billys Name. Die Sprechanlage summte, und Billy sagte »Ja?«

»Der Minister für Sie, Sir.«

»Der Minister? Ich dachte, der Premierminister würde persönlich kommen?«

»Irgendeine dringende internationale Angelegenheit ist dazwischengekommen, Sir.«

»Er hat anderweitig zu tun, wie?«, sagte Billy.

»Verzeihung, Sir?«

»Schon gut. Schicken Sie den Minister herein.«

»Selbstverständlich, Sir. Sofort, Sir.«

Die Bürotür schwang auf, und Billys neue Sekretärin, eine Frau von bemerkenswertem Äußeren, abgesehen von dem gehetzten Blick in den Augen, führte einen Mann von bemerkenswerter Gestalt herein.

»Giles Grimpin«, stellte sich der Minister vor

und streckte Billy die Hand hin. »Sehr erfreut, Sie kennen zu lernen.«

Billy Barnes schüttelte die dargebotene Hand. Sie war schwitzig. Er lächelte den Minister an. Ein sehr verschwitztes Individuum. Dick und ein wenig abgerissen. Und mit Schuppen auf den Schultern seines schlecht sitzenden Anzugs.

»Nehmen Sie Platz«, sagte Billy, und der Minister nahm Platz.

»Kaffee?«, fragte Billy, »oder ziehen Sie etwas Stärkeres vor?«

»Nun ja, die Sonne ist über die Rahnock, nicht wahr? Vielleicht einen kleinen Scotch.«

»In der Tat.« Billy durchquerte das Büro, trat zu seinem Barschrank und schenkte dem Minister einen großen Scotch und sich selbst ein Glas Perrier ein.

»Danke sehr«, sagte Giles Grimpin und nahm das Glas entgegen.

Billy kehrte auf seinen Platz zurück. »Ich nehme an, Ihre Behörde hat die Unterlagen studiert, die ich Ihnen übersandt habe?«

Giles Grimpin nickte. »All das technische Zeug, ja, haben wir.«

»Und findet mein Vorschlag Ihre Zustimmung?«

Giles Grimpin drehte das Glas in den dicken Fingern. »Es ist alles ein wenig radikal«, sagte er.

»Radikal, ja, aber Sie sehen die ökonomischen Vorteile? Es ist ein ausgesprochen profitabler Vorschlag.«

»Das ist es«, gestand Giles. »Sogar äußerst profitabel, jedoch ...«

»Jedoch?«, fragte Billy.

»Jedoch obligatorisches Herunterladen bei Erreichen des fünfundsechzigsten Lebensjahres, das ist es doch, was Sie im Grunde genommen vorschlagen?«

»Wir verfügen über die erforderliche Technologie, und sie ist einsatzbereit. Tausende von Bürgern haben sich bereits freiwillig herunterladen lassen.«

»Ah«, sagte Giles Grimpin. »Sie benutzen das Wort ›freiwillig‹. Das ist nicht ganz korrekt, nicht wahr? In Wirklichkeit haben irgendwelche Verwandten Ihnen eintausend Dollar pro Kopf gezahlt, um ihre unerwünschten Angehörigen loszuwerden.«

»In Wirklichkeit, ja«, sagte Billy. »Haben Sie irgendwelche Einwände dagegen?«

»Nicht im Geringsten, im Gegenteil ...«

»Im Gegenteil«, sagte Billy. »Letzte Woche erst haben wir Ihre alte Tante heruntergeladen.«

»Die Ärmste«, sagte Giles Grimpin. »Aus ärztlicher Sicht gab es keine Hoffnung mehr für sie. Ein Akt menschlicher Nächstenliebe.«

»Ganz genau«, sagte Billy. »Obwohl sich die Frage stellt, ob eine grantige alte Frau, die immer wieder unangemeldet bei Ihnen zu Hause auftaucht, um sich über die Umgehungsstraße zu beschweren, die direkt an ihrem Garten vorbeiführt, als ›aus medizinischer Sicht hoffnungslos‹ zu bezeichnen, ist ...«

»Sie war sehr krank«, sagte Giles Grimpin. »Mental, meine ich.«

»Ein Akt menschlicher Nächstenliebe«, sagte Billy. »Wie alle anderen auch. Die lieben Anverwandten in das Paradies zu senden – welch größere Nächstenliebe könnte es auf der Welt geben?«

»Keine«, sagte Giles Grimpin. »Könnte ich vielleicht noch einen Scotch ...?«

»Selbstverständlich.«

»So«, sagte Giles, nachdem sein Glas wieder voll war, »um wieder zum Thema zurückzukehren. Trotz aller Vorteile, obligatorisches Herunterladen im Alter von fünfundsechzig Jahren kriegen wir im Abgeordnetenhaus niemals durch.«

»Sie haben eine sehr große Regierungsmehrheit. Sicher ist es nur am Premierminister, diese Sache durchzuboxen?«

»Rädchen in einem Mahlwerk«, sagte Giles. »Vielleicht. Wenn die Berater des Premierministers die ökonomischen Vorteile ausreichend betonen ...«

»Die großartig sind«, sagte Billy. »Keine Pensionszahlungen mehr, keine Pflegekosten mehr für die Alten und Hilflosen. Mehr freie Häuser für die Jungen.«

»Es ist wirklich äußerst verlockend«, sagte Giles. »Äußerst verlockend. Doch die Öffentlichkeit, die Bürger draußen im Land ...«

»Die Herde«, sagte Billy. »Sie meinen die Herde.«

»Die Bevölkerung im Allgemeinen.«

»Die Herde.«

»Kein Ausdruck, den wir Regierenden gebrauchen würden. Nichtsdestotrotz, im Grunde genommen …«

»Im Grunde genommen, ja«, sagte Billy. »Sie werden tun, was man ihnen sagt. Was *Sie* ihnen sagen. Solange es nur so aussieht, als würden Sie es ihnen nicht sagen. Solange es wie etwas Erstrebenswertes aussieht und nicht wie etwas Obligatorisches. Ich habe bereits eine Anzeigenkampagne ausgearbeitet.«

»Sie sind wirklich sehr gründlich.«

»Das muss ich sein. Und wie sieht es nun aus? Kann ich mich auf Ihre Unterstützung verlassen?«

»Ich weiß nicht«, sagte Giles Grimpin. Er wischte sich mit einem übergroßen roten Gingham-Taschentuch über die verschwitzte Stirn. »Irgendetwas an der Sache gefällt mir nicht. Irgendetwas daran beunruhigt mich.«

»Im Grunde genommen«, sagte Billy, »im Grunde genommen ist es das Ewige Leben, das uns das Necronet anbietet. Kein Tod, keine Schmerzen, nichts außer ewig währendem Vergnügen. Alle Fantasien zum Leben erweckt. Tu, was du willst, solange du willst. Der Himmel auf Erden. Wer könnte mehr wollen als das?«

»Ich nicht«, sagte Giles Grimpin. »Nichtsdestotrotz kommt es einer Euthanasie im nationalen Maßstab gleich.«

»Großbritannien geht voran«, sagte Billy. »Heute England, morgen die ganze Welt[1].«

---

1 Entschuldigung.

»Ich weiß nicht. Wirklich nicht.«

Billy schüttelte den Kopf. »Ich wünschte wirklich, ich könnte auf Ihre Unterstützung zählen.«

»Ich muss darüber nachdenken. Die Pros und die Kontras abwägen.«

»Selbstverständlich«, sagte Billy. »Aber falls Sie zustimmen – glauben Sie, dass Sie den Premierminister überzeugen könnten?«

»Absolut. Er hört auf mich. Wenn ich ihm den Rat gebe, es zu machen, dann macht er es.«

»Das ist gut«, sagte Billy. »Was mehr könnte ich von Ihnen verlangen?«

»Gut«, sagte Giles. »Nun, ich denke, ich muss jetzt gehen.«

Billy erhob sich, um ihm die Hand zu schütteln. »Oh, nur eine Sache noch«, sagte er.

»Und die wäre?«

»Ich habe etwas für Sie. Ein Geschenk.«

»Ein Geschenk? Für mich?«

»Für Sie«, sagte Billy. »Ich bin sicher, es wird Ihnen gefallen. Wir nennen es einen Pleaser.«

Die Wüste ohne Wiederkehr war alles andere als erfreulich. Sie war heiß und trocken und abweisend. Wie weit kann ein Mann in eine Wüste gehen? Das war eine berühmte Frage. Wie weit kann ein Mann in die Wüste ohne Wiederkehr gehen? Das war eine ganz andere Frage.

»Nun«, sagte ich zu mir, »ich weiß, was ich brauche. Einen Führer. Wer kennt sich mit Wüsten aus? Lawrence von Arabien?« Nein, den hatte ich bereits in einen Schredder geschickt. Sicher, ich konnte ihn wieder herbeidenken, trotzdem, er wäre wahrscheinlich nicht besonders zu gebrauchen. Nicht in einer Wüste wie dieser. Wie wäre es mit Conan dem Barbaren? Er hatte eine Menge Zeit in den verschiedensten Wüsten verbracht. Und Orte wie der Sumpf der Ewigen Verdammnis waren genau sein Metier. Nein, vergiss Conan, sagte ich mir, was ich wirklich brauche ist ein Transportmittel. Ein Halbkettenfahrzeug oder wenigstens einen Land Rover. Ja, das war es. Einen Land Rover. Eines von jenen transkontinentalen Expeditionsfahrzeugen mitsamt allen Extras. Ich stellte mir den Land Rover vor, den ich 1963 im Wartezimmer meines Zahnarztes in einer Ausgabe des *National Geographic Magazine* gesehen hatte.

Und dann trat ich einen Schritt von meinem Land Rover zurück und lächelte.

Er war ein richtiges Prachtstück. Genauso, wie ich ihn in Erinnerung hatte.

Damit würde ich durch jede Wüste kommen.

Ich setzte den Fuß auf das Trittbrett und öffnete die Fahrertür.

Und befand mich vor einem leeren, nackten Interieur.

Wie sah das Innere eines Land Rovers noch mal aus? Ich war nie in einem gewesen.

Und...

Ich nahm den Fuß wieder vom Trittbrett und öffnete die Motorhaube.

Ich hatte auch den Motor noch nie zuvor gesehen. Und was das anging, ich wusste auch nicht, wie ein Verbrennungsmotor im Detail funktionierte. Ich weiß überhaupt nicht, wie mir das mein ganzes Leben lang hatte entgehen können. Wahrscheinlich hatte ich nicht aufgepasst, als er erklärt worden war.

Ich seufzte und betrachtete den leeren Raum unter der Motorhaube.

Stellen Sie sich vor, ich weiß ganz genau, wie ein Schredder funktioniert. Ich fragte mich, ob es mir vielleicht gelingen könnte, einen so umzufunktionieren, dass er diesen Land Rover antrieb. Der Schredder funktionierte elektrisch, also würde ich ein paar Meilen Kabel benötigen.

»Ach, verflixt«, sagte ich zu mir. »Dann gehe ich halt zu Fuß.«

Und das tat ich dann auch.

Es war ziemlich eintönig in dieser Wüste. Heiß und trocken und eintönig. Nicht einmal der Gedanke, dass ich in Wirklichkeit in Gottes Kopf herumwanderte, konnte diese Eintönigkeit mildern. Außerdem fiel es mir schwer zu glauben, dass Gott irgendwo in seinem Kopf einen derart langweiligen Platz haben sollte. Andererseits schätze ich, dass Gott, wenn er überall zugleich ist, auch einen Platz für alles und jedes in seinem Kopf hat. Ich nahm mir vor, irgendwann Hugo Rune wieder herbeizudenken und seine Universelle Entstehungslösung richtig zu stellen. Es schien möglich, dass das gesamte Universum nichts weiter als ein Gedanke in Gottes Kopf war.

Möglicherweise nur ein flüchtiger. Konnte das möglich sein?

Ich schüttelte den Kopf. »Das weiß Gott allein«, sagte ich.

Ich weiß nicht, wie weit ich in die Wüste hineinmarschiert war, bevor ich feststellte, dass ich wieder hinausging. Ungefähr bis zur Hälfte, würde ich schätzen. Jedenfalls dauerte es nicht besonders lang, deswegen konnte es nicht besonders weit gewesen sein.

Ich stand zwischen den Ausläufern einer hohen Gebirgskette. »Das war eine ziemlich kleine Wüste«, sagte ich zu mir selbst. »Ich frage mich, warum man sie ›Wüste ohne Wiederkehr‹ nennt. Wahrscheinlich, weil ich nicht die Absicht hege, in diese Wüste zurückzukehren.«

Der Gedanke munterte mich richtig auf. Die Gegenden, die ich durchqueren musste, mochten alle ihre albernen Fantasienamen haben, aber das bedeutete nicht zwangsläufig, dass sie ein Problem darstellten.

Wahrscheinlich waren es lediglich Symbole oder Metaphern oder was weiß ich. Freudscher Kram, der irgendwas mit Riten von wegen Passage und Selbsterforschung zu tun hatte. Eine Reise in mein Selbst?

Jedenfalls sagte ich »Sahneschnittchen« zu mir selbst, und: »Das wird ein Spaziergang.«

Bemerkenswert, wie sehr man sich doch irren kann, nicht wahr?

Die Gesetzesvorlage zum obligatorischen Herunterladen bei Erreichen des fünfundsechzigsten Lebensjahres passierte das House of Lords ohne jede Gegenstimme.

Es hätte einige Opposition von irgendwelchen Elder Statesmen geben können, doch es gab keine. Weil sämtliche Elder Statesmen bereits von ihren Verwandten in das Necronet verfrachtet worden waren.

Verschiedene Klauseln wurden der Gesetzesvorlage hinzugefügt, beispielsweise, dass das obligatorische Herunterladen nicht für Mitglieder des Parlaments respektive der Regierung galt oder dass die Pension der Heruntergeladenen besteuert wurde und nicht zuletzt, dass Necrosoft Industries verstaatlicht werden sollte.

»Verstaatlichung!« Billy marschierte wütend über den dichten Plüschteppich seines neuen Büros. Es war ein großes Büro im obersten Stockwerk des Gebäudes. Es war nicht besetzt gewesen, als hätte es nur auf ihn gewartet. Und es muss gesagt werden, dass er aussah, als gehörte er hierhin.

»Verstaatlichung?«

Der Premierminister, der auf dem Weg zu anderweitigen Geschäften vorbeigeschaut hatte, warf Billy einen fragenden Blick zu. »Sie scheinen deswegen sehr aufgebracht zu sein«, beobachtete er. »Fast, als wäre Necrosoft *Ihre* Firma.«

»Noch nicht«, murmelte Billy leise vor sich hin. »Aber bald.«

»Sie werden sicher verstehen, dass es gar keine

andere Möglichkeit gibt. Necrosoft ist einfach zu groß und zu bedeutend, als dass wir es in privaten Händen belassen dürften.«

»Aber heutzutage verstaatlichen Regierungen nicht mehr.« Billy warf protestierend die Hände in die Höhe. »Im Gegenteil, sie privatisieren. Verkaufen ihre Beteiligungen. Werfen profitable Institutionen auf den freien Markt, um sich die Taschen zu füllen und die ihrer Freunde. Direktorenposten, Produktivitätsbonusse, Windfall-Profite. Wir alle wissen, wie es funktioniert.«

»Glücklicherweise wissen nicht alle, die Sie ›wir‹ nennen, wie es funktioniert.«

»Nun, ich für meinen Teil weiß es jedenfalls«, sagte Billy.

Der Premierminister lächelte. »Mr. Barnes«, sagte er, »wissen Sie eigentlich, wem Necrosoft gehört?«

Billy schüttelte den Kopf. »Offen gestanden, nein«, gestand er offen.

»Nun, *ich* weiß es«, sagte der Premierminister.

»Sie wissen es?«

»Ich weiß es. Einem Gentleman namens Henry Doors. Einem zurückgezogen lebenden Gentleman, dessen Aufenthaltsort gegenwärtig unbekannt ist.«

»Ich kenne diesen Namen.« Billy kratzte sich am Kopf. »Er bringt eine Glocke zum Läuten. War Henry Doors nicht der Erfinder eines Motors, der mit Leitungswasser funktionierte, oder so etwas? Und er hat ein Buch geschrieben. Wie hieß es doch gleich? *Endloses Irgendwas*, nicht wahr?«

»Endlose Reise«, sagte der Premierminister.

»Ja, richtig. Ich bin sicher, dass ich es irgendwo herumstehen habe.«

»Ich hatte es auch«, sagte der Premierminister. »Aber ich muss es verliehen haben. Ich wollte es bei Waterstone's neu bestellen, doch es ist vergriffen.«

»Ich handele in Mr. Doors' Namen«, log Billy schamlos. »Ich treffe sämtliche wichtigen Entscheidungen in Bezug auf Politik und Entwicklung. Verstaatlichung kommt überhaupt nicht in Frage. Necrosoft muss eine private, unabhängige Firma bleiben.«

»Tatsächlich?«, fragte der Premierminister. »Und warum muss das so sein?«

»Weil ich das sage«, erwiderte Billy.

Der Premierminister lächelte erneut. Was für ein nettes Lächeln er doch hatte. »Billy«, sagte er. »Ich darf Sie doch Billy nennen? Ja, natürlich darf ich das. Billy, Necrosoft wurde ursprünglich von der Regierung der Vereinigten Staaten gegründet, mit dem Ziel, neue Waffen zu entwickeln.«

»Das weiß ich. Der Grund war, den Freedom of Information Act[1] zu umgehen.«

»Ja, natürlich. Doch die Finanzierung durch die Regierung der Vereinigten Staaten endete vor einigen Jahren. Necrosoft ist seither unabhängig. Es liefert sein System zur urbanen Pazifizierung in

---

1 Gesetz über die freie Zugänglichkeit von Informationen. (Anm. d. Übers.)

die gesamte Welt. Die Gewinne sind gewaltig. Die Gewinne aus den Gebühren für das Herunterladen sind ebenfalls immens. Die Gewinne aus Softwareprogrammen, die das Internet mit dem Necronet verbinden, sind gleichermaßen gigantisch. Haben Sie überhaupt eine Vorstellung, wie viel Ihre Gesellschaft wert ist, Billy?«

»Ungefähr«, antwortete Billy.

»Henry Doors ist der reichste Mann der Welt.«

»Ich frage mich, wo er lebt«, sagte Billy.

»Tun wir das nicht beide? Bisher waren wir außerstande, ihn ausfindig zu machen. Die Zurückverfolgung seiner finanziellen Transaktionen führt uns im Kreis herum. Die erzwungene Verstaatlichung seiner Gesellschaft bringt ihn vielleicht ans Tageslicht.«

»Und darum geht es im Grunde genommen, stimmt's? Ihn aus seinem Versteck zu locken?«

»Wir müssen von Angesicht zu Angesicht mit ihm verhandeln. Die Necrosoft-Technologie darf unter keinen Umständen in fremde Hände fallen. Die Hand, die Necrosoft kontrolliert, wird eines Tages die gesamte Welt beherrschen.«

»In der Tat«, sagte Billy. »So etwas Ähnliches habe ich mir auch schon gedacht.«

»Die Regierung und Necrosoft müssen eins werden«, fuhr der Premierminister fort. »Und dann werden Sie sehen, wie Großbritannien endlich wieder zu einer Weltmacht aufsteigt. O ja.«

Billy nickte nachdenklich. »Sie haben ja so Recht«, sagte er. »Es ergibt alles einen Sinn. Ich weiß gar nicht, warum ich nicht schon früher dahinter gestiegen bin.«

Der Premierminister lächelte sein gewinnendes Lächeln. »Dann sind wir also einer Meinung«, sagte er.

»Ja, das sind wir«, sagte Billy und lächelte ebenfalls. »Und ich habe ein Geschenk für Sie.«

20

Wissenschaft ohne Gewissen
ist der Tod der Seele.

François Rabelais (Ca. 1494–1553)

Der Doktor nannte mich einen paranoiden Schizo.

Nun ja, er sagte es nicht direkt, doch wir wussten, dass er es dachte.

»Erzählen Sie mir mehr über Ihre Arbeit«, sagte der Doktor.

»Meine Arbeit? Sie meinen meine Arbeit als Detektiv?«

»Dann sind Sie also Detektiv, ja? Sie machen Detektivarbeit?« Der Doktor musterte mich durch seinen Kneifer. Ich hatte auch mal so einen Kneifer. Doch meiner war aus gefärbtem Glas. Eine Image-Geschichte, ich will mich nicht weiter darüber auslassen.

»Ich habe früher als Detektiv gearbeitet«, antwortete ich vorsichtig. »Aber ich war nicht besonders gut, wissen Sie? Ich habe nie irgendetwas gefunden, das ich wiederfinden sollte.«

»Beispielsweise diese ...«, der Doktor konsultierte seine Krankenblätter, »... diese Voodoo-Handtasche? Was genau war das eigentlich?«

»Das ist eine schrecklich komplizierte Geschichte. Ich hab irgendwie ganz aus den Augen verloren, was ich überhaupt machen sollte.«

»Sie waren verwirrt.«

»Sehr.«

»Aber jetzt sind Sie nicht mehr so verwirrt.«

»Nicht mehr so sehr, nein.«

»Die Tabletten helfen also?«

»Tabletten helfen immer, dafür sind sie gemacht, oder?«

Der Doktor erhob sich aus seinem Stuhl und trat zum Fenster. Ich bemerkte die Art und Weise, wie seine Schuhspitzen leicht gegen den Papierkorb stießen.

»Langweile ich Sie?«, fragte der Doktor. »Sie nicken immer wieder ein. Sind Sie müde?«

»Ich? Nein, nein. Ich schlafe nie.«

»Niemals? Überhaupt nicht?«

»Ich traue mich nicht einzuschlafen. Wenn ich einschlafe, könnte ich anfangen zu träumen, und wenn ich anfange zu träumen, lande ich wieder hier drin. Im Necronet. Ich gehe nicht wieder zurück ins Necronet. Nicht ich. Niemals.«

»Richtig«, sagte der Doktor. »Und deshalb schlafen Sie niemals.«

»Vielleicht eine Minute oder zwei. Aber keine Träume. Wenn ich anfange zu träumen, weckt Barry mich sofort auf.«

»Das wäre dann Ihr heiliger Schutzrosenkohl, dieser Barry?«

»Er ist ein Rosenkohl. Aus Gottes Garten. Gott besitzt einen sehr großen Garten. Sehr groß. Er hört überhaupt nicht auf, so groß ist er. Ich war dort. Es ist ein sehr schöner Garten.«

»Im Kopf Gottes?«

»Das ist der Ort, zu dem wir alle gehen, wenn wir träumen. Wir begegnen unseren Toten in den Träumen, nicht wahr? Und wenn wir ihnen begegnen, sind sie nicht tot.«

»Sie sind also toten Leuten begegnet?«

»Nur dem einen.«

»Möchten Sie nicht darüber reden?«

»Nein, möchte ich nicht.«

»Seien Sie vorsichtig auf diesem Stuhl«, sagte der Doktor. »Sie könnten den Berg hinunterfallen.«

Ich rutschte ein Stück vom Abgrund weg. Vier Beine sicher auf dem Boden und zwei Füße. »Sie sollten nicht abschweifen«, sagte ich zu dem Doktor. »Es könnte Sie davonwehen. Man würde Sie niemals wiederfinden. Sie würden in die Wüste hinausgeweht werden.«

»Ich habe spezielle Tabletten«, sagte der Doktor. »Sie sorgen dafür, dass meine Füße schwer bleiben. Es sind Schwerkrafttabletten, wissen Sie?«

»*Wach auf, Chef!*«

»Danke, Barry.«

»Sind Sie schon wieder eingedöst?«

»Nur für einen Augenblick.« Ich atmete tief durch. »Barry hat mich geweckt.«

»Also sind Sie noch immer hier?«

»Ja. Diese Brille ist neu.«

»Ich sehe damit ein wenig aus wie Clark Kent, finden Sie nicht?«, fragte der Doktor und setzte die schwarze Brille ab. »Aber hatten Sie nicht auch einmal so eine? Eine Image-Geschichte, wenn ich mich nicht irre?«

»Ich kann mich nicht mehr richtig daran erinnern. Ich weiß einfach zu viel.«

»Aber konnten Sie sich nicht ursprünglich an *alles* erinnern?« Der Doktor kehrte zu seinem Schreibtisch zurück und blätterte noch ein wenig mehr in meiner Krankenakte. »Digitales Gedächtnis? Totale Erinnerung? Entschieden fotografisch?«

»So funktioniert Magie eben.«

»Magie? Was hat das alles mit Magie zu tun?«

»Das meiste, offen gestanden.«

»Voodoo-Magie?«

»Zum Teil, ja.«

»Aberglaube!«, sagte der Doktor. »Nichts als Aberglaube. Wissenschaft ist die neue Magie! Hätten Sie etwas dagegen, wenn ich Sie auf den Mund küsse?«

»*Wach auf, Chef!*«

»Danke, Barry.«

»Erzwungenes Wachsein führt zu Psychosen«, stellte der Doktor fest, während er weitere Notizen in die Krankenakte schrieb. »Ich empfehle, den Patienten auf eine Diät aus ...«

»Nein!«, brüllte ich. »Keine Schlaftabletten! Ich darf nicht träumen! Verstehen Sie denn nicht? Ich darf nicht träumen!«

Der Doktor streckte die Hand aus und drückte auf diesen kleinen Knopf auf seinem Schreibtisch.

»Keine Träume! Nein!«, kreischte ich und rutschte auf meinem Stuhl nach hinten. »Ich springe über die Klippe! Kein Scheiß, ich mach's!«

»Keine Sorge, es wird Ihnen nichts geschehen.« Der Doktor lächelte, doch er zeigte keine Zähne. Der Doktor hatte keine Zähne. Die Stuhlbeine quietschten auf dem Linoleum, als ich mich rückwärts auf den Rand der Klippe zuschob.

»Versuchen Sie nicht mich aufzuhalten! Ich werde springen!«

»Sie werden aufwachen, wenn Sie springen.«

»Ich schlafe nicht. Ich bin ganz wach.«

»*Aufwachen, Chef!*«

Und ich sprang.

Und wachte in einem Zustand der Verwirrung auf.

»Barry, du Bastard! Du hast mich über die Klippe springen lassen!«

Der Wind wehte Sandkörner um meine Stiefel.

Ich blickte hinauf zu den Wahnsinnsbergen.

»Barry? *Barry? Barry!*«

Doch ich war wieder einmal ganz allein.

Vor der Höhle des Ultimativen Horrors.

Und ich war verdammt sauer.

»Ich bin verdammt sauer!«, sagte Billy Barnes. »Sie meinen, Sie haben nicht die geringste Spur gefunden?«

Die wunderschöne Sekretärin schlug die gehetzt blickenden Augen nieder. »Zuerst meinten alle Ladenbesitzer, mit denen ich gesprochen habe, dass sie sich an Henry Doors erinnern könnten und sein Buch gelesen hätten. Aber je länger sie darüber nachdachten, desto weniger schienen sie sich erinnern zu können. Und schließlich sagten alle, dass sie sich wahrscheinlich überhaupt nicht an Henry Doors erinnerten.«

»Und die Bibliothek?«

»Die Bibliothek und die vornehmen Agenturen, die seltene Bücher aufspüren. Ich habe alle gefragt. Sind Sie absolut sicher, Sir, dass es einen Henry Doors gibt?«

Billy schwang in seinem teuren Sessel herum. »Absolut sicher. Suchen Sie weiter. Essen Sie nicht, schlafen Sie nicht, suchen Sie! Suchen Sie in den Aufzeichnungen von Necrosoft, spüren Sie dem Namen mit Hilfe des Somerset House nach. Benutzen Sie jedes Mittel, das Sie einsetzen können. Finden Sie Henry Doors.«

Tränen wallten in den gehetzten Augen auf. »Jawohl, Sir«, sagte die Sekretärin. »Was immer Sie wünschen, Sir.«

Als sich die Tür hinter ihr geschlossen hatte, fegte Billy kostspielige Objekte von seinem Schreibtisch, dann sprang er auf und trat seinen Sessel um.

Henry Doors war sein Mann. Ziel Nummer eins.

Die ganz fette Beute. Wenn es ihm gelang, sich bei Henry Doors einzuschmeicheln, dann würde es nicht allzu lange dauern, bis er selbst zu Henry Doors geworden war. Und dann der Reichtum. Die Macht. Alles würde ihm gehören.

Ein Telefon läutete.

Billy riss den Hörer hoch. »Was denn?«, brüllte er hinein.

»Hier ist ein Mr. Doors am Apparat«, sagte die Stimme von Billys Sekretärin. »Er möchte Sie sprechen, Sir.«

Meine Hände zitterten, genau wie meine Knie. Und es war nicht wegen der Aussicht, die Höhle des Ultimativen Horrors zu durchqueren. Es war wegen all dieser Sachen. Dieser Sachen im Sprechzimmer des Doktors. Bin ich wach? Schlafe ich? War das hier Wahnsinn, oder war es etwas anderes? Träume ich das alles nur? Träumt irgendjemand mich? Träume ich irgendjemanden? Wer ist eigentlich wach und wer nicht?

Ich ballte die Fäuste. Ich war sicher, dass ich irgendetwas übersehen hatte. Ich wünschte nur, ich wüsste, was das war.

Ich atmete tief durch. Richtig. Die Höhle des Ultimativen Horrors. Wenn die Wahnsinnsberge mich paranoid gemacht hatten, wenn ich es noch immer war – schlief ich dann tatsächlich? Was würde die Höhle mit mir machen? Was war mein Ultimativer Horror?

Ich wagte überhaupt nicht darüber nachzudenken.

»Ich hoffe, Sie empfinden mich nicht als zu aufdringlich«, sagte die Stimme von Henry Doors. »Ich weiß, dass Sie ein sehr vielbeschäftigter Mann sind. Trotzdem habe ich mich gefragt, ob wir uns nicht einmal unterhalten sollten.«

»Ein wenig unterhalten«, ächzte Billy.

»Wenn es Ihnen nichts ausmacht, heißt das.«

»Selbstverständlich nicht. Wann ...?«

»Mein Wagen steht unten auf dem Parkplatz. Vielleicht sollten Sie sämtliche weiteren Termine für diesen Tag absagen.«

»In der Tat«, sagte Billy. »Das werde ich.«

Der Wagen war Stück für Stück das, was Billy erwartet hatte. Eine weiße Strecklimousine, ein Mercedes, mit schwarzen Fenstern. Als Billy näher kam, schwang eine der hinteren Türen auf. Elektrisch. Ein hübsches Spielzeug.

Billy spähte ins Wageninnere. Ein junger Mann in einem weißen Designeranzug mit einer Ray Ban winkte ihn zu sich. Billy stieg ein, und hinter ihm schloss sich die Tür.

Der junge Mann räkelte sich in den beigen Lederpolstern. »Henry Doors«, stellte er sich vor. »Sie werden verstehen, wenn ich Ihnen nicht die Hand schüttle.«

»Sie werden entschuldigen, wenn ich damit einverstanden bin«, sagte Billy.

Henry Doors grinste wölfisch. Er sah aus wie ein Fotomodell, einer jener flegelhaften Filmtypen, die einmal so gefragt gewesen waren. Umwerfende Wangenknochen, struppiges Haar, Strandbräune.

»Sie haben jemand Älteren erwartet«, sagte Henry.

»Habe ich«, gestand Billy.

»Dann will ich Ihnen ein wenig über mich erzählen. Ich wurde 1967 in San Francisco geboren, während des *Summer of Love.* Meine Mutter war eine Karmeliternonne, und mein Vater ... na ja, wer weiß, Frauen sind gewohnheitsmäßige Lügnerinnen. Ich wuchs auf einer Farm in Wisconsin auf, unter der Aufsicht von Agenten der amerikanischen Regierung. Sie beschützten mich vor allem. Ich habe ein Talent für Computer, eine natürliche Begabung, und ich schrieb bereits mit neun Jahren meine ersten Programme. Im Alter von fünfzehn Jahren gründete ich Necrosoft und war bereits Multimillionär. Fragen?«

»Eine Menge«, sagte Billy.

»Nun, behalten Sie Ihre Fragen für sich. Ich habe Ihre Fortschritte beobachtet, Billy, von Anfang an. Jeder Ihrer Züge wurde genauestens beobachtet. Ihr Aufstieg durch die Reihen meiner Gesellschaft. Ihre Unterhaltung letzte Woche mit dem Premierminister.«

»Sie haben meine Unterhaltung belauscht?«

»Ich habe Sie auf dem Bildschirm beobachtet. Das gesamte Gebäude von Necrosoft ist mit verborgenen Kameras ausgerüstet. Sie sind in die Wände eingebaut. Sehr gut versteckt. Ich höre und sehe alles, was in meinem Gebäude vor sich geht.«

»Und wie stehe ich nun da?«, fragte Billy.

»Mit heruntergelassenen Hosen und dem nackten Hintern im Wind.«

»In der Tat«, sagte Billy.

»Die Frage ist, tätschele ich Ihren Hintern freundlich, oder ramme ich meinen ...«

»Ich verstehe.«

»Sie verstehen, Billy. Weil Sie passen. Beantworten Sie mir eine Frage, und beantworten Sie meine Frage ehrlich, denn ich werde wissen, wenn Sie lügen. Wenn Sie die Kontrolle bekämen – wie viel Kontrolle würden Sie wollen?«

»Alle«, sagte Billy ohne Zögern.

»Scheint vernünftig.«

»Tatsächlich?«

»Ich brauche jemanden, der die Kontrolle übernimmt, Billy. Jemanden, der rücksichtslos und ehrgeizig ist. Jemanden, der nichts und niemanden in seinem Weg duldet. Jemanden wie Sie.«

»Aber warum sollten Sie mir so etwas anbieten? Diese Gesellschaft gehört Ihnen.«

»Ich will die Gesellschaft nicht, Billy. Ich will, dass Sie die Gesellschaft haben. Der Besitz dieser Gesellschaft bedeutet mir überhaupt nichts. Was die Gesellschaft tut, das ist es, worum es mir geht.«

»Das Necronet.«

»Ganz genau. Der Premierminister möchte das Necronet verstaatlichen. Er möchte, dass Regierung und Necronet eins werden. Das ist auch mein Wunsch. Sollen beide eins werden, doch mit Ihnen am Ruder.«

»Das war meine Absicht«, sagte Billy, »falls es mir nicht gelungen wäre, Sie aufzuspüren.«

»Nun, dann los, mein Junge. Verbreiten Sie das Necronet in der ganzen Welt. Überziehen Sie den Globus damit. Laden Sie Millionen und Abermillionen ...«

»Und wohin soll das letzten Endes führen?«

»Nennen Sie mich einen Umweltschützer. Jemanden, dem das Schicksal des Planeten nicht gleichgültig ist. All diese Überbevölkerung, all diese Umweltverschmutzung. Es steht in unserer Macht, die Welt zu retten.«

»Oder sie zu zerstören«, sagte Billy.

»Ich hoffe doch, dass ich hier keine Gewissensbisse erkenne?«

»Nicht ein Stück. Die Herde ist mir völlig egal. Soll sie zum Schlachthof getrieben werden, ohne Ausnahme. Es ist mir egal.«

»Nicht alle«, sagte Henry. »Die Besten werden Sie behalten, für Zuchtzwecke.«

»Ich verstehe«, sagte Billy.

»Sie verstehen nichts«, sagte Henry, der alles verstand. »Es gibt zu viele Menschen auf der Welt, Billy. Viel zu viele kleine Leute. Zu viele Nicht-Persönlichkeiten. Und alle brabbeln dummes Zeug, oder nicht? Mit ihren banalen schrillen Stimmen. All dieses Gebrabbel. Stellen Sie sich vor, alle wären in Ihrem Kopf, alle ohne Ausnahme, und alle würden zur gleichen Zeit brabbeln. Es würde Sie in den Wahnsinn treiben.«

»Das würde es tatsächlich«, sagte Billy.

»Also schaffen wir sie weg, irgendwohin, wo wir ihr Gebrabbel nicht anhören müssen.«

»In das Necronet.«

»Ganz genau. Und die Welt wird zu einem besseren Ort für uns, oder nicht?«

»Viel besser«, sagte Billy. »Also, Sie übergeben mir die Kontrolle über das Necronet, und damit ultimativ ...«

»Die Kontrolle über die ganze Welt, Billy. Sie werden der Herrscher der Welt, der oberste Chef.«

»Und Sie halten sich im Hintergrund?«

»Ich halte mich immer im Hintergrund. Das ist es, was *ich* am besten kann.«

»Wer sind Sie?«, fragte Billy. »Ich meine, wer sind Sie wirklich?«

»Hören Sie auf, Billy«, sagte Henry Doors. »Das wissen Sie doch inzwischen sicher selbst, oder nicht?«

Billy schüttelte den Kopf.

»Wo ist das Flugblatt, das ich Ihnen geschickt habe?«

»Flugblatt?«

»Es kam zusammen mit dem Pleaser. In dem Päckchen, das Sie nach Brentford geführt hat. Ich weiß, dass Sie es noch immer mit sich herumtragen, als eine Art Andenken.«

»Das hier?« Billy zog ein zerknittertes Blatt Papier aus der Tasche.

»Lesen Sie es laut, Billy.«
Und Billy las laut.

*S*urfen im Web?
*A*lle können das!
*T*este etwas wirklich Radikales!
*A*ll die lieben toten Verwandten sind übers
*N*ecronet zugänglich!

*B*is heute war es
*R*elativ kompliziert, so etwas zu tun.
*A*lles, was du heute brauchst, ist schon da.
*U*nternimm einen Abstecher
*C*heck die Seelendatenbank
*H*adere nicht länger
*T*ritt ein.

*D*u bist da
*I*m Land der virtuellen Toten
*C*hargen um Chargen
*H*offentlich siehst du den Sinn.

»Es sagt alles, Billy, nicht wahr? Die Seelendatenbank, all diese Millionen Seelen, kein Himmel, keine Hölle, sondern ein ewiges Paradies im Cyberspace. Erfüllung aller Wünsche und Fantasien. Die virtuellen Toten, glücklich in ihrem virtuellen Wunderland.«

»Es sagt mehr als das«, erwiderte Billy.

»Was denn, das Akrostichon? Ich konnte nicht widerstehen, Billy. Es brachte mich zum Lachen.«

»Das Akrostichon, ja. Ich habe es gleich bemerkt. Wenn man die ersten Buchstaben jeder Zeile senkrecht liest, erhält man SATAN BRAUCHT DICH. Ein wenig verräterisch vielleicht.«

»Nur ein kleiner Scherz. Etwas für die Heavy-Metal-Fans.«

»Erzählen Sie mir mehr, ich muss es wissen.«

»Wer ich bin? Was ich bin? Bin ich ein Mensch? Oder bin ich ein Gott? Träumen Sie mich, oder träume ich Sie?«

»Sie sind kein Gott«, sagte Billy. »Aber ...«

»Ich könnte der Teufel sein? Satan? Der Antichrist? Nun ja, könnte sein. Doch wenn Wissenschaft die neue Religion ist, Billy, dann bin ich ganz sicher ihr Gott.«

»Gott«, sagte ich, »wie dunkel es hier drin ist! Keine Aussicht auf Licht, vermute ich?« Ich tastete mich durch die Höhle. Es war dunkel. Schwarz wie die Nacht. Schwarz wie in einem Grab. Schwarz wie der Tod?

Der Tod war der Ultimative Horror, oder?

Die Wände waren glatt und konturlos. Ich hatte keine Ahnung, wie weit ich gekommen war oder wie weit ich noch gehen musste. Wie weit kann ein Mann in einen Berg hineingehen? Vielleicht führte die Höhle tiefer und tiefer und tiefer. Vielleicht war sie wie dieses Möbiusband von Stadt, das die virtuelle Klinik umgab. Ganz gleich, wie weit man lief, man kam nirgendwo hin. War das der Ultimative Horror? Schlimmer als der Tod?

Oder war es der Wahnsinn? Oder Isolation? Oder einfach nur die Tatsache, dass ich mich verlaufen hatte?

Oder war es das Gefühl der Ohnmacht? Der absoluten Ohnmacht?

Absolut ohne jede Kontrolle.

Während etwas Furchtbares geschah.

Und man nicht das Geringste unternehmen konnte, um es aufzuhalten.

Die Beförderung von Billy Barnes zum Führer der Welt war zeitlich so gewählt, dass sie mit den Millenniumfeiern zusammenfiel. Die einfachen Leute von Brentford sahen alles im Fernsehen. Sie hatten ihre Feiern einige Jahre zuvor abgehalten, um dem Gedränge zu entgehen, und freuten sich nun auf eine Zeit des Friedens und der Liebe und eine Nacht vor der Glotze.

Die Feuerwerke und die Fahrzeugkolonnen, die Ansprachen und die feierliche Vereidigung, die Luftparaden, das Aufziehen der Flagge der vereinigten Welt mit dem Necrosoft-Logo darauf, das alles war ein faszinierendes Programm. Doch so faszinierend nun auch wieder nicht.

Die Kamera schwenkte über die Menschenmenge, die die Route der Fahrzeugkolonne säumte. Und es waren Hunderte, nicht Tausende. Die Bevölkerung Amerikas hatte sich halbiert. Genau wie die der restlichen Welt.

Nicht jedoch die von Brentford. Die Bevölkerung von Brentford hatte wenig mit Necrosoft im Besonderen und Computern im Allgemeinen am Hut. Sie hatte Dinge wie diese schon früher erlebt, und so hielten sie die Köpfe tief und warteten darauf, dass der Sturm über sie hinwegziehen und sie nicht persönlich involvieren würde. Wie es in der Vergangenheit schon so häufig geschehen war.

Onkel Brian beobachtete die Feiern am Fernseher.

»Billy Barnes«, sagte er nachdenklich. »Ich frage mich wirklich, ob das der gleiche Billy Barnes ist, von dem der alte Seemann in meinem Traum gesprochen hat. Der Billy Barnes, vor dem ich meinen Neffen warnen sollte. Wobei mir der Gedanke kommt – was ist eigentlich aus meinem Neffen geworden?«

Ich stolperte aus der Höhle des Ultimativen Horrors in eine Welt aus weißem Licht. Ich blieb stehen und blinzelte und nahm meinen Bowlerhut ab und kratzte mir den Kopf. Hatte ich irgendetwas übersehen oder was?

Ich war in die richtige Höhle des Ultimativen Horrors gegangen, oder nicht? Ich war nicht vielleicht aus Versehen in die Höhle von Ganz Besonders Wenig Horror gegangen oder die Höhle der Einfachen Schwarzen Dunkelheit?

Ich zuckte die Schultern. Und dann dämmerte mir, dass vielleicht etwas wirklich Grauenhaftes geschehen war, während ich durch die Höhle wanderte. Etwas, das ich hätte verhindern können, wenn ich nicht so absolut ohnmächtig gewesen wäre.

»Puh!«, sagte ich. »Was wäre das für ein ultimativer Horror! Hoffen wir, dass es nicht der Fall ist.« Und mit diesen Worten rieb ich mir die Hände. »So«, fuhr ich munter fort, »und wo geht es jetzt zum Land der Schreienden Schädel? Ach du Scheiße!«

Und ich erblickte Golgatha. Was so viel heißt wie Hügel der Schädel. Und ich erblickte die Vielzahl dort. Die, die gelebt hatten und nun tot waren. Und sie schrien mich an und sagten: »Weh über dich, der du uns verlassen hast.«

Vor mir erstreckte sich eine weiße, konturlose Ebene mit einem gleichermaßen weißen konturlosen Himmel.

Und auf dieser konturlosen Ebene lagen menschliche Schädel. Sie bedeckten die Erde und erfüllten den Himmel. Eine endlose, endlose Vielzahl. Und sie lagen nicht still, diese staubtrockenen Knochen, diese Gerippe von Menschen. Sie murmelten und stöhnten. Sie heulten und knirschten mit den Zähnen. Sie kreischten nach Gerechtigkeit und nach Leben. Diese Knochen, diese Schädel, diese wütenden Toten. Sie schrien und schrien und schrien und ...

»Äh, Entschuldigung?«, sagte ich. »Kennt einer von Ihnen zufällig den Weg nach Arkham?«

21

Töten ist die ultimative Simplifikation des Lebens.

Hugh Macdiarmid (1892-1978)

Es gab einige Unerfreulichkeiten.

Ein Schädel namens Yorick meinte, den Weg nach Arkham zu kennen. Nun ja, genau genommen nicht er selbst, denn er war nie selbst dort gewesen. Doch ein befreundeter Schädel hatte einen befreundeten Schädel, welcher dort gewesen war. Ich fand mich außerstande, diesen befreundeten Schädel aufzufinden, doch ich begegnete verschiedenen anderen Schädeln, die sicher waren, dass sie Arkham kannten und sogar selbst in der Vergangenheit irgendwann einmal dort gewesen waren.

Nun bin ich im Grunde genommen stolz auf meine Geduld; ich bin ein umgänglicher Bursche, doch ich war begierig, sehr begierig, nach Arkham zu gelangen, und ich war nicht in der Stimmung, mich auf den Arm nehmen zu lassen. Ich weiß selbst, dass das Herumwerfen menschlicher Schädel keine politisch korrekte Aktivität darstellt, und ich weiß auch, dass Fluchen und Toben im Kopf Gottes höchst geschmacklos ist, um noch das

Wenigste zu sagen. Doch ich war begierig, endlich nach Arkham zu kommen.

Und so erfuhr ich schließlich den Weg dorthin.

Es war genau so, wie ich es mir vorgestellt hätte. Ein Fischerdorf, das sich in eine Bucht schmiegte. Ein alter Hafen mit altmodischen Walfangbooten. Steile gepflasterte Straßen mit Giebelhäusern, die sich zu einem Kai hinunterzogen, an dem eine Inn namens Philthy Phranks stand.

Als ich mich näherte, begann es zu regnen.

Und es schüttete aus Eimern, bis ich das Inn erreicht hatte und die roh gezimmerte schwere Eichentür aufstieß, um mich in die überfüllte Bar zu begeben. Eichenbalken und Butzenscheiben, Whiskygestank und Sägemehl auf dem Boden, poliertes Messing, Zinnkrüge. Eine Schwertfischspitze hing über dem Tresen, der aus Walgebeinen konstruiert war.

Ich hängte meinen Bowlerhut an den Haken, schüttelte Regentropfen von meinen Schultern und war dankbar für meine Wellingtonstiefel. Ich schob mich durch das Gedränge aus Seeleuten und bahnte mir einen Weg zur Theke.

Philthy Phrank sah genauso aus, wie ich ihn mir vorgestellt hätte. Gedrungen und missmutig, übelriechend, in Lumpen gekleidet und ramponiert. Er funkelte die Welt mit seinem einen guten Auge an und nannte keinen Mann seinen Bruder.

»Ein Pint *Tod durch Cidre,* Herr Wirt«, sagte ich in nicht unbestimmtem Ton.

Philthy fixierte mich mit einem bösen Blick.

»Zeig mir Bares oder verschwinde aus meinem Laden«, sagte er.

Ich dachte, es wäre vielleicht ganz praktisch, einen Beutel voller Golddublonen mitzuführen, also griff ich in die Tasche und fischte ein paar Münzen heraus.

Philthy Phrank zapfte mir einen Krug von seinem Fusel.

»Cheers«, sagte ich.

»Die Pocken an deinen Hals«, sagte Philthy Phrank.

Ich blickte mich in der Taverne um. Eine dichte Wolke von grauem Tabaksrauch verhüllte die Gäste. Sie trugen Südwester und Regenjacken, Augenklappen und Holzbeine, und sie murmelten und murmelten und zappelten herum. In einer nicht allzu weit entfernten Ecke erspähte ich einen alten Seebären.

Er sah genauso aus, wie ich ihn mir vorgestellt hätte.

Ich bahnte mir einen Weg zwischen den Murmlern und Zapplern hindurch und entbot dem Seebären meinen freundlichen Gruß.

Der Alte hob ein knorriges Anhängsel, das wohl einmal eine Hand gewesen war, und deutete damit auf einen freien Stuhl. Ich zog den Stuhl heran und nahm darauf Platz.

Der Alte betrachtete mich mit glitzernden Augen, öffnete einen Mund, der jede Menge freier Stellen für Zähne aufwies, spie einen tabakfarbenen Klumpen Auswurf in meinen Schoß und sagte ein einziges Wort.

»Arschloch.«

»Verzeihung?«, fragte ich.

»Arschloch«, wiederholte der Alte. »Du, mein Junge, bist ein Arschloch.«

Ich lächelte tapfer und grübelte über den Schleimklumpen in meinem Schoß.

»Arschloch«, sagte der Alte einmal mehr. Und: »Arschloch, Arschloch, Arschloch.«

»Ja, ja, schon gut«, sagte ich. »Ich habe verstanden, was Sie sagen wollen.«

»Was habe ich deinem Onkel Brian gesagt? Was sollte er dir ausrichten? Nimm dich in Acht vor Billy Barnes, hab ich ihm gesagt. Und hast du dich in Acht genommen, Junge? Hast du?«

»Vielleicht nicht gut genug.«

»Arschloch.«

»Ja, ja, schon gut. Ich denke, ich habe begriffen, dass ich ein Arschloch bin.«

»Du bist ein Arschloch. Frag irgendeinen der anderen hier. Du bist ein Arschloch.« Der Alte nickte in Richtung der übrigen Gäste, und die Seemänner nickten zurück.

»Wir dürfen eine einzige nach draußen schicken.« Der alte Knabe bohrte mit dem Finger in der Nase. »Nur die eine einzige, und ich hab meine an dich verschwendet.«

»Sie dürfen nur eine einzige? Eine einzige was? Ich verstehe nicht?«

»Eine einzige Nachricht zur anderen Seite. Wir dürfen eine einzige Nachricht zur anderen Seite schicken, um den Lebenden zu helfen.«

»Den Lebenden helfen? Heißt das, Sie sind …«

»Tot? Natürlich bin ich tot, verdammt noch mal! Jeder hier drin ist tot. Mausetot. Wir vertreiben uns die Zeit mit Trinken, bis das Fleisch von unseren Knochen fällt und wir auf dem großen Haufen oben an der Straße enden.«

»Was für ein Ärger«, sagte ich.

Der alte Knabe zuckte die Schultern, und seine Knochen rasselten schauerlich. »Geschieht uns recht, schätze ich«, sagte er.

»Das klingt sehr philosophisch.«

»Das hat überhaupt nichts Philosophisches an sich. So sind die Dinge nun einmal, da beißt die Maus keinen Faden ab. Habe ich übrigens schon erwähnt, dass du ein Arschloch bist?«

»Ich glaube ja.«

»Nun, du bist ein Arschloch. Ich hatte so große Pläne für dich. Wir alle hatten große Pläne für dich. Wir alle wollten unsere Nachricht für dich verwenden. Dir helfen, Billy Barnes aufzuhalten.«

»Sie alle? Aber warum ausgerechnet ich?«

»Du hättest es schaffen können. Du hast nach ihm gesucht. Im Lauf der Jahre hätten wir dir in deinen Träumen Rat gegeben. Und wenn wir das getan hätten und wenn du verdammt noch mal zugehört hättest, wäre die Welt dort draußen nicht in dem beschissenen Zustand, in dem sie heute ist.«

»Nun, es ist noch immer Zeit«, sagte ich. »Ich bin noch nicht lange hier drin, höchstens ein paar Monate. Ich kann ihn immer noch aufhalten und seine monströsen Pläne vereiteln.«

»Ein paar Monate?« Der alte Knabe warf den Kopf in den Nacken und brach in gackerndes Gelächter aus. Dann packte er seinen Kopf, der über die Schultern nach hinten gekippt war, und rammte ihn zurück in die richtige Position. »Ein paar Monate, Junge? Du bist seit mehr als zehn Jahren im Necronet!«

»*Was?*«

»Die Zeit hier drin läuft anders als draußen.«

»Zehn Jahre?« Mein Magen verknotete sich. Ich zitterte am ganzen Leib. »Ich bin seit zehn Jahren hier drin? Das glaube ich nicht. Das glaube ich einfach nicht!«

»Aber es ist so, mein Junge. Das ist der letzte Beweis, dass du ein Arschloch bist, eh?«

»Aber mein Körper dort draußen! Bin ich jetzt wirklich tot oder was?«

»Nein, nein, nein.« Der alte Knabe hielt seinen Kopf fest und schüttelte ihn. »Er hat deinen Körper noch, dieser Barnes. Er hat ihn in einem Koffer unter seinem Bett. Du bist immer noch am Leben, oder jedenfalls das, was noch von dir übrig ist.«

»O nein!« Ich kaute auf meinen Fingernägeln. »Er hat mich an die Voodoo-Handtasche verfüttert! Dieser Bastard hat mich an seine ...«

»Nun ja, es ist nicht mehr ganz so viel von dir da wie früher einmal, zugegeben. Aber man hat mir gesagt, dass die moderne Chirurgie wahre Wunder vollbringen kann. Einen neuen Schwanz und was weiß ich.«

»Schwanz? O mein Gott!«

»Ruhig, mein Junge, ganz ruhig. Verlier mir jetzt nicht die Fassung.« Der alte Knabe kicherte erneut.

»O mein Gott! Was soll ich nur tun? Was soll ich jetzt nur tun?«

»Raus hier und diesen Bastard erledigen, das wäre mein Ratschlag.«

»Aber wie? Aber wie?«

Der alte Knacker saugte seine eingefallenen Lippen ein.

»Spucken Sie mich bloß nicht wieder an!«, warnte ich ihn.

»Ich habe nachgedacht, mein Junge.«

»O Scheiße! O Scheiße, Scheiße, Scheiße!«

»Du hättest schneller hierher kommen sollen. Diese Zeitverschwendung auf deiner Tropeninsel und in Rob's Bar, was für ein Schwachsinn war das überhaupt?«

»Sie wissen davon?«

»Selbstverständlich weiß ich davon. Ich habe dich beobachtet.«

»Sie haben mich verdammt noch mal beobachtet und nichts getan, um mir zu helfen? Obwohl Sie wussten, wie die Jahre verrannen?«

»Ich bin nicht Gott, mein Junge.« Der alte Knacker schlug sich gegen das rechte Ohr und zog sich ein Salatblatt aus dem linken. »Du musstest schon allein deinen Weg hierher finden.«

»Wer sind Sie?«

»Ich? Nur ein alter Seemann. Wer ich bin tut nichts zur Sache.«

»Jede Wette, dass es etwas zur Sache tut!«

»Tut es nicht! Aber du, mein Junge, du bist etwas Besonderes.«

»Ich bin nichts Besonderes!« Ich schüttelte den Kopf. »Ich bin nicht mehr und nicht weniger als jeder andere auch. Wenn ich etwas gelernt habe, seit ich im Necronet gefangen bin, dann die Tatsache, dass jeder auf seine Weise etwas Besonderes ist. Jeder. Jedes einzelne Individuum zählt. Wir sind alle gleich besonders. Und niemand, niemand hat das Recht zu behaupten, er sei mehr wert als irgendjemand anderes.«

»Schön, du hast also etwas gelernt.«

»Aber zu welchem verdammten Preis!«

»Gib nicht auf.«

»Aufgeben? Ich sitze hier und rede seit fünf Minuten zu Ihnen. Soweit ich weiß, sind in der realen Welt schon wieder sechs Monate vergangen, und dieser Bastard Barnes hat wieder ein paar Stücke mehr von mir an seine Handtasche verfüttert!«

»Möglich, dass er dich in einen Fleischwolf steckt.«

»O Scheiße, Scheiße, Scheiße!«

»Jetzt beruhige dich. Wir müssen dich hier rausschaffen, und du musst diesen Barnes zur Rechenschaft ziehen.«

»Das werde ich, darauf können Sie sich verlassen!«

»Trink dein Bier aus.«

»Was?«

»Trink dein Bier aus. Es gibt dir Kraft.«

»Gütiger Gott.« Ich trank mein Bier aus. »Hm«,

sagte ich, »gutes Bier. Das letzte Mal, das ich so ein gutes Bier getrunken habe, war ...«

»Denk nicht mal daran. Hör zu, du hast eine Menge gelernt, seit du im Necronet bist, und du kannst dein Wissen einsetzen, um Barnes zu vernichten. Du musst ihm eine Falle stellen und die Informationen aus ihm herauspressen.«

»Informationen?«

»Wie du zurück in deinen Körper gelangen kannst.«

»Erzählen Sie weiter.«

»Es gibt nur eine Möglichkeit, Barnes zu stellen, und zwar in seinen Träumen. Wenn es dir gelingt, in seine Träume zu kommen, dann kannst du ihn dazu bringen, dass er dir verrät, was du wissen musst.«

»Aber ich weiß nicht, wovon er träumt. Das Necronet, das Bewusstsein Gottes, es ist unendlich. Die einzigen Leute, die ich hier treffe, habe ich selbst herbeigeträumt. Abgesehen von Arthur Thickett, und der hat in den 1960ern geträumt. Wie soll ich da in einen von Billy Barnes' Träumen kommen?«

»Schwierig, zugegeben.«

»Danke sehr.«

»Hör einfach zu, was ich dir jetzt sage. Angenommen, du kennst jemanden, der jemanden kennt, der Billy Barnes kennt. Und angenommen, du würdest diesen Jemand, der jemanden kennt, der Billy Barnes kennt, bitten, dass er seinen Bekannten bitten würde, Billy Barnes zu fragen, was er geträumt hat, dann ...«

»Moment!«, sagte ich. »Moment! Warten Sie. Wenn ich Sie richtig verstanden habe, soll ich also einen Freund von einem Freund von einem Freund um Hilfe bitten.«

»So ist es doch im Grunde genommen immer, oder nicht?«

»Keine Ahnung«, sagte ich.

»Du findest heraus, wovon Billy Barnes träumt, und wenn er das nächste Mal davon träumt, erwartest du ihn.«

»Und was mache ich, wenn ich ihm in seinem Traum begegne?«

»Den Bastard foltern, wäre mein Ratschlag.«

»Das gefällt mir. Allerdings sehe ich einen kleinen Schönheitsfehler in diesem Plan.«

»Oh, und der wäre?«

»*Ich kenne niemanden, der jemanden kennt, der den verdammten Billy Barnes kennt!*«

»Doch, tust du.«

»Nein, tue ich ni ... Was sage ich! Selbstverständlich! Sie haben Recht!«

»Selbstverständlich kennst du jemanden«, sagte der alte Knabe. »Alles nur eine Frage der richtigen Anwendung deiner digitalen Erinnerung, was?«

Im Jahr 2007 waren Bücher nur noch eine Erinnerung. Alles gedruckte Material, seien es Bücher, Magazine, Zeitungen, Akten, einfach alles, was auf Papier gedruckt war, hatte in der großen Säuberungsaktion von 2003 ein Ende gefunden. Die schwindende Weltbevölkerung wusste, dass es so besser war. Die Gefahren einer Virusinfektion waren zu groß und die Kosten für Latexhandschuhe zu hoch.

Necronet, inzwischen weltweit der einzige Nachrichtensender, informierte die Bevölkerung über alles, was sie wissen musste: Dass alles auf dem Weg der Besserung war und immer besser wurde. Kriminalität war ein Phänomen der Vergangenheit. Die Menschen stahlen nicht mehr – wozu auch? Alle trugen die gleiche Kleidung, Necrowear, aßen die gleichen Burger bei McNecro's, lauschten den gleichen Hits auf dem Necropop-Channel, und dachten, was man ihnen zu denken beigebracht hatte. Babys in ihren Krippen nuckelten an ihren Pleasern und lobten den Namen von Billy Barnes, sobald sie reden konnten.

Billy Barnes selbst blickte auf sein Werk herab und befand es für gut. Er war an diesem Tag unterwegs zur neu errichteten Welthauptstadt Barnes, um letzte Hand anzulegen. Millionen hatten sich geschunden, um diese Superstadt mit ihren Spiegelglastürmen und goldenen Kuppeln zu errichten. Millionen, aus der ganzen Welt zusammengezogen. Die besten Architekten, Künstler und Handwerker. Weil nur noch die Allerbesten übrig waren, und weil sie ausnahmslos, wie jeder Mensch auf der Welt, für Billy Barnes allein arbeiteten.

»Hier rechts«, befahl Billy.

Seine Chauffeurin, eine hagere Frau mit grauem Gesicht, die einst eine Immobilienmaklerin gewesen war, kurbelte mit dürren Fingern das Lenkrad nach rechts, und die Strecklimousine glitt an der Barnes-Plaza vorbei in Richtung des Palastes, den die ganze Welt bewunderte.

»Ich werde ein Nickerchen halten«, sagte Billy. »Also fahren Sie hübsch langsam, und wenn wir da sind, halten Sie mir jeden vom Leib, bis ich wieder aufgewacht bin.«

»Jawohl, Sir«, sagte die Chauffeurin. »Was immer Sie wünschen, Sir.«

»Ich freue mich sehr, hier zu sein«, sagte Roger Vulpes. »Aber wie kommt es, dass ich hier bin? Wie haben Sie mich hierher geschafft? Wie haben Sie mich aus der Klinik geholt?«

»Ich habe Sie herausgedacht«, sagte ich. »Ich brauche Ihre Hilfe.«

»Verdammt nett von Ihnen. Wer ist dieser alte Knacker?«

Der alte Knacker ließ einen Klumpen Speichel fliegen, doch Roger wich ihm geschickt aus.

»Captain Quinn«, sagte der alte Seebär.

»Quinn?«, fragte ich überrascht.

»Captain Johnny Quinn, Walfänger, Abenteurer und Schriftsteller.«

»*Der* Johnny Quinn?«

»Du hast von mir gehört, Junge?«

»Selbstverständlich! Ich habe Ihre Sachen gelesen, damals, in den Sechzigern.«

»Du verlogenes kleines Arschloch.«

»Kann ich vielleicht ein Bier haben?«, fragte

Roger. »Ich hatte einen schweren Tag. Ich hab versucht, mit meinen gefiederten Flügeln aus der Klinik zu fliehen. Aber je weiter ich flog, desto näher kam ich zum Parkplatz zurück. Meine Arme sind schwer wie Blei, das kann ich euch sagen.«

»Er ist auch ein Arschloch, dein Freund hier, weißt du das?«

»Ich mag ihn«, entgegnete ich und ging davon, um Roger ein Bier zu holen.

Als ich zurückkehrte, war er in eine muntere Unterhaltung mit dem Captain verwickelt.

»Wussten Sie eigentlich schon«, sagte er zu mir, während ich ihm sein Bier reichte, »dass Captain Quinn hier vor den Florida Keys in einem offenen Boot in Seenot geraten ist? Ein Hurrikan hatte die Riemen über Bord geweht, und er dachte schon, sein Ende sei gekommen. Aber weil er ein frommer Mann ist, betete er zu Gott dem Herrn, und...«

»Ein Schwertfisch bohrte seine Spitze von unten durch das Boot.«

Der alte Knacker grinste ein zahnloses Grinsen. »Diese Geschichte hat dir gefallen, eh?«, fragte er.

Ich setzte mich an den Tisch und starrte den Alten an. »Dad?«, fragte ich. »Bist du es, Dad?«

Der Alte zwinkerte. »Ich könnte es jedenfalls sein. Aber vielleicht erzähle ich dir ja auch nur eine großartige Geschichte.«

Ich schüttelte den Kopf. »Ich glaube, ich habe

von großartigen Geschichten ein für alle Mal genug.«

»Sie sind nicht immer so weit hergeholt, wie du vielleicht meinst. Nimm nur deinen Kumpel Roger hier, den Tarnkappen-Fuchs/Hund/Pferd/Mensch-Hybriden. Kann so etwas wirklich möglich sein, frage ich dich?«

»Wahrscheinlich nicht«, sagte ich.

»Was meinen Sie mit: *wahrscheinlich nicht*?«, protestierte Roger und zupfte an seinem roten Backenbart. »Sagen Sie mir nicht, dass ich in Wirklichkeit nicht existiere.«

»Selbstverständlich existierst du, mein Junge. Alles existiert. Alles existiert und doch existiert es zugleich wiederum nicht. Simultan. Hugo Rune, ein alter Walfängerkumpel von mir, hat immer gesagt: ›Alles kann passieren, und alles wird passieren, und was nicht passieren kann, wird auch passieren, wenn man nur bereit ist, lange genug zu warten.‹ Doch damals war er missgelaunt, und schließlich verlor er die Geduld.«

»Roger«, sagte ich, »ich muss Sie um einen Gefallen bitten. Glauben Sie, Sie könnten sich in die Träume einer Freundin von mir begeben?«

Roger zupfte noch ein wenig mehr an seinem Backenbart. »Was um alles in der Welt haben Sie vor?«, fragte er.

»Ich habe einen Plan, wie wir Billy Barnes vernichten können. Einen kühnen Plan. Hören Sie zu...«

Und ich trug ihm meinen Plan in geflüsterten Worten vor.

Die Menschenmenge vor der Limousine des Weltführers flüsterte ebenfalls. Die Menschen wussten es besser, als dass sie ohne Erlaubnis gewagt hätten, in laute Jubelrufe auszubrechen. Sie warteten geduldig, bis die undurchsichtige schwarze Scheibe herunterglitt und eine behandschuhte Hand ihnen zuwinkte.

Und dann begannen sie zu jubeln und zu jubeln. Und als Billy Barnes aus der Limousine ausstieg, jubelten sie noch etwas lauter.

Er sah so richtig aus. Er passte in diese Kleidung und in diesen Wagen. Er passte ihnen, und sie passten ihm.

Billy winkte ihnen ohne rechte Überzeugung zu, ließ sich von ihnen auf den Päpstlichen Stuhl heben (ein Geschenk des dankbaren Papstes) und wurde von vier livrierten Nubiern die dreiundzwanzig flachen Stufen hinauf zu der Marmorplaza vor seinem Palast getragen.

Seine Hand winkte und winkte und winkte. Seine Gedanken gehörten ihm allein.

Oben auf der Plaza verneigten ausländische Botschafter, Staatsmänner, Filmstars und Neophyten die Köpfe. Der Päpstliche Stuhl senkte sich, Billy erhob sich und nickte allen freundlich zu.

Eine Frau, nackt bis auf ihre hochhackigen Stilettos, reichte Billy einen Umschlag auf einem silbernen Tablett. Billy nahm den Umschlag, riss ihn auf und las den Inhalt.

Und dann erschien ein wütender Ausdruck auf seinem Gesicht. Er drängte sich finster durch die bewundernde Menge und rannte in seinen Palast.

Nackte Frauen standen in Habacht. Billy musterte sie nicht eines Blickes, als er in sein privates Büro marschierte.

Prachtvoll ausgestattet mit allem Komfort, goldenem Schnickschnack hier und da, Opulenz im Überschuss.

Eine dunkle junge Frau von unvergleichlicher Schönheit und ohne jede Bekleidung blickte von ihrem Schreibtisch auf.

»Was hat das hier zu bedeuten?« Billy schleuderte ihr den Brief hin. »Was hat das zu bedeuten? Ich verlange eine Antwort!«

Die junge Frau starrte auf den Brief. Ihr Mund öffnete sich und blieb in dieser Stellung.

»Ein Brief!«, sagte Billy. »Irgendjemand hat mir einen Brief geschickt! Geschrieben! Geschriebene Worte auf einem Blatt Papier! Und ich habe ihn angefasst! Ich nahm einfach den Umschlag an mich und riss ihn auf, und dann habe ich das Papier berührt! Hätte ich nicht meine Handschuhe getragen, hätte ich mich vielleicht infiziert!«

»Was steht denn drin?« Die junge Frau deutete auf den Brief, doch sie berührte ihn nicht.

»›ICH HAB DICH!‹ Und unterschrieben ist er mit ›Die Kinder der Revolution‹.«

»Die Kinder der Revolution? Was für eine Revolution?«

»Was für eine Revolution?« Billy zwang sich zur Ruhe. »Nein«, sagte er. »Das können Sie nicht wissen. Doch so unglaublich es klingen mag, es gibt noch einige Menschen auf diesem Planeten, die mich nicht lieben!«

»Nein!«, sagte die Frau. »Das glaube ich nicht!«

»Ob Sie es glauben oder nicht, es ist so. Und sie wollen mich ermorden.«

Die Frau schüttelte den Kopf. Heftig. Entschieden. Wieder und wieder.

»Hören Sie auf damit.«

Die Frau hörte auf.

»Ich werde sie ausrotten!«, sagte Billy. »Ich werde sie finden und ausrotten!« Er blickte die Frau von oben bis unten an. »Sie sind neu hier, nicht wahr?«

Die Frau nickte, und ihr volles dunkles Haar flog.

»Sie würden mir zu gerne zu Diensten sein, stimmt's?«

»O ja, Sir, das würde ich.«

Billy öffnete seinen Reißverschluss. »Kommen Sie her«, sagte er.

»Dreckiger Bastard!«

Billy wirbelte herum, als er die Stimme hörte. Ein junger Mann in militärischer Uniform, mit einer Uzi Automatik in der Hand, starrte ihn wütend an.

Hastig zog Billy seinen Reißverschluss wieder zu. »Wer sind Sie?«, fragte er.

»Niemand«, kam die Antwort. »Ich bin ein absoluter Niemand.«

»Dann machen Sie, dass Sie aus meinem Palast verschwinden, aber ein bisschen plötzlich!«

»Ganz bestimmt nicht.« Der junge Mann schüttelte den Kopf. »Deine Zeit ist abgelaufen, Barnes. Die Kinder der Revolution verlangen deinen Kopf auf einem Tablett. Wir verlangen unsere Freiheit. Wir verlangen Freiheit von deiner Sklaverei.«

»Was für ein Scheiß!«, sagte Billy. »Es gibt keine Freiheit! Niemand ist frei.«

Der junge Mann schüttelte einmal mehr den Kopf. »Deine Gehirnwäsche hat nicht bei jedem funktioniert. Es sind noch immer ein paar von uns übrig. Und du siehst das letzte Gesicht deines Lebens vor dir. Du bist ein toter Mann, Barnes.« Der junge Mann hob seine Waffe.

»Nein, warten Sie!« Billy hob abwehrend die Hände. »Nein! Nicht so voreilig! Ich bin sicher, wir können uns einigen!«

»Was gibt es da zu einigen? Worüber sollten wir verhandeln? Sie und Necrosoft haben die Bevölkerung der Welt in Zombies verwandelt! Wie viele Millionen haben Sie in das Necronet heruntergeladen, wie viele Leichname haben Sie beiseite geschafft, wie viele Akten für immer vernichtet? Wie sind Sie an die Macht gekommen, wie haben Sie es bis ganz nach oben geschafft? Auf einem Berg voller menschlicher Schädel!«

»Das ist emotionsbetonter Unsinn!«, sagte Billy und schob die Hände in die Taschen. »Ich habe mehr dafür getan, diese Welt zu einem besseren Ort zu machen, als jeder andere vor mir in der Geschichte der Menschheit. Sehen Sie nur, wie die Menschen lächeln. Wie glücklich alle sind!«

»Sie sind ein Haufen Scheiße, Barnes.«

Der junge Mann betätigte den Abzug.

Zwei Schüsse fielen.

Der junge Mann presste die Hände auf die Löcher in seiner Brust, stürzte blutend zu Boden und starb.

Billy zog den rauchenden Derringer aus der Hosentasche und untersuchte seine punktierte Hose.

»Sehen Sie sich das an!«, sagte er. »Mein Lieblingsanzug, ruiniert! Gut, dass ich noch fünf Stück davon in meiner Garderobe habe. Jemand soll diesen Abschaum wegschaffen und den Boden wischen. Aber nicht jetzt.« Und Billy öffnete einmal mehr seinen Reißverschluss.

»Barnes, du dreckiger Bastard!«

»Was ist das? Ein déjà-vu?« Billy wandte sich erneut um.

Der junge Mann war wieder auf den Beinen. »Du kannst die Freiheit nicht töten«, sagte er.

»Oh, bitte«, sagte Billy. »Ersparen Sie mir diese Klischees. Wie haben Sie das *gemacht*? Ich dachte, ich hätte Ihnen zwei Kugeln in die Brust gejagt?«

»Ich bin deine Nemesis, Barnes. Du kannst mich nicht töten.«

»Ich bin jedenfalls darauf vorbereitet, es wenigstens zu versuchen.« Billys Hände waren erneut in den Hosentaschen.

Der junge Revolutionär schoss Billy ins Knie.

Billy Barnes schrak aus seinem Traum.

Im Fond seiner Limousine, mit der schweigenden Menge, die sich ringsum versammelt hatte.

Die Chauffeurin beobachtete ihn im Rückspiegel. »Alles in Ordnung, Sir?«, fragte sie. »Sie scheinen ein wenig blass zu sein.«

»Nur ein Traum«, sagte Billy. »Es war nur ein Traum.«

22

Das Leben ist einfach nicht rational.

Doris Lessing

»Was ist denn passiert?«

»Du hast es vermasselt!«, sagte Roger.

»*Ich* habe es vermasselt? Was meinst du mit ›Du hast es vermasselt‹?«

»Du hast ihm ins Knie geschossen, und dann ist er aufgewacht.«

»Es war deine Idee, ihm ins Knie zu schießen, nicht meine.«

»Hör mal«, sagte Roger, »ich hab meinen Teil dazu beigetragen, richtig? Ich bin in den Traum meiner Freundin eingedrungen. In den Traum meiner armen Verlobten, und ich habe sie gefragt, wovon Barnes der Bastard träumt. Und sie hat mir gesagt, dass er immer von seinem prunkvollen Palast träumt voller nackter Frauen. Sie hat mir alles beschrieben. Ich habe es dir beschrieben. Er hat seinen Traum geträumt, und du hast auf ihn gewartet. Es war ein großartiger Plan.«

»Aber er hat nicht funktioniert.«

»Nur weil er nicht funktioniert hat, bedeutet das noch lange nicht, dass es kein großartiger Plan war.«

»Aber wenn er jedes Mal aufwacht, wenn ich auf ihn schieße, dann bringe ich ihn nie so weit, dass er mich wieder in meinen Körper lässt.«

»Der großartige Plan hat ein paar kleine Lücken«, sagte Roger. »Wir müssen es eben noch einmal versuchen.«

In jener Nacht träumte Billy Barnes noch einmal von seinem Palast. Diesmal warfen ihm zwei Revolutionäre einen Sack über den Kopf und bearbeiteten ihn mit dicken Knüppeln.

Billy Barnes schrak aus seinem Traum hoch.

In der nächsten Nacht hatte Billy erneut seinen Traum. Diesmal schüttete eine von Billys weiblichen Dienerinnen (die in Wirklichkeit ein Revolutionär in einem Gummianzug war) ein Betäubungsmittel in Billys Champagner. Billy wurde ohnmächtig und träumte von seinem Palast, wo ein Revolutionär ihn packte und ihm einen Sack über den Kopf stülpte und ...

Billy schrak aus beiden Träumen hoch.

In der dritten Nacht träumte Billy Barnes nicht mehr von seinem Palast.

»Ich glaube nicht, dass er noch kommt«, sagte Roger.

»Ich auch nicht«, sagte ich.

»Und was machen wir jetzt?«

Ich warf einen Blick zu dem nackten weiblichen Personal.

»Nun ...«

In der vierten Nacht sagte Roger: »Ich glaube, das Spiel ist vorbei.«

»Was?«

»Du bist aufgeflogen.«

»*Was?*«

»Ich komme gerade aus dem letzten Traum meiner Verlobten. Sie sagt, dass Billy die letzten beiden Nächte damit verbracht hat, die Computerdateien durchzugehen. Er hat dein Gesicht mit dem des Revolutionärs in seinen Träumen in Verbindung gebracht. Er weiß, wer du bist.«

»Was denn, jetzt erst? Er hätte mich gleich beim ersten Mal erkennen müssen! Er hat immerhin meinen Körper in einem Koffer unter seinem Bett.«

»Offensichtlich ist er nicht so leicht zu erkennen«, stellte Roger fest.

»Gütiger Gott!«

»Aber du bist aufgeflogen, und allem Anschein nach unternimmt er etwas gegen dich.«

»Was denn?«

»Meiner Verlobten nach zu urteilen, etwas Endgültiges. Zum einen hat er irgendeinen alten Knacker eingestellt, der ihm Lichtträumen beibringen soll.«

»Das ist mein Onkel Brian«, sagte ich. »Jede Wette, das kann nur mein Onkel Brian sein.«

»Außerdem habe ich endlich meine Ladung rechtshändiger Latexhandschuhe einem Burschen namens Brian verkauft. Du hältst es nicht für möglich, dass die beiden ...«

»O ja. Aber erzähl weiter. Du hast irgendetwas von ›zum einen‹ gesagt. Was ist das andere?«

»Ah. Das andere. Zum anderen wird Barnes deine Datei löschen. Er wird dich aus dem Necronet löschen.«

»Dazu muss er mich zuerst fangen.«

»Offensichtlich nicht. Es ist irgendeine neue Softwareentwicklung, die an die DNS gekoppelt ist. Aus der DNS deines Körpers kann er eine so genannte ›Signatur‹ erstellen. Sie ist einzigartig, na ja, jede DNS ist einzigartig, oder nicht? Jedenfalls speisen sie diese Signatur in den Hauptcomputer, und damit können sie deinen Aufenthaltsort im Necronet feststellen. Und sobald sie dich lokalisiert haben, drücken sie auf den Knopf und löschen dich.«

»Scheiße!«, sagte ich. »Scheiße, Scheiße, Scheiße!«

»Schwierige Zeiten für dich«, sagte Roger. »Ich wünschte, ich könnte etwas tun, um dir zu helfen.«

»Keine Sorge, mir fällt schon etwas ein.«

»Hör mal«, sagte Roger, »ich tue mein Bestes. Ich will diesen Barnes genauso sehr wie du. Oh, da fällt mir ein, meine Verlobte hat noch etwas anderes gesagt.«

»Schieß los.«

»Sie hat gesagt, sobald du aufgespürt wärst, wollte Billy Barnes sich vorübergehend selbst in das Necronet herunterladen, um dir eine ernsthafte Tracht Prügel zu verpassen.«

»Ach du heilige Scheiße!«

»Ein verdammt nachtragender Bursche, dieser Barnes. Ein richtiger Sadist. Teilt seine Prügel eigenhändig aus, wann immer es geht.«

»*Scheiße!*«

»Ich glaube, das sagtest du bereits.«

»Dann eben *verdammt*! Ich bin erledigt! Was soll ich nur machen?«

»Das weiß ich auch nicht. Aber da ist noch eine Sache. Ich war noch nicht ganz fertig.«

»Noch mehr?«

»Nur ein wenig. Nachdem Necrosoft dich aufgespürt und der heruntergeladene Billy dich verprügelt hat, wird man dich wieder zurück in deinen Körper bringen.«

»Aber das ist doch alles, was ich will! Das ist doch perfekt!«

Roger schüttelte den Kopf.

»Du schüttelst den Kopf«, bemerkte ich.

»Ich fürchte, ich schüttele den Kopf«, sagte er. »Meine Verlobte meinte, dass Billy beabsichtigt, ein ›Exempel‹ an dir zu statuieren. Er hat wohl irgendetwas von einer öffentlichen Hinrichtung gesagt, in der Art von William Wallace. Hängen, Vierteilen, Aufschlitzen …«

»Scheiße!«

»Hemd«, sagte Billy Barnes, und eine namenlose Frau half ihm hinein. Sie war namenlos, und sie war nackt, weil Billy sein Personal so wollte. »Eigenartig«, sagte er zu seiner Chauffeurin; sie war angezogen, weil Billy ihre blauen Flecken morgens nicht besonders aufreizend fand. »Eigenartig, wie sich die Dinge manchmal entwickeln. Manche könnten sagen, meine Sünden seien heimgekehrt und verfolgten mich. Ich sage lediglich, dass ich irgendwo noch eine unbeglichene Rechnung zu begleichen habe.«

Die Chauffeurin nickte. Doch sie sagte nichts.

»Das letzte lose Ende«, sagte Billy. »Die letzte kleine Fliege in meiner Salbe. Seine Hinrichtung, live in die ganze Welt übertragen, könnte den wenigen Nonkonformisten, die es noch gibt, auf die Sprünge helfen. Ich finde es schwer zu glauben, dass es tatsächlich irgendwo auf diesem Planeten noch undankbaren Abschaum gibt, der mich nicht liebt. Stellen Sie sich das vor! Können Sie sich das vorstellen?«

»Ich kann es mir vorstellen«, sagte die Chauffeurin. »Wenn Sie es wünschen, kann ich es.«

»Selbstverständlich können Sie es. Aber tun Sie es nicht. Ich verbiete es Ihnen hiermit. Solche Gedanken würden Sie nur unnötig aufregen. *Unterhose!*«

Eine nackte Frau kniete mit vorgehaltener königlicher Unterhose vor Billy.

Billy grinste. »Und während Sie schon dort unten sind ...«, sagte er.

»Was denn, in die Luft jagen?«, fragte Roger. »Du willst ihn in die Luft jagen?«

»Nun«, sagte ich. »Ich bin lange genug im Necronet um zu wissen, wie die Dinge laufen. Er ist fremd hier. Wenn er herkommt, um mich zu verprügeln, kann ich ihn hochgehen lassen. Ihm eine Bombe unterschieben. Ihn in Atome zerblasen. Das müsste doch möglich sein.«

»Es würde nicht funktionieren«, sagte Roger. »Er würde nicht in eine Falle laufen. Er ist viel zu schlau, dieser Barnes. Viel schlauer als du.«

»*So* schlau ist er auch wieder nicht.«

»Doch, das ist er.«

»Ist er nicht!«

»Ist er doch!«

Et cetera.

Hugo Rune, ein extrem schlauer Zeitgenosse, stellte einmal fest, dass alles, was nicht festgeschraubt ist, nach Kalifornien rollen würde, wenn man Amerika auf die Seite legte. Möglicherweise hat er diese Zeilen bei Frank Lloyd Wright ausgeborgt, dessen Ansichten über Amerika weithin bekannt sind.

Doch der Gedanke ist gar nicht so abwegig, und das Welthauptquartier von Necrosoft liegt denn auch gleich außerhalb von San Francisco (dem Geburtsort von Henry Doors), wo es eine Fläche von gut fünfzig Morgen bedeckt.

Henry erwartete Billy und seine Chauffeurin bereits. Die Chauffeurin schleppte sich mit einem Schrankkoffer ab, dessen Oberseite Luftlöcher aufwies. Sie alle fuhren mit einem sehr schicken gläsernen Aufzug hinauf in den Raum, wo das Herunterladen stattfand.

»Ich würde Ihnen dringend davon abraten«, sagte Henry.

»Warum?«, fragte Billy.

»Weil Sie sich damit einem persönlichen Risiko aussetzen.«

»Nein«, widersprach Billy. »Keinerlei Risiko. Ein virtuelles Faksimile von mir betritt eine virtuelle Welt. Meinem realen Ich hier draußen kann überhaupt nichts passieren.«

»Ihr Gegenspieler befindet sich seit zehn Jahren im Necronet. Er hat vielleicht den ein oder anderen Trick auf Lager.«

»In der Tat«, sagte Billy Barnes. »Er wird ohne Zweifel versuchen, mich hochgehen zu lassen. Das würde ich jedenfalls an seiner Stelle tun.«

»Wenn es so etwas Dummes ist«, sagte Henry Doors, »dann müssen Sie sich wohl tatsächlich keine Sorgen machen.«

»Ich mache mir keine Sorgen.« Billy lächelte. »Im Gegenteil. Ich gestehe, dass ich der Begegnung erwartungsvoll entgegensehe. Ich hatte ganz vergessen, wie es ist, einen Gegner zu besitzen. Jemanden, der ›Nein‹ sagt anstatt immer nur ›Ja‹. Außerdem wird es bestimmt ein großer Spaß, das Necronet aus erster Hand kennen zu lernen. Die Tracht Prügel für diesen Mistkerl wird ein noch größerer Spaß. Und der allergrößte Spaß wird die Aufsicht über seine Exekution, wenn ich erst wieder zurückgekehrt bin und ihn in seinen Körper geladen habe.«

Jetzt lächelte Henry Doors. »Sie machen Ihre

Arbeit wirklich gründlich«, sagte er. »Stets der hingebungsvolle Profi.«

»Danke sehr«, sagte Billy. »Ich tue mein Bestes, den Anforderungen zu genügen.«

Der Raum, in dem das Herunterladen stattfand, war pechschwarz. Schwarz und machomäßig und winzig. Weiße Sachen sind für Frauen, Kühlschränke, Waschmaschinen, Trockner, Toaster, Bügeleisen, all dieses Zeugs. Schwarze Sachen sind Spielzeuge für Jungs. CD-Player, Mobiltelefone, Fernseher, Videos. Überzeugen Sie sich ruhig selbst, wenn Sie das nächste Mal in einem Laden stehen. Frauen – weiß, Männer – schwarz. Und haben Sie sich je gefragt, warum diese kleinen elektronischen Anrufbeantworter weibliche Stimmen haben und keine männlichen? Und die sprechende Uhr hat eine männliche Stimme. Ob es etwas mit Unterwürfigkeit und Autorität zu tun hat, hm?

Henry Doors jedenfalls blickte auf alles, was er erschaffen hatte, und befand es für gut. Es gab eine Reihe von Ledersofas (schwarz). »Machen Sie es sich dort bequem«, sagte Henry. »Und sagen Sie Ihrer Chauffeurin, sie soll das, was von Ihrem Gegner übrig ist, auf eine andere Liege werfen. Ich werde Sie beide mit dem Hauptrechner verbinden und die Kontrollen auf fünfzehn Minuten einstellen. Die Zeit vergeht anders im Necronet, aber ich möchte Sie in spätestens fünfzehn Minuten Realzeit wieder hier bei mir haben.«

Billy grinste sein berüchtigtes Grinsen und legte

sich auf eine Couch. Ein Techniker half ihm beim Aufsetzen eines schicken schwarzen Helms.

Auf der Couch neben Billy mühte sich die Chauffeurin, die lebenden Überreste von etwas zu halten, das kaum als menschlich zu erkennen war. Ein zweiter Techniker platzierte einen ähnlichen Helm über das verzerrte, gequälte Gesicht.

Henry Doors setzte sich vor ein Kontrollpaneel (mitternachtsschwarz), berührte Knöpfe und setzte Prozesse in Gang. »Alles bereit, Billy?«, fragte er.

»Alles bereit«, kam eine dumpfe Erwiderung unter dem Helm hervor.

»Der Aufenthaltsort des Subjekts wurde geortet. Ich beame Sie jetzt runter, in Ordnung?«

»Beam me up, Scotty«, sagte Roger.

»Was ist Ihr Problem?«, fragte ich.

»Nur die Frage, was wir hier oben tun.«

»Nun, wir sind auf einem Dach«, erwiderte ich. »Für die finale Konfrontation.«

»Warum denn ausgerechnet ein Dach, um Himmels willen? Warum nicht eine Festung oder ein Minenfeld oder was weiß ich?«

»Weil Lazlo Woodbine den Schurken immer auf einem Dach bezwingt. Lazlo arbeitet nur an vier Schauplätzen. In seinem Büro, wo seine Klienten hinkommen, in der Bar, wo er dummes Zeug schwatzt, in der Seitengasse, wo er in kritische Situationen kommt, und auf dem Dach, wo er die finale Konfrontation mit dem Bösewicht übersteht. In einhundertfünfundachtzig spannenden Abenteuern ist Woodbine nicht ein einziges Mal von diesem mit Preisen ausgezeichneten Format abgewichen.«

»Aber ich dachte, wir wären uns einig, dass Sie ein lausiger Woodbine-Imitator sind?«

»War ich auch. Aber wenn ich schon eine finale Konfrontation mit Billy Barnes eingehen muss, dann werde ich das auf dem Dach tun und sonst nirgends.«

Roger schüttelte den Kopf. »Der Trenchcoat steht Ihnen jedenfalls nicht schlecht«, stellte er fest.

»Danke sehr, ich weiß es zu schätzen. Haben Sie alles erledigt, worum ich Sie gebeten habe? Ist alles vorbereitet?«

»So weit ja«, sagte Roger. »Es ist ein guter Plan, das gebe ich gerne zu. Wenn er funktioniert, heißt das.«

»Er *wird* funktionieren«, sagte ich in einem Tonfall, der geeignet war, großes Vertrauen zu erwecken.

»Sie klingen nicht besonders überzeugt«, stellte Roger fest.

»Oh?«

»Soll ich mich vielleicht einfach ein wenig verdrücken, bis Sie fertig sind?«

»Ich denke, das wäre vielleicht das Beste. Ich rufe Sie dann, wenn ich sie brauche.«

»Und ich komme dann mit der großen Kanone herbeigelaufen, soll ich?«

»Mit der General Electric Minigun, ja.«

»Mit der Gleichen, wie Blaine sie in *Predator* benutzt hat?«

»Mit der Gleichen. Es ist eine total schicke Kanone, das müssen Sie zugeben.«

Roger nickte. »Dann lasse ich Sie jetzt alleine.«

Wir schüttelten uns die Hände.

»Ich mache das schon«, sagte ich. »Ich bringe uns hier raus. Keine Sorge.«

»Nein.« Roger grinste. »Bringen Sie nur sich selbst raus. Ich kann nirgendwohin. Ich hab keinen Körper mehr, in den ich zurückkehren könnte. Billy Barnes hat mich ermordet und meinen Körper in den Fluss geworfen. Ich muss wohl oder übel für immer hier bleiben. Wenigstens kann ich jetzt bei meiner Verlobten sein, wenn sie träumt. Das haben Sie mir gegeben, und dafür bin ich Ihnen dankbar.«

Wir schüttelten uns erneut die Hände, und Roger ging davon.

Ich atmete tief durch, rückte den Rand meines Fedora zurecht und klopfte auf die Beule in meinem Trenchcoat. Die Beule der zuverlässigen Smith and Wesson.

»Also gut, du Bastard«, brüllte ich dem weißen Himmel über mir entgegen. »Ich warte auf dich. Komm und hol mich, Barnes, du Stück Schei...«

Was auch immer mich traf, es traf mich wie eine Eisenbahnlok.

Ich sah es nicht kommen, doch ich spürte es eintreffen.

Ich flog über das Dach nach hinten, prallte gegen einen jener Ventilatorschächte mit den sich drehenden Oberteilen, die in den Ridley-Scott-Filmen immer so gut aussehen, und kam auf dem Bauch liegend zur Ruhe.

»Was war das? Wer? Wo ...?«

»Hier«, antwortete die Stimme von Billy Barnes, und ein stechender Schmerz durchzuckte meine linke Kniescheibe.

»Hey!«, brüllte ich auf, und mein rechtes Knie wurde auf höchst alarmierende Weise vom gleichen Schmerz durchzuckt.

»Ich kann dich nicht sehen, du Feigling!«, brüllte ich (unter echten Tränen). »Wo steckst du? Komm raus und kämpfe wie ein Mann!«

»Ich bin doch nicht blöde, also wirklich!«

Ich wurde von einer unsichtbaren Macht auf die Beine gerissen und einmal mehr quer über das Dach geschleudert.

»Besser, wenn du jetzt nach deiner Minigun rufst«, empfahl mir Billy, »denn der Predator ist da.«

Ich öffnete den Mund, um seinem Rat zu folgen, und erhielt einen Schlag in die Fresse.

Während Billy meinen Kopf nahm und mein Gesicht auf dem Dach hin und her zu reiben begann, dachte ich, dass nun möglicherweise ein geeigneter Zeitpunkt gekommen wäre, um mein digitales Gedächtnis zu Rate zu ziehen und mir die letzten Augenblicke des Films *Predator* in Erinnerung zu rufen.

Und das tat ich dann auch.

Der Himmel bewölkte sich, und es schüttete wie aus Badewannen.

Billy schwankte und richtete sich auf, als die elektrischen Schaltkreise seines Alien-Tarnanzugs anfingen zu knistern und Funken zu schlagen. Ich rollte mich zur Seite und beobachtete, wie er langsam Gestalt annahm.

Billy nahm Gestalt an und torkelte im Regen umher, während er sich Stücke schwelenden Gewebes vom Leib riss und wütend zur Seite schleuderte. Ich dachte mich selbst unversehrt und frisch und ausgeruht, erträumte mir einen Regenschirm, rappelte mich auf die Beine und stellte mich darunter (unter den Regenschirm, meine ich).

»Schicker Anzug«, rief ich Billy zu. »Ich bin beeindruckt, dass er tatsächlich funktioniert hat. Ich hab nicht mal einen Wagen zum Laufen gebracht hier drin. Hab nie gelernt, wie so ein Verbrennungsmotor funktioniert, weißt du?«

»Das liegt daran, dass du ein Trottel bist«, sagte Billy, der inzwischen in einem schicken schwarzen Anzug unter einem Regenschirm stand, der größer war als meiner. »Du bist eben einfach nicht so schlau wie ich.«

»Achtung, hinter dir!«, sagte ich.

»Sei nicht absurd.«

Ich trat einen Schritt beiseite. Billy nicht. Das Rhinozeros überrannte ihn glatt.

Ich dachte den Regen weg und spazierte zu ihm hinüber, um mir die Schäden anzusehen. »Du hast einen ziemlich großen Fußabdruck auf dem Kopf«, stellte ich fest.

Und dann kreischte ich »Aaaaaaaaaaaaagh!«, als das Grand Piano auf mich fiel.

»Kindisch, ich weiß«, sagte Billy und lächelte auf mich herab. »Aber nach der Bananenschale ist das herabfallende Grand Piano der klassische Cartoon schlechthin.«

In diesem Augenblick rutschte Billy auf der klassischen Bananenschale aus, und ich stopfte die große rote Dynamitstange in sein Hosenbein. »Du hast den hier vergessen«, rief ich und rannte in Deckung.

Die Explosion war wirklich ziemlich beeindruckend. Farbenprächtig war sie, mit dem Wort BUUUMMMM! in 3D-Buchstaben.

Billy kam stolpernd auf die Beine, das Gesicht schwarz, die Kleidung in Fetzen.

»Höchst amüsant«, sagte er. »Aber wir sind ein wenig vom Ziel abgewichen. Ich bin hergekommen, um dir eine ernste Tracht Prügel zu verpassen, bevor ich dich zur öffentlichen Hinrichtung in deinen Körper zurücklade, und ich habe keine Zeit zu verschwenden.«

«Achtung, der Safe!«, rief ich.

Billy trat einen Schritt zur Seite, und der Safe krachte durch das Dach.

»Nein«, sagte Billy und winkte mit dem Zeigefinger. »Nein, nein, nein.«

»Nein?«, fragte ich.

»Nein.« Aus der Tasche seines wiedererstandenen schicken schwarzen Anzugs zog Billy einen kleinen schwarzen Apparat, irgendein Spielzeug für Jungs. »Ich hab das hier mitgebracht«, sagte er.

»Ein Mobiltelefon?«, fragte ich.

»Eine Fernbedienung«, antwortete Billy. »Ein digitaler Erinnerungslöscher.«

Klick, machte der Knopf.

»Au Scheiße!«, machte ich.

Billy grinste. »Na los«, sagte er. »Träum dir einen neuen Safe zusammen«, spottete er. »Beeindrucke mich.«

Ich runzelte die Stirn und träumte sehr konzentriert. Ich schielte zu Billy und dann zum Himmel hinauf. Doch das große Ding mit der Aufschrift 15 TONNEN wollte einfach nicht materialisieren.

»Am Arsch«, sagte Billy. »Du bist am Arsch, Junge.«

»Komm schon, Billy«, antwortete ich. »Lass uns darüber reden.« Ich hob beruhigend die Hand. Nun, ich versuchte es zumindest, doch es ging nicht. Ich starrte voller Entsetzen an mir herab. Meine Füße standen in Beton, und ich war in eine Zwangsjacke gehüllt.

»Und?«, fragte Billy. »Was nun? Soll ich dir mit einem elektrischen Bohrer die Augen aushöhlen? Oder ein glühendes Eisen in den Hintern schieben?«

»Nein, Billy, nein, ich ... hmmmpf!« Der Knebel, der plötzlich in meinem Mund steckte, verhinderte jegliche weitere Konversation.

»Elektrischer Viehstock«, sagte Billy, und in seiner Hand materialisierte selbiger. »Necrosoft hat diese Dinger früher für die Polizei hergestellt, als Bestandteil des urbanen Pazifizierungsprogramms. Sie sind heute selbstverständlich nicht mehr erforderlich.«

»Grmmmp hmmmmpf«, sagte ich und meinte: »Bitte hab Gnade.«

»Was hast du gesagt? Bitte steck ihn mir in den Hals? Kein Problem, wenn du auf so etwas stehst.«

Billy rückte gegen mich vor.

Ich konnte nicht schreien. Ich konnte nicht weglaufen. Etwas Kaltes, Stählernes umklammerte meinen Kopf. Er kam zu mir und sah mir direkt in die Augen. »Du kannst mich nicht aufhalten«, flüsterte er. »Ich bin unaufhaltsam.«

Dann riss er mir den Knebel aus dem Mund und hob den Viehstock.

»Nein, Billy, nicht!«

Ich schloss die Augen, und deshalb sah ich sie nicht auftauchen. Ich hörte ihre Stimme, und als ich hinsah, war sie da. Billy hielt mir nicht länger den Viehstock vor das Gesicht. Er hatte ihn fallen gelassen und starrte sie ebenfalls an.

Weil sie wirklich zum Anstarren war.

Sie muss mehr als sieben Fuß groß gewesen sein. Gertenschlank und ebenholzschwarz. Ihre Wangenknochen sahen aus wie geschnitzt, und ihre schräg stehenden Augen waren durch und durch weiß. Ihr Mund war breit, die Lippen voll und leidenschaftlich. Ihr Haar war zu kompliziert aussehenden Spiralen gewunden, die sich wie Türme erhoben und deren Spitzen sich in Luft aufzulösen schienen. Ihre Kleider ... ich hatte einen Eindruck von Farbe, doch nicht von Gewebe. Blitzende Farben, die ineinander verwirkt waren und sich zu bewegen schienen. An ihrer rechten Hand hingen schwere goldene Ringe.

In der Linken hielt sie eine Handtasche.

»Maîtresse!«, flüsterte Billy. »Maîtresse Ezilée.«

»Ich bin ungehalten über dich«, sagte die Voodoo-Göttin.

»Nein«, flüsterte Billy. »Ich habe nichts getan, um Ihren Unmut auf mich zu ziehen. Ich habe an meinem Glauben festgehalten und die Vigilien beachtet. Ich habe die Ikone verehrt.«

»Meine Handtasche?« Maîtresse Ezilée hob ihre Handtasche. Ich sah die Schädel, und einmal mehr sah ich Golgatha vor mir. Die Millionen und Abermillionen Gebeine der wütenden Toten. »Du hast Qual und Folter in das Bewusstsein Gottes gebracht«, sagte Maîtresse Ezilée. »Du hast Qual und Folter über die Welt der Menschen gebracht. Du wirst bestraft werden für deine Sünden.«

»Nein!«, sagte Billy. »Du wirst mich nicht bestrafen. Ich diene jemandem, der größer ist als du. Ich diene Ogoun Badagris!«

Jetzt erinnerte ich mich tatsächlich an den Namen, und ich erinnerte mich daran mithilfe meines digitalen Gedächtnisses. Billys Mutter hatte diesen Namen erwähnt, als sie in meinem Schuppen über das Pantheon des Voodoo gesprochen hatte. Da waren Damballo Oueddo, der weiseste und machtvollste von allen Göttern, dessen Symbol die Schlange ist, und Agoué, der Gott des Meeres, und Loco, der Gott der Wälder und zu guter Letzt Maîtresse Ezilée, die Inkarnation der Gesegneten Jungfrau Maria.

Und da war Ogoun Badagris, der Furchtbare, der Blutige.

Eine ideale Wahl für Billy, schätzte ich.

»Ogoun Badagris wandelt über die Erde«, sagte Billy. »Seine Zeit ist jetzt.«

»*Unsere* Zeit ist stets jetzt«, sagte Maîtresse Ezilée.

»*Unsere* Zeit?«

»Unsere Zeit, Billy.« Und die Göttin öffnete ihre Handtasche.

Und sie kamen heraus.

Nahmen Gestalt an.

Die Götter. Ein Paar Götter.

»Agoué, Gott des Meeres.« Ich sah hin und erkannte den alten Knaben. Den alten Seebären. Er war mein Vater. Er war tatsächlich mein Vater.

»Loco, Gott der Wälder.« Es war Roger Vulpes. Der Tarnkappen-Fuchs/Hund/Pferd/Mensch-Hybride. Ein Gott der Wälder, alles, was recht ist.

»Und Damballo Oueddo?«, fragte Billy. »Wo ist er?«

»Er ist überall, Billy. Rings um dich herum. Du bist im Bewusstsein des Großen.«

»Einem Bewusstsein, das jetzt verwirrt ist«, sagte

Billy. »Ogoun hat mir gezeigt, wie wir die plappernden Massen auf Damballo loslassen. Wie wir in seinen Verstand eindringen und ihn in den Wahnsinn treiben.«

Maîtresse Ezilée lachte auf. »Du bist ein Dummkopf, Billy. Damballo sammelt die Seelen selbst um sich. Hier in dieser Welt der Gedanken. In dieser Welt der Träume und Inspirationen, aus der sämtliche Ideen entspringen, die wir den Menschen eingeben.«

Maîtresse Ezilée wandte sich zu mir. »Arthur Thickett hat dir das alles erzählt, nicht wahr?«, fragte sie.

»Ja, ich, äh ... ja. Er hat erzählt, dass er glaubt, die Götter würden wiedergeboren. Sie würden sich erneuern und sich an neue Orte begeben.«

»Wie es geschrieben steht«, sagte Maîtresse Ezilée. »Die Zyklen der Götter werden im Symbol der Schlange offenbar, deren Schwanz in ihrem Maul steckt.«

»Und deswegen ist Ogoun ...«

»Er ist Satan. Shaitan. Ebilis. Luzifer. Billy kennt ihn als Henry Doors, Gott der neuen Religion, die sich Wissenschaft nennt.«

»Ich bin noch nie besonders gut mit Computern zurechtgekommen«, sagte ich.

»Das reicht jetzt«, warf Billy ein. »Das interessiert mich alles herzlich wenig. Ich verschwinde gleich von hier, und wenn ich gehe, nehme ich dieses Arschloch gleich mit. Und ihr könnt meinetwegen weiterträumen. Niemand betet euch noch an. Ihr seid Schnee von gestern.«

»Wenn ich vielleicht auch etwas dazu sagen dürfte«, meldete sich Agoué zu Wort.

»Hi, Dad«, sagte ich.

»Hallo, Sohn«, sagte mein Dad. »Also, Billy«, fuhr er fort, »ich weiß, dass du uns in ...«, mein Dad sah auf seine Uhr. Es war eine Rolex. Ich hatte auch mal so eine Uhr. Eine Image-Geschichte; ich will mich hier nicht weiter darüber auslassen. Nun ja, vielleicht doch. Ich hatte nie eine echte Rolex. Ich erfinde dieses Zeugs nur alles. Ich kann nichts dafür. Ich weiß nicht, warum ich das mache, aber ich mache es. Es ist wohl das Geschichtenerzählen; ich weiß, dass es daran liegen muss. »... ungefähr dreißig Sekunden wieder verlässt. Aber wie Henry Doors dir schon gesagt und wie mein Sohn zu seinem Schaden herausgefunden hat, die Zeit vergeht anders hier drin. Normalerweise sehr viel schneller, doch wir haben die Macht, das ein wenig zu ändern. Wir können deine zehn Sekunden zu einer Ewigkeit in der Hölle machen.«

»Könnt ihr«, sagte Billy. »Aber vergesst nicht, ich kenne das Geheimnis.«

»Was für ein Geheimnis?«

»Das Geheimnis der Voodoo-Handtasche.«

»Was ist das für ein Geheimnis?«, fragte ich.

»Dass sie das *transitus tessera* ist, der Fahrschein für die Passage. Dass sie Wesen gestattet, von einer Welt zur anderen zu reisen.«

»Das wusste ich bereits«, sagte ich. »Das hat mir deine Mum erzählt.«

»Aber sie hat dir nicht erzählt, dass diese Wesen

die Götter sind. Dass es die einzige Möglichkeit ist, wie sie physisch die Welt der Menschen betreten können. Die Menschen können ihren Göttern in Träumen und Visionen begegnen und die Ideen und Prophezeiungen entgegennehmen, die ihnen angeboten werden, doch die Voodoo-Handtasche ist das Portal, durch welches die Götter die physische Welt der Menschen betreten. Die Jungfrau Maria hat nie einen Sohn geboren, sie hat lediglich ihre Handtasche geöffnet.«

»Aber was ist mit den Schädeln? Mit all diesen dämonischen Schädeln?«

»Wächter«, sagte Billy. »Um zu verhindern, dass Menschen diese Welt erreichen, die Welt der Götter. Ogoun Badagris entscheidet, wer Wache schiebt, und platziert ihn auf der Handtasche. Wenn ich erst mit dir fertig bin, wird er dich erwählen, schätze ich.«

»Zur Hölle mit diesem Scheißkerl!«, sagte ich.

»Meinetwegen. Das klingt fair«, sagte Billy. »Aber verratet mir doch noch eins, bevor ihr mich erledigt.«

»Und was wäre das?«, erkundigte sich Maîtresse Ezilée.

»Die Zeit ist um«, sagte Billy.

Und verschwand. Einfach so.

23

Alles muss irgendwo sein, und nichts kann jemals irgendwo anders sein als da, wo es ist.

Hugo Rune

Der Doktor sagte, ich sei ein paranoider Schizo.

Nun ja, er sagte es nicht wirklich. Aber wir wussten, dass er es dachte.

»Erzählen Sie mir vom Necronet«, verlangte der Doktor.

»Es ist ein Paradies«, sagte ich. »Eine Welt voller Segen.«

»Eine Welt voller Segen?« Der Doktor betrachtete mich durch seine Bifokalbrille. Ich hatte niemals so eine Brille getragen. Eine Image-Geschichte. Ich bin sehr gewissenhaft, was mein Image angeht.

»Eine Welt voller Segen?«, wiederholte der Doktor seine Frage und konsultierte meine Krankenakte. »Und doch haben Sie in den vorangehenden Gesprächen dagegen gewettert und behauptet, dort lauerten Wesen, die es auf uns abgesehen hätten.«

»Es sind Wesen dort drüben. Doch sie sind gütig. Es ist ein Paradies. Eine Welt voller Segen. Ich muss einen Telefonanruf erledigen, bitte lassen Sie mich frei.«

»Dazu ist es noch ein wenig zu früh«, sagte der Doktor. »Noch ein wenig zu früh.«

»Sie müssen mir aber einen Anruf genehmigen. Ich habe ein Recht auf einen Anruf.«

»Dringende Angelegenheit, wie?«

»Sehr dringend, ja.«

»Tut mir Leid, aber das geht im Augenblick nicht. Ich weiß, dass der Verurteilte das Recht auf ein herzhaftes Frühstück hat und alles, aber Sie haben Ihr Frühstück verweigert, stimmt's?«

»Ich bin nicht hungrig. Aber ich muss telefonieren. Sie wissen ja nicht, was Sie tun! Sie wissen nicht, worum es geht. Sie wissen es wirklich nicht.«

»Meine Rolle ist recht eindeutig«, sagte der Doktor. »Sie sind ein Revolutionär. Sie sind zur öffentlichen Hinrichtung verurteilt. Man wird Ihre Hinrichtung live in die ganze Welt übertragen. Meine Aufgabe besteht darin, Ihre letzten Worte aufzuzeichnen und Ihren mentalen Zustand zu beurteilen. Sie sind ein ziemliches Phänomen, wissen Sie? Geisteskrankheiten sind heutzutage so ziemlich Schnee von gestern.«

»Weil geistesgestörte Patienten Schnee von gestern sind.«

»Was haben Sie gerade gesagt?«

»Nichts. Ich habe nichts gesagt. Der Anruf. Bitte lassen Sie mich meinen Anruf tätigen.«

»Ich denke nicht«, sagte der Doktor. »Kehren wir wieder zum Necronet zurück.«

»Ich habe Ihnen genug darüber erzählt. Lassen Sie mich aus dieser Zwangsjacke. Lassen Sie mich frei, Sie Bastard!«

»Langsam, immer schön langsam«, sagte der Doktor. »Regen Sie sich nicht unnötig auf.«

»Wir sprechen uns noch«, sagte ich. »Wenn ich erst hier raus bin, komme ich wieder, und dann sprechen wir uns. Sie werden bezahlen. Sie werden leiden. Sie werden brennen.«

»Ich glaube nicht, dass die Tabletten helfen«, sagte der Doktor. »Ihre Raserei ist genauso unkontrolliert wie eh und je.«

»Rufen Sie Henry Doors an! Machen Sie den Anruf für mich.«

»Oho, Henry Doors.« Der Doktor konsultierte seine Unterlagen. »Dieser Name ist schon früher gefallen. Sie sagen, er sei der Kopf hinter dem Necronet, ist das richtig?«

Ich nickte.

»Und doch existieren keinerlei Aufzeichnungen über ein Individuum dieses Namens. Die Menschen scheinen sich an ihn zu erinnern, doch je mehr sie darüber nachdenken, desto überzeugter sind sie, dass sie sich vertan haben. Henry Doors scheint eine Art urbaner Legende zu sein, nicht mehr und nicht weniger. Wie erklären Sie sich das?«

»Er hält sich stets im Hintergrund. Darin ist er gut. Er ist ein Gott. Ein Gott, der über die Erde wandelt. Henry Doors ist in Wirklichkeit Ogoun Badagris.«

»Ah, ja«, sagte der Doktor und blätterte eifrig

weiter. »Einer dieser Pantheon-Götter, von denen Sie sagen, dass sie das Necronet bewohnen, richtig? Hat irgendetwas mit dieser Handtasche zu tun, von der Sie immer wieder anfangen. Dieser Voodoo-Handtasche. Aber das war, als Sie in Ihrer Lazlo-Woodbine-Persona waren, wenn ich mich nicht irre?«

»Ich war niemals Lazlo Woodbine! Ich *bin nicht* Lazlo Woodbine!«

»Ah, Verzeihung. Sie sind jetzt also jemand anderes, richtig? Wer könnten Sie sein?« Mehr Aktenblättern. »Carlos der Chaos-Kakerlak, richtig? Oder vielleicht Barry der sprechende Rosenkohl?«

»Sie wissen, wer ich bin! Sie wissen ganz genau, wer ich bin!«

»Warten Sie, wollen wir doch einmal nachsehen.« Der Doktor klappte die Akte zu. »Andererseits muss ich gar nicht nachsehen, oder? Weil Sie es wieder und immer wieder herausschreien. Tag und Nacht. Sie schreien es heraus. Und was schreien Sie?«

»*Ich bin Billy Barnes!*«, brüllte ich.

»Richtig. ›Ich bin Billy Barnes!‹, das ist es. Und doch, wenn ich Sie ansehe, wenn ich dieses heruntergekommene Wrack sehe mit seinen fehlenden Gliedmaßen und seinen angefressenen Gesichtszügen, dann sage ich mir immer wieder: ›Das ist definitiv nicht Billy Barnes.‹ Ich habe Billy Barnes im Fernsehen gesehen. Erst heute Morgen hat er ein Interview wegen der bevorstehenden Exekution gegeben. Ihrer Exekution, Sir. *Sie sind nicht* Billy Barnes.«

»Aber ich bin Billy Barnes!«, kreischte ich. »Er hat mich hereingelegt! Er hat mich aufs Kreuz gelegt!«

»Wer? Ihr anderes Selbst vielleicht? Diese Lazlo-Woodbine-Persona?«

»Er und Roger Vulpes!«

»Ah-ja. Roger Vulpes. Der Tarnkappen-Fuchs/Hund/Pferd/Mensch-Hybride, der außerdem ein Gott ist. Er war ebenfalls in diese Verschwörung verwickelt, nicht wahr?«

»Sie verstehen das nicht!«, sagte ich. »Lassen Sie mich doch erklären!«

»Also schön, schießen Sie los«, sagte der Doktor. »Erklären Sie es mir noch einmal. Aber das ist nun wirklich das letzte Mal. Ihre Exekution ist für heute Mittag angesetzt.«

»Also schön, ich erzähl's Ihnen noch einmal. Ich erkläre Ihnen, wie er mich aufs Kreuz gelegt hat.«

»Dann mal los. Aber fassen Sie sich kurz.«

»Gut. Erstens, Sie müssen mir glauben, dass ich Billy Barnes bin. In diesem Kopf hier. Dieser Körper gehört nicht mir. Es ist der Körper eines Revolutionärs, der Körper meines Feindes, eines Mannes, dessen Erinnerungen und Persönlichkeit ich vor Jahren in das Necronet heruntergeladen habe. Er hat versucht zu fliehen. Er fand heraus, dass das Necronet den gleichen Raum einnimmt wie die Traumwelt. Er schlich sich in meine Träume und versuchte mich zu überwältigen. Aber ich wachte jedes Mal auf; er konnte mir nichts anhaben.«

»Also sind Sie selbst in das Necronet gegangen, um ihn zu fassen, ist das richtig?«

»Das ist richtig, ja. Genau das habe ich getan. Ich wollte ihm eine anständige Tracht Prügel verabreichen, bevor ich ihn in seinen alten Körper zurücklud, damit er exekutiert werden konnte.«

»Ich kann Ihnen bis zu einem gewissen Punkt folgen«, sagte der Doktor. »Allerdings verstehe ich noch immer nicht, wie Sie sagen können, dass Sie, das heißt, Ihre Persönlichkeit, Ihre Erinnerungen und was auch immer, das von Ihnen, das Billy Barnes ist, in diesen Körper gelangen konnte, den ich vor mir sehe.«

»Er hat mich aufs Kreuz gelegt, das habe ich Ihnen doch schon erklärt! Ich habe ihn unterschätzt. Er hat den am wenigsten offensichtlichen von allen offensichtlichen Tricks abgezogen. Er hatte es nie wirklich auf mich abgesehen in meinen Träumen. Es war alles nur ein Trick! Alles nur ein Trick, um mich ins Necronet zu locken, damit ich ihm in die Falle gehen konnte!«

»Ich verstehe nicht, was das für eine Falle sein soll. War das eine Falle innerhalb dieses Necronet?«

»Nein, sie war hier draußen! Der am wenigsten offensichtlichste Ort von allen. Er brachte Roger Vulpes dazu, seine Verlobte in ihren Träumen zu besuchen. Sie träumte immer von ihm, deswegen war es ganz einfach.«

»Und Roger Vulpes' Verlobte war wer?«

»Meine Chauffeurin.«

»Erzählen Sie weiter.«

»Roger Vulpes sprach in ihren Träumen zu ihr. Und während sie schlief, brachte er sie dazu, ihre Handschuhe auszuziehen. Sie hätte es nicht getan, wäre sie wach gewesen, dazu hatte sie meine Erlaubnis nicht.«

»Ah ja«, sagte der Doktor. »Das waren die speziellen Spezialhandschuhe, die Sie für sie angefertigt hatten, nicht wahr? Die mit dem Pleaser im Futter.«

»Ganz genau. Es ist mir überhaupt nicht aufgefallen, dass sie ihre Handschuhe ausgezogen hatte. Überhaupt nicht.«

»Und was machte sie dann?«

»Es war in der Suite im Hauptquartier. Wo das Herunterladen in das Necronet stattfindet. Nachdem ich heruntergeladen worden war, vertauschte sie die Helme. Meinen und den von diesem Bastard, in dessen Körper ich jetzt stecke. Sie hat die Helme vertauscht. Als Henry Doors uns wieder zurückgeladen hat, landete ich in diesem Körper und er in meinem.«

»Sehr schlau. Ein sehr wagemutiger Plan«, sagte der Doktor.

»Lassen Sie mich doch bitte meinen Anruf machen. Lassen Sie mich Henry Doors anrufen, er wird mich erkennen, wenn ich mit ihm rede, er wird wissen, dass ich der richtige Billy Barnes bin.«

»Die Nummer, die Sie uns genannt haben, existiert nicht mehr«, sagte der Doktor. »Dieser Henry Doors scheint untergetaucht zu sein, wie es aussieht.«

»Lassen Sie mich frei, Sie Bastard! Lassen Sie mich auf der Stelle gehen!«

»Ich denke, das reicht jetzt«, sagte der Doktor. »Sie sind ganz offensichtlich in einem Stadium der Delusion. Besser, wir geben Ihnen ein paar Tabletten, um Sie ein wenig zu beruhigen.«

»Nein! Tun Sie das nicht! Nein!«

Der Doktor streckte die Hand nach dem kleinen Knopf auf seinem Schreibtisch aus und drückte ihn. Die Tür des Sprechzimmers wurde geöffnet, und ein großer, breitschultriger Pfleger trat ein.

»Pfleger Cecil«, sagte der Doktor, »bitte bringen Sie Mister ... nun ja, Mister Wer-auch-immer-er-zu-sein-glaubt zurück in seine Zelle und geben Sie ihm ...«

»Seine Medikamente, ja?«

»Die Medikamente, ja.«

»Nein! Nein! Nein! Nein!«

»Soll ich die große Nadel nehmen, Herr Doktor?«

»Die ganz große, Pfleger Cecil. Ja, nehmen Sie bitte die ganz große.«

Ich wurde aus dem Sprechzimmer gezerrt und hinaus in den Korridor, dann wurde ich durch den Korridor getreten und zurück in mein Zimmer.

Na ja, ich nenne es *mein* Zimmer.

Aber natürlich war ich nicht mehr ich, oder?

Der Körper mochte vielleicht einmal meiner gewesen sein.

Doch der Verstand, der nun darin wohnte, war es nicht.

Es war der Verstand von Billy Barnes.

Und so verpasste ich ihm noch ein paar gründliche Tritte, bevor ich ihm seine Medikamente verabreichte.

Nun ja, ich sage *ich*.

Ich meine natürlich Pfleger Cecil.

Nur, dass Pfleger Cecils Erinnerungen und Persönlichkeit vorübergehend in das Necronet heruntergeladen worden waren und ich vorübergehend in seinem Kopf wohnte. Sie missgönnen mir diese kleine zusätzliche Befriedigung doch wohl nicht, oder?

»Sieh mal, Arschloch«, sagte ich zu Billy Barnes. »Du kommst nie drauf, was ich mit diesem elektrischen Viehstock hier vorhabe, wetten?«

»Wach auf, Chef!«

»Oh, Barry, danke. Bin ich schon wieder weggedöst?«

»Bist du, Chef. Du hast geträumt, du wärst Billy Barnes.«

»War es ein schöner Traum, oder war es ein Albtraum, Barry?«

»Wahrscheinlich ein schöner Traum, Chef. Wenn man bedenkt, wie die Dinge wirklich ausgegangen sind.«

»Sie sind also nicht so gut ausgegangen, Barry?«

»Nicht allzu gut, Chef.«

»Aber ich kann mich gar nicht genau erinnern, was geschehen ist. Ich bin ganz verwirrt, Barry. Die Dinge scheinen sich immer und immer wieder im Kreis zu bewegen.«

»Wie eine Schlange, die sich in den eigenen Schwanz beißt, Chef.«

»Genau so, Barry. Warum ist es eigentlich so dunkel hier drin?«

»Die Schranktür ist verschlossen, Chef.«

»Was für eine Schranktür wäre das, Barry?«

»Die Schranktür, hinter der Billy Barnes die Voodoo-Handtasche aufbewahrt.«

»Was für eine Voodoo-Handtasche?«

»Die aus der Geschichte.«

»Was für einer Geschichte?«

»Der, in der wir gerade sind.«

»Und wer sind wir?«

»Wir sind Schädel auf der Voodoo-Handtasche, Chef.«

»Was für einer Voodoo-Handtasche, Barry?«

»Der Voodoo-Handtasche aus der Geschichte.«

»Was für einer Geschichte?«

»Der Geschichte, in der wir gerade sind, Chef.«

»Und wer sind wir?«

»Wir sind Schädel auf einer Voodoo-Handtasche.«

»Was für eine Voodoo-Handtasche?«

»Die aus der Geschichte.«

»Was für eine Geschichte?«

»Die, in der wir gerade sind.«

»Und wer sind wir?«

»Wir ...«

»Aufwachen, Chef!«

»Oh, Barry, danke. Bin ich wieder weggedöst?«

»Bist du, Chef. Du darfst nicht einschlafen. Nicht in deiner Rolle als Führer der Welt, Chef.«

»Oh. Ja. Wir haben es geschafft, wie? Und du hast mir geholfen, ich weiß, dass du mir geholfen hast.«

»Ich habe vielleicht die ein oder andere Inspiration geliefert, Chef, und ich habe die Chauffeurin im richtigen Augenblick zum Einschlafen gebracht, damit Roger seine Nachricht zu ihr durchbringen konnte, Dinge von dieser Art, ja.«

»Du bist ein guter Junge, Barry.«

»Ich mag es, wenn ich dir Freude bereite, Chef. Ich mag es. Obwohl ich mich manchmal frage.«

»Was denn, Barry?«

»Obwohl ich mich manchmal frage, was wir uns alle fragen, Chef. Ich frage mich …

. . . ob ich dich träume,

. . . oder du mich.«

Necrosoft weltweite Kurznachrichten

In einem Akt der Gnade und Menschlichkeit hat der Weltführer Billy Barnes heute in letzter Minute die Exekution des Revolutionärs aufgehoben, der unter zahlreichen verschiedenen Namen zu traurigem Ruhm gelangt ist, unter ihnen Lazlo Woodbine, Carlos der Chaos-Kakerlak und so weiter. Der Weltführer verkündete, dass er nicht den Wunsch verspüre, das Leben eines so harmlosen und verwirrten Wesens zu nehmen. Die Todesstrafe wird von heute an nie wieder ausgesprochen, sagte der Weltführer weiter. Und der Revolutionär wird in einer geeigneten Klinik behandelt.

In einer Geste, welche die Welt in Staunen versetzte, nutzte Mr. Barnes den Augenblick zu der Ankündigung, dass er sich von seinen Amtsgeschäften zurückziehen wird. In Zukunft, so fuhr er fort, werden demokratisch gewählte Repräsentanten der Bevölkerung an seiner statt herrschen.

Mr. Barnes verkündete darüber hinaus, dass Necrosoft von diesem Tag an seine Geschäfte einstellen wird.

Die Welt erwartet weitere Neuigkeiten.

»Gar nicht schlecht, Chef.«
»Danke, Barry.«

Etwas Unheimliches geht östlich von Ealing vor. Die Tore & Fenster Corp., ein weltweit operierendes Unternehmen, stellt die festgefügte Ordnung auf den Kopf mit dem wahrhaft diabolischen Plan, alles und jeden mit einem EAN-Code zu versehen und Geld als Zahlungsmittel abzuschaffen. Wirklich diabolisch, denn wußten Sie, daß die Quersumme der Zahlen in den EAN-Codes stets 666, die Zahl des Teufels, ergibt? Nicht nur die Zivilisation, wie wir sie kennen, wäre damit zu Ende, sondern auch die liebgewonnenen Trinkgewohnheiten der Stammgäste im FLIEGENDEN SCHWAN in Brentford. Können ARMAGEDDON und die APOKALYPSE verhindert und das traditionelle ›Deckelmachen‹ im Pub gerettet werden? Von Typen wie Pooley und Omally? Immerhin erhalten sie von ganz unerwarteter Seite Unterstützung: von niemand geringerem als Sherlock Holmes, dem ollen Detektiv aus der Baker Street ...

ISBN 3-404-24255-6

BASTEI LÜBBE

›Mr. Rankin hebt noch mehr ab als in ARMAGEDDON - das Musical. Ein Roman, auf dem Sie unbedingt mitschweben sollten, und ein Talent, das höchst willkommen ist in diesen trockenen Zeiten.‹ THE TIMES

Warnungen zu diesem Buch:
Sie werden sich FÜRCHTEN vor all dem dämonischen Zeugs, das aus Computern in unser Alltagsleben drängt.
NOCH SCHRECKLICHER: Elvis wird sein wahres Gesicht zeigen.
Sie werden STAUNEN über sprechende Kohlköpfe (...obwohl: in Deutschland gar nicht so ungewöhnlich).
EKELHAFT: Kannibalenmenüs.
UNGLAUBLICH: Rex Mundi, Hugo Rune und viele andere verwickelt in CEJJK (Chaotische Ereignisse Jenseits Jeglicher Kontrolle).
NOCH UNGLAUBLICHER: Alle losen Enden aus dem ersten Band der Serie werden verknüpft ...

ISBN 3-404-24285-8

BASTEI
LÜBBE

›Rankin packt so viele Gags in einen Band des ARMAGEDDON-Zyklus wie andere in eine ganze Trilogie. Und nichts ist ihm heilig. Also: Greifen Sie schnell zu!‹

TERRY PRATCHETT

Armageddon: der letzte Akt! Und es begab sich, dass Rex Mundi im Jahre 2061 zur Mitternacht in seinem Garten grub. Und siehe da: Er förderte ein gar seltsames Objekt zu Tage, das sich bei näherem Hinsehen als Statue von Elvis Presley entpuppte. Doch merket auf! Dies ist erst der Beginn einer Reihe sensationeller Entdeckungen, welche die Welt für immer verändern könnten. Oder ward Euch etwa schon bekannt, dass die Mauern von Jericho beim Klang von IT'S NOW OR NEVER fielen; oder dass der kleine David, als er den großen Goliath schlug, ›BLUE SUEDE SHOES‹ trug?
Dann leset und staunet!

ISBN 3-404-24292-0

BASTEI
LÜBBE